U0113047

林中来信

屠格涅夫书信、散文选

[俄罗斯] 屠格涅夫　著
曾思艺　译

CTS 湖南文艺出版社

图书在版编目（CIP）数据

林中来信 ：屠格涅夫书信、散文选 / (俄罗斯) 屠格涅夫著 ；曾思艺译. -- 长沙 ：湖南文艺出版社，2020.8

（散文译丛）

ISBN 978-7-5404-9561-9

Ⅰ. ①林… Ⅱ. ①屠… ②曾… Ⅲ. ①散文集—俄罗斯—近代 Ⅳ. ①I512.64

中国版本图书馆CIP数据核字(2020)第033231号

林中来信：屠格涅夫书信、散文选

LINZHONGLAIXIN：TUGENIEFU SHUXIN SANWENXUAN

作　　者：〔俄罗斯〕屠格涅夫
译　　者：曾思艺
出 版 人：曾赛丰
责任编辑：耿会芬
整体设计：萧睿子
内文排版：钟灿霞　钟小科

出版发行：湖南文艺出版社
（长沙市雨花区东二环一段508号 邮编：410014）
网　　址：http://www.hnwy.net
印　　刷：长沙超峰印刷有限公司
经　　销：新华书店
开　　本：880mm×1230mm 1/32
印　　张：13.5
字　　数：284千字
版　　次：2020年8月第1版
印　　次：2020年8月第1次印刷
书　　号：ISBN 978-7-5404-9561-9
定　　价：58.80元

目 录

第一辑 书信、散文、随笔、演讲、回忆等

“真正的行家里手热情洋溢地创造出来的著作……”
谈谈谢·季·阿克萨科夫的《一个枪猎猎人的笔记》 003

“他创造了注定不朽的语言……”
略谈费·伊·丘特切夫的诗 015

“俄罗斯的第一位诗歌艺术家！”
在莫斯科普希金纪念像揭幕典礼上的讲话 022

“我从来没有爱过一个女性像爱您这样深……”
致塔·亚·巴枯宁娜 036

“这一切我都奉若神明……”
致波丽娜·维亚尔多 041

“只有我们才有情义……”

致波丽娜·维亚尔多 043

“您的信让我成为最幸福的人……”

致波丽娜·维亚尔多 046

“我们失去的是一位怎样的人物……”

致波丽娜·维亚尔多 048

“请您常在信封里装点青草或者鲜花……”

致波丽娜·维亚尔多 050

“只有您才掌握如此炉火纯青的地道俄语……”

致谢·季·阿克萨科夫 054

“您的使命是成为一个文学家……”

致列·尼·托尔斯泰 057

“您应该培养您自己……”

致阿·尼·阿普赫京 061

“您就像深入到我心里……”

致费·米·陀思妥耶夫斯基 064

“这种创造性是否足以使其他民族产生兴趣？”

致 B. 拉尔斯顿 067

“这是强有力的作品！”

致列·尼·托尔斯泰 070

“这是伟大作家的伟大作品……是地地道道的俄罗斯。”
致《十九世纪报》编辑 073

“我把您视为毋庸置疑的独创性天才”
致弗·米·迦尔洵 076

“您具有大天才的一切特征”
致弗·米·迦尔洵 078

“您是一位注定要在我国文学史上留下深远影响的作家”
致米·叶·萨尔蒂科夫 080

“请回到文学工作上来吧！”
致列·尼·托尔斯泰 084

树林和草原 086

幽　会 096

贝仁家的牧场 112

谈谈夜莺 147

贝加兹 156

哈姆雷特与堂吉诃德 166

果戈理 193

第二辑　**散文诗**

致读者 219

乡　村 220

对　话 224

老太婆 228

狗 232

对　手 234

乞　丐 237

“你会听到蠢货的指责……” 239

一个志得意满的人 242

处世准则 244

世界的末日 246

玛　莎 250

傻　瓜 253

东方的传说 257

两首四行诗 262

麻　雀 268

骷　髅　270
干体力活的人和干脑力活的人　272
玫　瑰　275
纪念尤·彼·弗列夫斯卡娅　278
最后一次会晤　280
门　槛　282
探　访　286
NECESSITAS，VIS，LIBERTAS　289
施　舍　291
昆　虫　294
菜　汤　297
蔚蓝的王国　300
两个富翁　303
老　人　305
记　者　307
两兄弟　309
利己主义者　312

天神的盛宴 315
斯芬克斯 317
女　神 320
仇敌和朋友 325
基　督 328
岩　石 331
鸽　子 333
明天！明天！ 336
大自然 338
“绞死他！” 341
我会想些什么呢？…… 346
“玫瑰花，多么美丽，多么鲜艳……” 348
海上之行 351
H．H． 354
停　住！ 356
修　士 358
我们还要奋战！ 360

祈　祷　362
俄罗斯语言　364
偶　遇　365
我怜悯……　368
诅　咒　370
孪生兄弟　372
鸫鸟（一）　374
鸫鸟（二）　377
无　巢　379
高脚大酒杯　381
谁的过错？　382
生活法则　384
爬　虫　385
作家与批评家　387
和谁争论……　389
“哦，我的青春！哦，我的蓬勃的朝气！”　391
致 ×××　393

我在崇山峻岭之间徜徉…… 394

当我不在人世的时候…… 396

沙　漏 398

我夜里起来…… 400

当我孤身独处的时候…… 402

爱之路 404

空　话 405

纯　朴 406

婆罗门 407

你哭泣…… 408

爱　情 409

真理与正义 410

山　鹑 412

NESSUN MAGGIOR DOLORE 414

投身于车轮下…… 415

哇……哇！ 417

我的树 421

第一辑

书信、随笔、演讲、回忆

“真正的行家里手热情洋溢地创造出来的著作……”

谈谈谢·季·阿克萨科夫的《一个枪猎猎人的笔记》

前几天，莫斯科出版了谢·季·阿克萨科夫先生的《一个枪猎猎人的笔记》，顺便指出，该书的作者就是那个曾献给我们一本讲述钓鱼的美妙著作而使我们满怀感激的人[1]。我谨向俄国文学界和我国的读者祝贺这些《笔记》的问世。这样的书在我国出版得太少了。如果你还没读过谢·季·阿克萨科夫先生的新作，那你就无法想象它是何等的引人入胜，它的每一页又盈溢着何等迷人的清新。切望读者们不要认为，《一个枪猎猎人的笔记》只是对猎人才有价值：任何人，只要他热爱千姿百态、美不胜收、欣欣向荣的大自然；任何人，只要他珍视普遍的生命现象——人自身在其中是一个生机勃勃的高级环节，但与其他的环节紧密相连——那他就会对

① 此处指阿克萨科夫 1847 年出版的《钓鱼笔记》。

阿克萨科夫先生的书爱不释手；它将成为他手头必备的书籍，他将兴致勃勃地阅读它，并且反反复复地品味它；自然科学家也会为它而欣喜若狂……我将在《现代人》杂志的某一期上满怀喜悦地详细谈谈这部真正的行家里手热情洋溢地创作出来的著作[①]；而且我将立足于“当地”、立足于乡村，置身于它惟妙惟肖而富于诗意地加以反映的大自然中，自己也投身于“枪猎”情况下设身处地地来谈它；现在我们只限于请求读者，不要把这本同时既丰富了它所属的那种专门文学、又丰富了我们的一般文学的价值极大的著作，混同于近期出现的那些关于捕猎的微不足道和荒诞无稽的所谓著作。

而为了向读者证明，我对阿克萨科夫先生著作的称赞绝无过甚之词，特从中摘录几段。

请看一段任何行家都不会放弃的关于林间小河的描写。（应该指出，阿克萨科夫先生把所有野禽分为四章来写：沼泽地的、水上的、林间的和草原的，并在每一章的开头描绘了这些野禽栖息地的总图景。）

有时河水穿过渺无人烟的密林流向广阔的平原，显得冷僻至极，野性十足，同时又声势浩大，庄重威严。河的两岸没有因为任何践踏而变得皱皱巴巴；个别猎人即使偶然进入这里，他留下的痕

① 屠格涅夫实现了自己的诺言，《现代人》1853年第1期发表了他的评论——《阿克萨科夫的〈奥伦堡省一个枪猎猎人的笔记〉》。

迹也不会太久；由于水分相当富足，植物生长繁茂，被踩扁的野草杂花很快就挺立起来。河两岸自由自在地、如火如荼地长满了阔叶和细叶的苔草、菖蒲、幼树树林和枝粗干大的勿忘草；而在所有幽僻的地方，异常肥大的绿色的球形牛蒡随着河水的哗哗流动，形单影只地划动自己长长的枝茎，周而复始地向前漂浮着。水禽似乎害怕孤寂，当河流太远地奔入密林深处时，野鸭就不再在河上生活和栖息。鱼和水陆两栖动物依旧是河流的主人。自由奔放、浩浩荡荡的水流在荒无人烟的寂静和黑暗中滚滚向前，只有百年老树那弯入水中或低垂到水中的树枝，抗拒着水流，发出无休无止而又轻微低沉的絮语声。肥大的狗鱼哗啦击浪，水獭悠悠横渡到对岸，俄罗斯麝鼹在水里扎着猛子——就这样各显其能；然而就连这微弱的响声也很快就被普遍的寂静所吞噬。只有各种各样的阔叶树倒映在水里：椴树、山杨、白桦和橡树，它们随着太阳的位移，忽而朝右，忽而往左，把自己或直或斜的影子投射到河面上。

再请看对泉水和“带小型涡轮水磨的磨坊”的描写：

奥伦堡地区的居民常在这种从半空飞流直下的山泉旁，建造一些他们所谓的简易的带小型涡轮水磨的磨坊，这些磨坊美丽如画地紧贴着直壁的悬崖，就像燕子把小巢紧贴在石壁上一样。整股细细的水流被直接引入流水槽或整木水槽——即把整段大圆木凿空，并把它牢牢地固定在山腰上；水流从水槽里径直落到水轮上，于是一切都顺理成章了：无需堤坝，无需池塘，无需放水的闸门，无需蓄水池……而水轮自行悠悠转动着，没日没夜地慢慢碾碎粮食。如果没有等待碾磨的粮食——就把水槽推到一旁，于是水流重又沿着山岩陡壁，飞流直下，飞瀑的众声喧哗转眼间汇成一个浑厚的轰隆坠地声。磨坊的小粮仓往往高高地建在粗细不一的长木架上，或是歪歪斜斜、凹凸不平的立柱上。一切都是那样破破烂烂，粗粗劣劣，歪歪斜斜，仿佛被生硬地粘在一起似的。没有一丝精心雕琢、循规蹈矩的人工痕迹，没有任何与大自然不谐调的东西，恰恰相反——一切都是对大自然的补充……有时这种水源会从山腰涌出，而最常见的是从山脚喷流。但是，还有一种完全不同的泉水，发源于最低洼的沼泽地，很快就在自己周围形成一个个大大小小的水坑或池子，再根据不同的地势，从坑里或池里流出一条条小溪。如果水池很深，那么只能在水底看到泉水喷涌：水从泉眼中汩汩喷出，带着砂子和细细的泥土粒；这些砂子和泥土粒跳跃着、翻转着，可是，还远未升到水面，就又坠落下去，在水池底铺上平整、光滑的一层。如果水池很浅，那么泉水喷涌的力量就大得多了，整个水池的水，连同砂子、泥土，甚至还有小石块，都会咕噜噜从水底向上翻腾，就像架在火上的油锅，沸腾翻滚。无论是山泉，还是低洼的沼泽地泉水，都会奔流成一条条溪流：有的潜入地下，或躲进青草丛和灌木丛中，藏踪匿形，秘密前进；听得到淙淙的溪流声，却看不到奔腾的溪水；你循声走到跟前，伸出双手拨开密簇簇的灌木丛或密茸茸的青草丛——一股清新的湿气就会迎面扑上你那红扑扑的脸庞，于是你终于看到一条清亮的溪流，在阴暗、清凉处奔跃向前。在赤日炎炎的夏天，对于一个疲惫不堪的猎人来说，这是多么令人心旷神怡的东西啊！有时溪水在开阔地奔流，穿过沙砾地和鹅卵石堆，顺着平整的草地或者小谷地蜿蜒前进。它早已不再那么纯净、透明了——风把尘土和各种垃圾刮到水面上；也不那么清凉了——太阳光把它那浅浅的水层都烤热了。不过，有时也出现这样的情形：溪流躲猫猫了，也就是潜入地下，流淌半俄里或者一俄里后，有时可能还要更长些，重又跃出地面，经过土壤的过滤和冷却，再次变得清凉，尽管时间并不长。

再请看树林“内部”生活的一段描写：

在丛丛枝杈上，在绿色的叶丛中，以及在整个森林里，栖息着五色缤纷、美丽多姿、百调千腔的千万种飞鸟：细嘴松鸡和普通黑琴鸡在求偶鸣叫，花尾榛鸡在尖声高叫，求偶飞行的雄丘鹬在哑声哑气地叫，各种各样的野鸽都在各具特色地咕咕叫，鸫鸟在啾啾地突然尖叫，黄莺在忧郁凄凉而又悦耳动听地彼此呼叫，长着花斑的布谷鸟呻吟般地叫，各色羽毛的啄木鸟在啄击树干，不时发出笃笃笃笃的啄击声，黑啄木鸟在呼号，松鸦在吱吱直叫；太平鸟、林百灵、蜡嘴雀和不计其数的长着翅膀的整个小小鸣禽家族用千鸣百啭绚丽了空间，让寂静的森林生气勃勃；鸟儿们在树枝上和树洞里筑巢、产卵和哺育孩子；正是为了同一目的，鸟类的天敌貂、松鼠，还有一窝窝嗡嗡叫的野蜜蜂，也定居在树洞里。在树木成林的森林里绿草和野花很少：总是遮天蔽日的浓荫，不利于这些离不开阳光和温暖的植物生长；最常见的是另一些植物，齿状蕨类，叶子密密的铃兰，花已开残的茎细秆长的林中紫罗兰，还有一丛丛熟透了的红色的悬钩子；空气中弥漫着蘑菇那湿乎乎的香气，然而，最浓烈、我觉得特别好闻的，还是卷边乳菇的香气，因为它们总是整个家庭一起诞生，扎堆儿挤着安家（一如民间说的）在小蕨类植物中，从腐烂的去年落叶下探出头来。

再请看描写春天和秋天的草原的一段：

起初烧焦的草原和田野，一眼望去，是一片铺天盖地的大火后悲伤凄凉的景象；但是很快，绿色的嫩叶尖就像小刷子一样，冲破黑沉的覆盖物，长了出来，很快它们就长出了各式各样的叶子和形状各异的花瓣，只过了一个星期，一切就都蒙上一层嫩嫩的绿茵了；再过一个星期，乍看一眼，你已经无法认出这里曾经是火烧过的地方了。草原上的灌木丛，很少被火烧到，因为它们周围的土壤一般比较潮湿；樱桃树、矮扁桃树（野桃树）和金鸡树（野合欢树）繁花正艳，散发出一股浓烈而好闻的香气；矮扁桃树更是花团锦簇，香气扑鼻：它往往密密麻麻地长在平缓的小山坡上，它那粉红色的花朵绵延成一片花海，其中偶尔能看到盛开的野合欢那金灿灿的长花带或圆花环。在另一些更为平缓的山坡上，更广阔的地方灿烂成一片花海，这些花白白的，但不耀眼，而是像那淡白色的薄纱：这是繁花似锦的野樱桃花。曾经被大火吓跑的所有鸟类，重又飞回，各占地盘，在这绿草、春花和茂密灌木的海洋中安营扎寨；四面八方到处传来：小鸨那无法言传的吱吱叫声，杓鹬那忽高忽低、清晰响亮的颤声啼啭，鹌鹑那随处可闻的狂热而短促的鸣叫声，矛隼那咔咔的叫声。旭日东升，夜雾化成甘露洒落地面，鲜花和植物的各种各样的气味更加浓烈，更加芳香——春天清晨的草原无比美丽，难以形容，令人迷醉……一切都充满生机，焕然一新，灿烂夺目，朝气蓬勃，快快乐乐！奥伦堡省五月的草原就是这样的……

秋天，长满针茅草的草原彻底改变了模样，呈现出另一幅与众不同、独具一格、无可比拟、妙不可言的风貌：珠灰色的针茅草纤维，已经长得够长并完全散开了，微风轻轻拂过，便随风摇摆，泛起一层纤细闪光的薄薄涟漪。然而，大风却绝对控制着草原，吹得细弱、柔韧的针茅丛弯腰俯身，露出发黄的根茎，并嘶嘶撕扯、啪啪拍打着针茅丛，使它们齐刷刷地倒向右边，又齐刷刷地倒向左边，扑打着干枯的土地，而当针茅丛被风吹向某一边时，一眼便可看到，无边无际的空间里，滚滚波浪、滔滔急流全都朝着一个方向奔涌。从未见过这种场面的人，起初会觉得很是新鲜，甚至感到惊讶；任何水流都没有它那么动人心魂，不过，很快它便会以自己的单调疲劳视力，甚至让人头昏脑晕，油然产生某种戚戚的心绪。草原上没有针茅草的地方，晚秋时节外貌更加单调乏味，死气沉沉，惨不忍睹。那些割过草的草地是个例外，那里在被雨水浸泡得发黑的圆乎乎的干草垛四周，长出了一棵棵嫩绿的再生草；成群的巨嘴鸟和小鸨喜欢在这里游荡，啄食嫩草；甚至成群结队的大雁在从一个水域迁徙到另一个水域的途中，也常常会在这里歇脚，以便津津有味地吃一顿新鲜的嫩草。

但作者不只是善于描述大自然的景物，请看大雁是怎样飞往觅食处的，请听黑琴鸡是怎样求偶鸣叫的：

最后，雁雏长大了，发育成熟了，能独立飞行了，成为自由的小雁了；老雁则换完了羽毛，体质增强了，把长大的一窝又一窝小雁统合为集体，组编成雁群，于是开始了夜间的，或者更确切地说，清晨和傍晚的洗劫庄稼地的冒险活动。在这些庄稼地里，不仅黑麦成熟了，而且春播作物也成熟了。日落前一个小时，成群的小雁在老雁的引领下，从水面腾空而起，朝庄稼地飞去。它们先在广阔的大地上空盘旋一阵，察看哪里更适合它们降落，哪里离车来车往的大路或地里干活的人们都较远而且庄稼也更能吃饱，最后终于纷纷降落到某一块地方。大雁喜欢吃无芒的庄稼，如：荞麦、燕麦和豌豆；不过，如果别无选择的话，那它们也会吃任何东西。它们这场费时很长的晚餐往往几乎要持续到黑夜沉沉；可是只要一听到老雁响亮的咯咯召唤，贪婪吞食遍地庄稼的小雁马上就会从田垄各处匆忙地聚集到一块，它们摇摇晃晃地走着，相互招呼着，由于嗉囊里食物塞得过多而身子沉甸甸地前倾着，接着整个雁群发出刺耳的叫声，拖着沉重的身躯慢慢飞起来，它们无声无息地低低飞着，总是朝着一个方向，飞向它们通常夜宿的湖泊或河岸，或者僻静的池塘上空。飞达目的地后，雁群便闹闹嚷嚷地降落到水面上，它们铺开双翅，舒展胸脯，贪婪地喝着水，然后马上便到宿营地过夜了。宿营地往往选在平坦的河岸，既无灌木，也无芦苇，以避被偷袭的危险。由于雁群接连几夜的重压，河岸上的青草被挤成一堆，而且被雁群滚热的粪便烫得发红并枯萎了。雁儿都是把头藏在翅膀里趴着睡觉的，或者更确切地说，肚子撑地，于是睡着了。不过，老雁组成夜间警卫队，轮流值班，或者非常警醒地打着瞌睡，但任何响声都无法逃过它们警惕的听觉。稍有响声，值夜的老雁便警觉地咯咯大叫起来，接着所有的雁都发出回音，站起身来，舒展双翅，伸直脖子，准备起飞；然而，当喧闹声停息后，值夜的老雁又会发出另一种完全不同的咯咯声，轻柔平和，从容镇静，于是整个雁群也用同样的声音加以回应，然后再次趴着入睡了。一夜之间，特别是在九月份的漫漫长夜里，这种情况会反复出现。如果不是虚惊一场，如果真的有人或野兽接近雁群，那么老雁在发出警报后，会迅速飞起，小雁则紧随其后急速腾空而起，群雁边飞边发出如此尖利刺耳的高叫声，这叫声震撼着曚曚眬眬的河岸、在雾气中沉睡的河水以及附近的整个地区，一俄里外甚至更远的地方都能听到……而且，整个这桩惊慌有时是由艾鼬甚至白鼬引发的，它们常常厚颜无耻地偷袭睡着的大雁……当一夜终于平安地度过后，值夜的老雁一见东方刚刚开始发白，就用洪亮的叫声唤醒整个雁群，于是雁群又紧随老雁飞向早已熟悉的庄稼地，一如既往地开始享用早餐，而这是昨天晚餐前就已看好了的。空瘪的嗉囊重又装满食物后，雁群便又响应老雁的呼唤，在早已冉冉升空的太阳明亮的光照中，汇聚成一大群，然后转换方向，飞向另一个湖泊、另一条河流或另一个塘湾，在那里度过白天……

三月底，阳光开始变得暖意更足了，雄黑琴鸡冷降的血液沸腾起来，求偶交配的本能欲望苏醒了，于是便开始求偶鸣叫，也就是说：蹲在树上，发出某种低沉的叫声，这叫声有时像大雁的嘘嘘声，而更多的时候像鸽子的咕咕声或喃喃声，在朝霞满天的宁静里，老远老远就能听到。也许很多人，更不用说猎人了，都听到过这种叫声："远处传来黑琴鸡低沉的求偶鸣叫"，于是每个人大约都会油然产生一种曚曚昽昽的愉快感。这叫声本身没有什么悦耳动听之处，但是从中却能自然而然地感知并理解整个自然界生活的普遍和谐……总之，雄黑琴鸡发出了求偶鸣叫声：起初，叫的时间不长，声音很轻，有气无力，就像在低声自言自语，即便是饱饱吃了一顿早餐，嗉囊里塞满了树上刚刚冒出的嫩芽后，也是如此。后来，随着气温的升高，它一天比一天叫得越发响亮，越发长久，也越发热烈，最后终于达到了发狂的程度：它的脖子鼓得很粗；身上的羽毛像马鬃一样直竖着；藏在眼窝里平时被一层皱巴巴的长满茸毛表皮遮盖住的眉毛也鼓了出来，向外伸展，并且宽得吓人，就连颜色也变得红艳艳的。黑琴鸡总是在清晨太阳出山前，急急匆匆地吃一点食物（看来，就连鸟儿们在沉迷于爱情的时候，也顾不上吃东西了），然后纷纷飞集到事先选好、很是适合燕尔新婚的地方。这个地方一般来说，或者是干净的林中空地，或者是大树下的绿草地，这些大树生长在林边，有时也挺立在开阔的田野间，更多的是矗立于小山丘上。这个经常光顾的地方，始终是同一场所，人们称之为发情处或求偶地。人们要持之以恒地费时费力，才能迫使黑琴鸡放弃这个地方，另选一个地点。甚至一连几年，黑琴鸡都在同一个地点发情求偶。黑琴鸡落在树枝的顶梢，像鞠躬一样不断地向下点头，不时蹲下不时又挺起身子，紧张地伸长鼓得很粗的脖子，发出嘶嘶的声音，嘟嘟囔囔着，开始求偶鸣叫，每当动作激烈时，就轻轻扑扇几下翅膀以保持平衡。它们渐渐地进入发情高潮：动作更快，声音汇合成某种咕噜咕噜，黑琴鸡进入发狂状态，白星星的唾沫从它们那一直张大的嘴里喷溅出来……由此产生了一个古老的传说，不过早已没有人相信了，似乎是说雌黑琴鸡满地奔跑，接住并吞下在树上求偶鸣叫的雄鸟嘴里流下的唾液，于是就受孕了。不过，雄黑琴鸡那响彻四周、热情似火的孤零零的求偶呼唤并非徒劳无益：雌黑琴鸡早已在凝神细听它们的叫声，终于按捺不住，开始纷纷飞到求偶地来；起初它们落在稍远一点的树上，然后挪到近一点的地方，但是从来不会与雄鸟并排站立，而是落在它们的对面。

下面则是描写可爱山鹑的外形方面技巧高超、生动明晰的例子：

在我看来，草原上和森林里的各种野禽中，除了丘鹬之外，灰山鹑即便不是最好的野鸟，那也会是最好的野鸟之一。它那五色斑斓、乌黑乌黑、红黄相间、棕褐棕褐、浅灰浅灰的羽毛是多么美丽啊！它的体形是多么匀称、丰满、健壮！它的一切动作都是多么生气勃勃，敏捷灵巧，逗人喜爱！

这种活泼的小鸟，体形只比俄国鸽子稍大一些，不过却要肥壮很多：体重在鸡雏和半大鸡之间。它的前颈和鸟喙周围有浅红色或淡褐色的羽毛；尾巴下部的羽毛也是这种颜色，胸部或尾骶骨的上半部有马蹄铁形的斑点，这些斑点较大一些，颜色亮些也深些；两侧的灰色羽毛上嵌着浅红色的横条。嗉囊和脑袋的一部分是烟灰色的；在粉红中间着杂色的翅膀上半部分，可以看到一根根像线一样细窄的白闪闪的长条，这不是别的，正是白色毛管；翅膀下半部分的羽毛，在深灰蓝色的底子上横向缀满了微白的小斑点；粉红色的小脚，只有上部从第一个关节开始长着蓬松细毛，一如那些命定在泥泞和雪地里常年跑来跑去的鸟儿……

如果我想从阿克萨科夫先生的书中摘录出所有的精彩段落，那么我无论何时都会摘录不完。我再强调一次，在不久的将来我还将谈到它——而且是详细地谈论。现在，我还只能祝愿它赢得一般读者特别是猎人们的赞赏，获得最大的成功，得到最广泛的传播。阅读这本书，必然产生一种快乐、清新、充实的感觉，这正是大自然本身在你们心中唤起的那种感觉；而我不知道任何其他赞誉会比这更高。

1852年

“他创造了注定不朽的语言……”

略谈费·伊·丘特切夫[①]的诗

“诗歌的复兴即使不是在整个文学中，那也可以在杂志上一目了然。”这类话近来可以相当频繁地听到。它所表示的意见是对的，我准备同意这一看法，只是保留以下意见：我并不认为我们当前的文学中缺乏诗歌，尽管人们一致指责诗歌往往过于散文化和庸俗化；不过，我理解读者欣赏和谐诗律、富有节奏魅力四射的抒情语言的愿望；我理解这种愿望，十分赞同并且完全支持它。正因为如此，我不能不为费·伊·丘特切夫那些至今仍散见各处的诗编辑

① 费·伊·丘特切夫（1803—1873），与茹科夫斯基、普希金、莱蒙托夫、费特被公认为俄国五大诗人，其诗把深邃的思想、瞬间的境界、丰富的感情、精致的形式结合起来，既富于哲学深度，又富有绘画美、音乐美，同时还具有象征主义色彩，对俄国象征派及苏联“静派”（“悄声细语派”）诗歌影响很大。

成集而感到由衷的高兴[1]，他是我国最优秀的诗人之一，仿佛是普希金用欢迎和赞赏[2]把他嘱托给我们。

我刚刚说过，丘特切夫先生是最优秀的俄国诗人之一；我还要说：在我看来，不管这会令同时代人的自尊心多么不快，属于上一代人的丘特切夫先生在阿波罗的领域[3]无疑要比同行们高出一筹。不难指出，我们当代比较有才气的诗人在某些个别因素上超过了他：费特[4]那迷人却又稍显单调的优美，涅克拉索夫那刚劲而往往干涩、生硬的激情；迈科夫[5]那严谨合度有时又冷冰冰的写生手法；但只是在丘特切夫先生身上，才有着他所属的那个伟大时代的印记，那个在普希金身上表现得如此鲜明、强烈的伟大时代的印记；只是在他身上才表现出那种与其本身才华相称、与作者的生活

---

① 丘特切夫是一位罕见的不重视自己诗歌发表的诗人，此前其诗歌偶尔零星散见于一些杂志，1836年普希金在其主编的《现代人》杂志首次发表丘诗24首，此后几年，《现代人》又发表了丘诗15首。1854年，屠格涅夫终于说服丘特切夫，并亲自担任丘特切夫诗歌的编辑者和出版者，首次把他散见各处的诗歌92首收集成集，先是作为《现代人》杂志的增刊发行，随后又单独成书出版，产生了很大的反响。

② 1836年，普希金收到丘特切夫的好友加加林公爵托茹科夫斯基转来的一组丘诗，普特列涅夫教授后来回忆道：普希金为这些“色调明丽，充满新意，语言有力”且处处可见“新颖画意”的诗而狂喜，“沉浸于其中整整一星期之久”。在加加林面前，他“对这些诗作了应有的评价”，“把它们大大称赞了一番”。

③ 阿波罗是古希腊神话中的太阳神、医神，也是艺术庇护神，分管艺术和诗。此处喻指诗歌领域。

④ 费特（1820—1892），俄国“纯艺术派”代表诗人。其诗歌主要以自然、爱情、人生、艺术为主题，往往把情景交融、化境为情，意象并置、画面组接和词性活用、通感手法结合起来，是当前俄罗斯公认的五大诗人之一，对俄国象征派诗歌及苏联“静派”诗歌也有很大影响。

⑤ 迈科夫（1821——1897），俄国19世纪诗人、画家、剧作家，“纯艺术派”诗人之一，其诗以自然与爱情为题材，既富哲理，又颇细腻，尤其善于以类似写生画法的艺术手法写诗。

一致的特点——总之，至少表现出了那种在自己的整个发展过程中构成其伟大天才的特殊标志的东西。丘特切夫先生的视野并不开阔——这是事实，但他在自己的天地里却那么得心应手。他的才华不是由那些毫无联系、支离破碎的部分组成的：他自成一体，并自我调节；他身上除了纯粹的抒情成分外，没有别的成分；但这些成分确定而清晰，与作者本人的个性浑然一体；他的诗歌没有一丝臆想的气息；它们似乎全都是有感而发即兴创作，就像歌德所希望的那样，也就是说，它们并非绞尽脑汁想出来的，而是像树上的果实那样自然生成的，因此，根据这一可贵的品质，我们发现了——顺便说说——普希金对它们的影响，我们在其中看到了普希金那个时代的反光。

有人会对我说，我攻击诗歌中的臆想纯属徒劳，因为没有创造性想象力的自觉参加，除了某些原始的民歌之外，任何一部艺术作品的产生都是无法想象的，因为每一种才华都有其外在的一面——技艺的一面，没有它就不会有任何艺术；这一切的确如此，而且我丝毫也不反对这一点：我只是反对让才华脱离那惟一能给它营养和力量的土壤，反对才华脱离那给予它天赋的个人生活，反对才华脱离那个人本身所属的人民的总的生活。才华的这种分离可能会有好处：它能促进创作更趋完善，让其中的高超技艺充分发挥；但是高超技艺的充分发挥总是依靠它的生命力来完成的。用一段锯割好的干燥树木可以雕刻出任何合乎心意的图像，但是不管春天的太阳怎样温暖它，它身上已再不会长出新鲜的绿叶，再不会开放芬芳的花朵。一个作家的不幸，就在于他受能工巧匠的廉价胜利的诱惑，受它那已庸俗化的灵感的平庸权力的支使，想要用自己生气勃勃的才华去制作毫无生气的玩具。不，诗人的作品不应该是他唾手可得的东西，他也不应该用别人的方法加速作品在自己身上的发展。有人早已精辟地指出，诗人应该在自己的心里孕育作品，一如母亲在腹中孕育婴儿；他自己的血液应该在他的作品中流淌，外来的任何东西都不能代替这股使作品生气勃勃的血流：无论是睿智的评论和所谓真诚的信念，甚至无论伟大的思想，如果真有这样的思想的话……而它们，这些最伟大的思想，如果它们的确很伟大的话，也不只是从头脑里产生的，而且来自心灵，按照沃弗纳格警策的说法就是“Les grandes penseès viennent du coeur”①。希望创造某种完美作品的人，必须全身心地投入其中。

“臆想”的因素，或者更确切地说，瞎编的因素，华丽的词藻，大约十五年前曾在我国的文学中风行一时，而今当然已经是强弩之末了：现在谁也不会灵机一动，再去莫名其妙地炮制出一个五幕剧来，描写某个不入流的意大利画家，此人身后只留下两三幅很糟糕的画，搁置在三等陈列馆的阴暗角落里；现在无论是谁都不会突然陷入一种过度的欣喜若狂之中，去歌颂世界上也许从未存在过的某个姑娘的卷发；但瞎编在我们的文学中仍旧没有消失。它的痕迹相当明显，在我们许多作家的作品中都可以看到；然而这在

① 法语，意为“伟大的思想来自心灵”。沃弗纳格（1715—1747），18世纪法国作家，以《格言集》名世。

丘特切夫先生的作品里全然没有。丘特切夫先生的缺点属于另一种类型：在他那儿常常可以遇到古老陈旧的言辞，苍白无力的诗句，他有时显得仿佛不擅长使用语言；他那才华的外在方面，也即我们上面谈到过的那一面，可能还没充分发挥出来；但是所有这一切都由其诚挚的灵感，每一页诗行中散发出来的浓浓诗意补足了；在这灵感的作用下，丘特切夫先生的语言常常以超出常规的成功和用语几乎是普希金式的优美，而使读者不胜惊喜。观察一下那些为数不多（不超过一百首）但又标明其创作轨迹的诗歌是如何从作者的心里产生的，是饶有兴味的。如果我没有说错的话，他的每一首诗都发源于一种思想，但这一思想好像一粒火星，在深挚的情感和强烈的印象的作用下熊熊燃烧起来；因此，如果可以这样说的话，丘特切夫先生自己的思想由于具有这一起源上的特点，对于读者来说无论何时都不是赤裸裸的和抽象的，而总是同从心灵或自然界捕获的形象融合在一起，总是充满着形象，并且总是不可分割、牢不可破地浸透着形象。丘特切夫先生诗歌的抒情情境是异乎寻常的，几乎是转瞬即逝的，这使他必须表达得凝炼、简短，仿佛是他把自己圈定在一个局促而精致的狭小范围之内；诗人需要表述出融为一体的一种思想，一种感情，于是他就主要通过一个统一的形象把它们表述出来，正因为他需要表述，所以他既不想在别人面前夸耀自己的感觉，也不想在自己面前玩弄这种感受。在这个意义上，他的诗歌确实堪称务实的诗歌，也就是真诚的、严肃的诗歌。丘特切夫先生最短的诗几乎总是他最成功的诗。他对大自然的感觉非同寻常地细腻、深切和准确；然而，用上流社会不完全通用的话来说，他并不利用它为自己牟利，不用它来雕琢和粉饰自己创造的形象。人类世界同与其亲邻的自然界的对照，在丘特切夫先生那里从来不是生硬牵强和冷冰冰的，从来不带教训的口吻，都尽可能地不成为作者头脑中出现并被他当作自己的发现的某个平凡思想的注解。除了这一切之外，丘特切夫先生还有精细的鉴赏力——这是多方面的教育、学富五车和丰富的生活经验的果实。他熟悉激情的语言和女性心灵的语言，并且运用自如。我不太喜欢丘特切夫先生那些不是从自己的源泉中汲取的诗作，例如《拿破仑》等。在丘特切夫先生的才华中，没有任何戏剧的或史诗的因素，尽管他的智慧已经无可争辩地洞察到当代历史问题的核心。

根据所有这一切情况，我不想预言丘特切夫先生会广受欢迎——那种喧嚣一时、令人怀疑的广受欢迎，看来丘特切夫先生也根本就没想要这种广受欢迎。他的才华，按其自身的特质来说，是不会面向普通人们的，他也并不期望从他们那里获得反响和称赞；如果要对丘特切夫先生作出充分的评价，读者本身就应当具有某种精细的理解力，应当让他那长期无所事事的思想具有某种灵活性。紫罗兰不会把自己的芳香散发到二十步以外：只有走到它跟前，才能闻到它的芬芳。我再说一遍，我不想预言丘特切夫先生会广受欢迎；但我预言他的诗歌将会获得所有珍爱俄罗斯诗歌的人发自内心的赞赏和热情洋溢的回应，而这样一些诗歌，一如：“上帝，请把欢乐带给……”和别的一些诗歌，定将传遍俄罗斯的四面八方，并且将比当代文学中许多现在看来似乎会流传千古并且造成轰动效应的作品存在得更长久。丘特切夫先生可以对自己说，他，按一位诗人的说法，创造了注定不朽的语言；而对一位真正的艺术家来说，没有比意识到这一点更高的奖赏了。

1854年

“俄罗斯的第一位诗歌艺术家！”

在莫斯科普希金纪念像揭幕典礼上的讲话

女士们，先生们！俄罗斯整个知识界都一致赞同并参与建造普希金纪念像，我们如此多的优秀人物，地方、政府、科学界、文学界和艺术界的代表们都欢聚一堂，参加纪念像揭幕庆典——我认为，这座纪念像的建造，表现了社会对它的一个最值得尊敬的成员的深深感激和衷心敬爱。我将尽力简要说明这种敬爱的内涵和意义。

普希金是俄罗斯第一位诗歌艺术家。艺术这个词，就其也包括诗歌在内的广义来说——艺术作为建立在民族生活基础之上并决定民族的精神面貌和道德风尚的理想的再现甚至化身——是人的根本特性之一。其本质早已被预感到并被揭示出来的艺术——技艺——的确也是一种模仿，然而，远在人类生存的最早时期，它就早已作为人类特有的某种活动而满蕴崇高精神。当石器时代的野人用燧石尖在作为用具的骨片上刻画出狗熊或驼鹿的脑袋时，就已不再是野人，不再是动物了。但是只有当一个民族凭借其天才人物的创造力，自觉地使自己的诗歌和自己的艺术获得完美、独特的表现形式时——才能宣布自己有在历史上占一席之地的最终权利；它这才获得了自己的精神面貌和自己的声音——从而与承认它的其他民族友好交往。无怪乎希腊被称为“荷马的故乡”，德国被称为“歌德的故乡”，英国被称为“莎士比亚的故乡”。我并不打算否定民族生活的其他各种现象——诸如宗教、国家等方面——的重要性；然而，我刚刚指出的特点——却是一个民族的艺术和它的诗歌赋予人民的。而且这是不足为奇的：一个民族的艺术——是一个民族个性分明的活灵魂，是它的思想，是它的最高意义上的语言；艺术获得完美的表现形式后，甚至能比科学更卓有成效地成为全人类的财富，这正是因为它是有声音、有人性、有思想的灵魂，而且也是万古永存的灵魂，因为它比自己的肉体、自己的民族，存在得更为长久。希腊给我们留下了什么呢？给我们留下了它的灵魂！宗教的形式，以及随之而来的科学的形式，也比它们从中表现出来的民族存在得更为长久，这是因为它们之中有着一种普遍的、永恒的东西。诗歌、艺术——则是因为它们具有个性分明的活灵魂。

我再说一遍，普希金是我们的第一位诗歌艺术家。诗人作为民族本质的完美表达者，身上交融着两种基本因素：敏感性的因素和独创性的因素，我还可以大胆地补充一句——女性的和男性的因素。我们俄国人晚于其他民族加入欧洲大家庭，这两种因素因之具有独特的色彩；我们的敏感性是双重的：既来源于本民族的生活，又来源于西方其他民族的生活及其所有的精神财富——对我们来说有时这也是一种苦果；而我们的独创性也具有某种特别的、不平衡的、炽烈的、有时甚至是天才的力量：它必须既同异己的复杂情况战斗，又同自身的矛盾斗争。女士们，先生们，请你们回想一下彼得大帝吧，他的气质与普希金本人的气质颇为相似。无怪乎普希金对他怀有一种特别爱戴、万分崇敬的感情！我刚才谈到的这种双重的敏感性，相当突出地反映在我们诗人的生活之中：首先是他出生在一个古老的贵族世家，后来在皇村中学接受外国教育，受到当时社会上流行的外国行为准则的影响；接着是伏尔泰、拜伦和1812年伟大的人民战争的影响；而往后是深入俄国内地，浸泡在人民的生活中，沉醉于人民的语言中，听他那恩同父母的老奶妈讲各种传诵已久的民间故事……至于说到独创性，那它可以说很早就在普希金身上被唤醒了，并且很快就越过不确定的探索阶段，而转入自由的创作。他还不到十八岁，巴丘什科夫[1]读完他的哀歌《疾飞的云堆渐渐稀疏》[2]，就赞不绝口："这坏蛋！可真是一出手就不同凡响啊！"巴丘什科夫说得对：在俄罗斯还没有谁这样写过呢。也

---

① 巴丘什科夫（1787—1855），俄国诗人，俄国阿那克瑞翁诗体抒情诗的倡导者，其诗形象优雅，富有音乐感，代表作有《欢乐的时刻》《我的老家》《巴克汉卡》等抒情诗。

② 屠格涅夫此处有误，巴丘什科夫读的是普希金的《致尤里耶夫》一诗。《疾飞的云堆渐渐稀疏》是1820年创作的，当时普希金已21岁。

许，在高喊“这坏蛋！”的时候，巴丘什科夫已经隐约预感到，自己的一些诗篇和用语将被称为“普希金式的”，尽管它们出现得远比“普希金式的”早。法国有句俗语说：“Le génie prend son bien partout où il le trouve。”[1]普希金那天马行空的天才——如果不算为数不多、无足轻重的失误——很快就既摆脱了对欧洲经典的模仿，又远离了仿民歌风的诱惑。仿效民歌的风格，仿效一般的民歌情调——也是很不适当，徒劳无益的，一如惟外国权威的马首是瞻那样：这方面最好的例证就是：一方面——是普希金的童话，另一方面——是《鲁斯兰和柳德米拉》。众所周知，这是他所有作品中最差的一部作品。模仿外国的权威是很不合适的，当然，大家对此都是一致认同的；但是，也许有人会表示异议：如果诗人在自己的创作中不是时刻装着祖国的人民，不是以人民为目标，他就永远不会成为人民的诗人：人民，普通百姓就不会读他的作品。然而，女士们，先生们，究竟有哪一个伟大诗人的作品，能为那些我们称之为普通百姓的人阅读呢？德国的普通百姓不读歌德，法国的普通百姓不读莫里哀，甚至英国的普通百姓也不读莎士比亚。阅读他们作品的——是他们的民族。任何艺术都是把生活升华为理想：置身于日常生活平庸氛围里的人，一般都低于这个水平。这是一个需要攀登的高峰。归根结底，歌德、莫里哀和莎士比亚——都是真正名副其实的人民诗人，也即民族诗人。请允许我打一个比方：例如贝多芬，或者莫扎特，他们毫无疑问是德意志民族的作曲家，他们的音

① 法文，意为“天才在任何地方都能得心应手”。

乐也首先是德意志的音乐；然而，您从他们的任何一部作品中都不仅无法找到一丝借用平民百姓音乐的痕迹，而且甚至连一点相似之处都没有，正是因为，这种民间的、还处于原生态的音乐，早已转化成他们的血肉，使他们生气勃勃，就像他们的艺术理论那样溶化在他们的心灵中——一如语法规则消隐在作家生动的创作之中那样。在另一些离开日常生活土壤更远、专业性更强的艺术领域中，“民众的”这种说法——是不可思议的。有民族画家：拉斐尔，伦勃朗；可没有民众画家。顺便指出，在艺术、诗歌、文学中，只有那些弱小民族，那些尚未成熟或处于被奴役被压迫状态的民族，才会提出民众的口号。当然，他们的诗歌应该为另一些更重要的目的服务——捍卫本民族的生存。感谢上帝，俄罗斯并未处于这种境况中；它并不弱小，也不受其他民族的奴役。它不必为自己担忧，也无须苦心孤诣去维护自己的独立性；它意识到了自己的力量，甚至喜欢别人指出它的不足。

让我们回到普希金吧。他能否像莎士比亚、歌德等人那样，被称为民族诗人，对于这个问题，我暂时不作结论。但是毫无疑问，他创立了我们的诗歌语言，我们的文学语言，我们和我们的后代，从此只需沿着他用天才开辟的康庄大道前进。从我上面所说的话中，你们已经可以相信，我无法同意某些人的意见，当然，他们都是一些善良人士，他们认为根本不存在真正的俄罗斯文学语言；这种语言只有普通百姓和其他慈善机关才能惠赐给我们。恰恰相反，我在普希金创立的语言中找到了它经久不衰的一切条件：俄罗斯的创造力和俄罗斯的敏感性，和谐地交融在这一辉煌的语言中，而普希金本人就是卓越的俄罗斯艺术家。

正是俄罗斯的艺术家！其诗歌的本质本身、全部特性，与我们民族的本质和特性毫无二致。其语言的阳刚之美、力量和清晰，就更不用说了——这是胸怀坦白的真话，没有虚情假意，没有花言巧语，朴朴实实，心地坦率，感情真挚——俄罗斯人所有这些优秀品质通过普希金的作品反映出来，不仅使我们，他的同胞们惊讶不已，而且也使能接触其作品的外国人为之震惊。这些外国人的评价往往是极为珍贵的：爱国主义的热情并未蒙住他们的眼睛。法国著名作家梅里美[1]，是普希金的崇拜者，几乎当着维克多・雨果的面，毫不犹豫地称普希金为当代最伟大的诗人。他有一次对我说：“你们的诗歌首先寻求的是真，可美接着就自然而然地出现了；我们的诗人恰好相反，走的是一条完全相反的道路：他们首先谋求的是效果、机智、华丽，如果在完成所有这些后还有可能不损害真实的话，那么他们大约也会顺便兼顾……”他还补充道：“普希金的诗歌，就像是从冷静的散文中异常精美而又自然而然地绽开的花朵。”就是这个梅里美，经常用一句著名的格言来形容普希金：“Proprie communia dicere。”[2]认为这种善于别具一格地讲述人所共知的普遍事物的本领——是那种融现实和理想于一体的诗歌的本

① 梅里美（1803—1870），法国作家，中短篇小说大师，代表作有《高龙巴》《卡门》等。

② 拉丁文，意为“用自己的方式讲述普遍的事物”。按：此处变用了贺拉斯《诗艺》中的名言，原文为“Difficile est proprie communia dicere”，意即“只从个人角度说话难以表达普遍理论”。

质。他还在形式与形象和主题的内容的一致方面，在不发任何议论和不作道德结论方面，把普希金与古希腊诗人相比较。我还记得，有一次他阅读普希金的《毒树》一诗，读完最后四行后说：“无论哪位新诗人在这里都会忍不住要发发议论。”梅里美还称赞普希金擅长马上就in medias res[①]，或者像法国人说的那样，“牵牛牵住牛鼻子”，并且举出他的《唐璜》[②]作为这种技巧的典范。

是的，普希金是一位居于中心地位的艺术家，是一个深入俄罗斯生活核心的人。独具一格地吸收他人的形式的巨大力量，也应归入他的这一特性，就连外国人也亲口承认我们有这种力量。诚然，他们稍带鄙视地称之为“同化”能力。这一特性使他能够创作出诸如《吝啬的骑士》这样的作品，莎士比亚也乐意自豪地在这一作品上署上自己的名字。普希金的诗人气质中，这种激情和冷静的独特结合，或者更确切地说，其才华的这种客观性，也同样是令人惊异的，在他的才华中，其个人的主观性仅仅表现为内心的热情和激情。

一切就是这样……然而，我们是否有充分的理由称普希金为世界范围的民族诗人呢（这两种说法常常是重合的），一如我们称莎士比亚、歌德、荷马那样？

---

① 拉丁文，意为“直奔事物的中心”或“抓住事物的要害”“进入事物的本质”。

② 此处指普希金的小悲剧《石客》。

普希金不可能把一切都做好。不应忘记，他必须独自完成两件工作，而这在其他国家必须花整整一百年甚至一百多年的时间才能完成，那就是：确立语言和创造文学。而且与此同时，他还受到残酷命运的重压，这命运几乎总是幸灾乐祸、始终不懈地追踪着我们的优秀人物。他尚未满三十七岁，这命运就把他从我们手中夺去了。我们读着他在去世前几个月所写的一封信中的话："我的心灵更广阔了：我感觉到，我能创作出什么样的作品。"不能不感到深深的悲伤，不能不怀着某种隐隐的、即便是无名的愤怒。创作！然而，那颗愚蠢的子弹，那颗结束他的辉煌创作的子弹，已经铸造出来了！也许，另一颗子弹，另一颗用来杀死另一位诗人、普希金的继承者的子弹，当时也已经铸造出来，他为老师的死讯所震惊，创作了一首闻名遐迩、义愤填膺的诗，从而开始了自己的文学生涯[①]……不过，我不想多谈这些悲剧性的偶然事件，正因为它们是偶然事件，因而显得更加可悲。让我们从这片黑暗中回到光明之处吧；让我们回到普希金的诗歌上来。

这里，不是谈论他的个别作品的地方，也不是时候：这件事别人会比我做得更好。我只想指出，普希金在其作品中给我们留下了许多范例和典型（这是伟大天才的又一不容置疑的例证！）——留下了许多后来在我们的文学中进一步发展完善的典型。你们不妨回

① 另一位诗人指莱蒙托夫（1814—1841）。1837年，普希金遇害，他写了《诗人之死》一诗，直接抨击沙皇及其宠臣们是"扼杀'自由''天才'和'光荣'的刽子手"，激怒沙皇政府，被流放到高加索。1841年，死于决斗。

忆一下《鲍里斯·戈都诺夫》中小酒店那场戏，以及《戈留欣诺村史》等作品吧。而像皮缅，像《上尉的女儿》中的主要人物这样的形象，不是充分证明了，在他心中，过去的历史也像现在，也像他预先认识到的未来一样，生气勃勃，栩栩如生吗？

然而，普希金也没有逃脱创始者的诗人艺术家的共同命运。他曾遭到同时代人的冷遇；后来的几代人更加疏远他，不再需要他，不再从他那里获取教益，直到不久以前，才重又明显地关注其诗歌。普希金本人曾预感到读者的这种冷淡。众所周知，他在自己生命的最后几年中，在自己创作的鼎盛时期，几乎已和读者没有任何交流，连《青铜骑士》这样的作品，他都藏而不露。他在某种程度上不能不蔑视公众，因为他们习惯于把他看作某种轻歌甜唱之辈，看作夜莺……可我们实在不能怪罪他，你们还记得吗，甚至就连巴拉丁斯基这样智珠在握、目光如炬、负责和其他人一起整理普希金遗稿的人，也在写给一位同样聪明过人的朋友的信中毫不怀疑地惊呼："你能想象，这些诗稿中最使我感到惊异的是什么吗？是丰富的思想！普希金——是一个思想家！你能想到这一点吗？"这一切，普希金都曾预感到了。其明证就是那首著名的十四行诗（《致诗人》，1830年7月1日），请允许我向你们朗诵这首诗，尽管你们每一个人都早已熟知它了……但我无法抗拒用这诗中黄金装饰我这贫乏、单调的演讲的诱惑：

诗人！切莫看重大众的热爱！

狂热赞誉的喧嚣转瞬即逝，
你会听到俗众的冷笑，蠢货的责怪！
但你仍要坚强、沉静和刚毅。

你就是帝王：尽管特立独行，
自由的心灵会引导你走自由的道路，
让你心爱的智慧果实更完美芬馥，
这崇高的功勋不要求奖品。

奖赏就在你手上。你就是自己最高的法官，
你会对自己的劳动作出比任何人更严厉的评判。
你对自己的成果满意吗，苛刻的艺术家？

感到满意？那就听凭俗众去责骂，
听凭他们在你心火燃烧的祭坛纷哗，
听凭他们像顽童摇撼你的供桌支架。

可是，普希金在这里并没有完全说对——特别是对后来的几代人。问题不在于“俗众的冷笑”，也不在于“蠢货的责怪”；这一冷淡的原因要深刻得多。这些原因是众所周知的。我只要恳请你们回忆一下就行了。这些原因存在于命运本身之中，存在于社会的历史发展之中，存在于从文学时代过渡到政治时代的新生活赖以产生的条件之中。产生了一些出乎意料的、虽然完全出乎意料但却合情合理的渴望，以及一些前所未有、空前迫切的需求；出现了一些无法不给予回答的问题……当时也就无暇顾及诗歌，无暇顾及艺术。只有那些真正的语文学家才能一如既往地赞赏《死魂灵》和《青铜骑士》，或《埃及之夜》，因为新生活澎湃汹涌的滔滔浊浪并未波及他们。普希金的世界观似乎是狭窄的，他对我们的、有时是官方的光荣的热烈赞颂——已经过时，他那古典的分寸感与和谐感，也是冷漠的、落后于时代的东西。在诗人作为祭司的白大理石神殿里，确确实实火焰熊熊……而且，在祭坛上——还点着……一支神香——人们从这神殿里出来，涌向喧闹的市场，那里却正需要扫帚……而扫帚也找到了。宁静生活中一个按普希金的说法作为回声的诗人[①]，一个倾心于自己、居于中心地位的、肯定的诗人——已被动荡生活中一个作为喉舌的诗人，一个倾心于别人的、离心的、否定的诗人所代替。普希金作品最主要、最早的解释者别林斯基，也被不大看重诗歌的其他评判者所取代。我提到别林斯基的名字——虽然今天对任何人的赞扬都不应该和对普希金的赞扬相提并论，然而当你们知道他撒手人寰的日子5月26日，正好是诗人生日这一天，你们也许会允许我用几句赞美的话来纪念这位杰出的人物，对他来说，普希金乃是俄罗斯天才的最高表现！现在回过头来继续展开我的想法。就在莱蒙托夫的声音被很快打断之后，果戈理随即成为了人们思想的领袖，与此同时，响起了“复仇和忧伤”的诗人[②]的声音，而追随其后的是另一批作家——于是他们率领了正

① 普希金曾创作了《回声》一诗。

② 指涅克拉索夫。

在成长的几代人。通过普希金的作品而获得公认的艺术，这艺术存在的确凿不移，他所创立的语言——开始服务于社会组织中必不可少的另一些原则。许多人过去甚至直到现在都认为这种变化只不过是一种衰落；可是我却要指出，衰落、崩溃的只是那些僵死的、无生命力的东西。活的东西正在进行有机的新陈代谢——正在成长。而俄罗斯正在成长，而不是衰落。这样的发展——就像任何一种成长一样——必不可免地总要伴随着一些弊病，令人痛苦的危机，以及显而易见的极其尖锐、毫无出路的矛盾——对此似乎已无须证明了；不仅是整个公共的历史，而且是每一个个人的历史，都使我们明白了这一点。科学本身也向我们说明了这些弊病的必不可免。因而，为此而惴惴不安，为往日毕竟相对宁静的生活而痛哭流涕，极力回归到那种生活中去——并且强行让别人也回归这种生活，这只能是一些抱残守缺、鼠目寸光的人。在被称为过渡时期的人民生活时代，一个富有思想的人，一个自己祖国真正的公民，应该大步向前，尽管路途千难万险、泥泞不堪，不过在大步向前时，每时每刻都要牢记着那些基本理想，整个社会的生活就建构在这些理想之上，而他是这个社会中一个生气勃勃的成员。如果在十年和十五年以前，把我们聚集到这里来的庆典，很可能会被视为一种正义的行动，被当作社会对诗人的感激之情而受到欢迎；然而很可能不会产生这种同心一意、呼吸相通的感情，就像现在浸透我们内心的不计地位、不分职业、不论年龄的感情。我已经指出那个令人欣慰的事实，即青年人重新开始阅读、研究普希金；但我们不应忘记，已经有几代人接连从我们眼前过去了，对他们来说，普希金的名字本身只不过是那些注定要被遗忘的名字中的一个而已。不过，我不想过多指责这几代人：我已曾极力简要地说明，为什么这种遗忘是必不可免的。但我也不能不为这一重新回归诗歌的现象感到高兴。我对此感到高兴，特别是因为我们的青年不是由于希望幻灭而心灰意冷，由于屡犯错误而意志消沉，由于悔恨而回到诗歌上来，在这他们曾弃之不顾的东西中寻找避难所和安恬地。我宁愿认为，这种回归是某种艺术享受的征兆；认为它是一种证明，证明某些目标——为了达到这些目标，曾经认为不仅允许牺牲一切无关的东西，把全部生活纳入一个轨道，而且认为是势所必需的——已经达到了，将来还要达到另一些目标，因此已没有任何东西再妨碍以普希金为主要代表的诗歌，在社会生活的其他合理现象中占据其合理的位置。曾经有一个时期，美文学几乎是这种生活的惟一表现；后来有一段时间，它完全从文坛上消踪匿迹了……以前的领域是那样海阔天空，后来紧缩成微乎其微的空间。诗歌一旦找到自己的天然界限，就会拥有永固的地位。在尚未过时的老一辈导师——我对此坚信不疑——的影响下，艺术规律、艺术手法将重振雄风——谁知道呢？也许，还会出现一个新的、尚不为人们所知的不世之才，他将超过自己的导师——并且完全赢得既是民族的又是世界的诗人的称号，这个称号我还不敢加到普希金头上，同时也不敢贸然从他那里把它夺走。

不管怎样，普希金为俄国建立了丰功伟绩，他应该得到人民的感激。他对我们的语言进行了最后的加工完善，这种语言现在就其丰富、力量、逻辑和形式的美来说，就连外国语文学家也都承认几乎就是古希腊语之后最好的语言；他用典型的形象、不朽的声音反映了俄国生活的各种潮流。最后，他第一个用力贯千钧的巨手把诗歌的旗帜牢牢地树立在俄罗斯大地上；如果说在他死后扬起的激战的尘霾暂时遮蔽了这面光辉的旗帜，那么现在，当这尘霾开始消散的时候，他所竖起的所向无敌的旗帜已经在高空重放光芒。矗立在古都中心的高贵的铜像，像他那样光芒四射吧，并且向后代子孙宣告我们不愧为伟大的民族，因为这个民族不仅诞生了一系列其他伟人，而且还诞生了这样一个人！正如在谈到莎士比亚时说过的那样，每一个粗通文墨的人必然成为他的新读者——我们将同样期望，我们的每一个子孙都将满怀敬爱之情站立在普希金的铜像前，并且懂得这份敬爱的意义，以此证明，他将像普希金那样，成为一个更具俄罗斯气质、更文明、更自由的人！希望最后这个词不会使你们感到讶异。女士们，先生们！诗歌使人变得高尚，因而是一种使人解放、自由的道德力量。我们同样希望，在不久的将来，甚至现在还不读我们诗人作品的我们普通百姓的子孙们，也会懂得普希金这个名字意味着什么！他们将会自觉地重复不久前传入我耳中的一句无意识的细语：“这是导师的纪念像！”

1880

“我从来没有爱过一个女性像爱您这样深……”

致塔·亚·巴枯宁娜①

1842年3月下旬（俄历），莫斯科

塔季雅娜·亚历山德罗芙娜，尚未把肺腑之言②呈诸您面前，

---

① 塔季雅娜·亚历山德罗芙娜·巴枯宁娜（1815—1872），俄国著名无政府主义者巴枯宁（1814—1876）的妹妹，博览群书，很有教养，富有音乐天才，精通多种语言，对哲学、艺术和诗歌也有浓厚兴趣，且美貌出众。1841年10月她和屠格涅夫见面后，对这位小自己三岁的青年极为钟情，竟然迷恋得生了病，而且不顾当时的习俗，首先主动向他表白了自己热烈的爱情。可屠格涅夫只习惯温和、节制的感情，只习惯不会有任何结局的无花之果，而害怕热情似火的强烈感情，因而虽然和她维持了一段短暂的恋爱关系，但最终却辜负了她的一片深情。屠格涅夫在信中表现出的矛盾心态已经预示他们的前景不妙：一方面他指出两人已相互难以理解，另一方面又继续要求巴枯宁娜相信，他对她怀有深厚的感情。

② 这封信写于屠格涅夫与塔·亚·巴枯宁娜分手之前，上面留有巴枯宁娜对该信的下列批语：“令人惊讶的是，某些人居然对什么都能随心所欲，他们竟然能把最神圣的东西当成儿戏，竟能不惜损毁别人的生活。为什么他们不能无论何时都对自己——同时也对别人——心口如一，一丝不苟，光明磊落呢。难道他们压根儿就没有关于真理和关于爱情——我说的是广义的爱情——的概念吗？在我看来，谁心里装着爱，谁充满爱的精神，谁就会永远朴实、郑重、严谨地对待自己，一如对待别人那样。他不会像儿童一样轻率地玩弄最神圣的东西——他人的命运。如果他早已对她毫无兴趣——可他又总是那么怜惜她，在他身上看不出无论是虚情假意，还是装模作样——然而不敢做一个诚实的人，这又能算什么人呢！”（译自德文）——俄文编者原注

我是不会离开莫斯科的。我们的观念如此相左，志趣如此各异，以致我不知道，您是否能理解迫使我提笔的原因……您也许会以为，我写信给您是出于礼节……这一切的一切，甚至比这更坏的，我都理当承受……

但是，即便和您短暂分手，我也不愿意。请给我您的小手，如果可能的话，请忘掉那令人痛苦的一切，那如坐云雾的过去。我的整个心灵充满了深深的忧伤，回想往日我深感可恶而且可怕：我试图忘掉一切，一切啊，除了您的目光，至今还那样活溜溜、亮彩彩的目光……我觉得，我在您的目光里看到了宽恕与和解……上帝啊！我是多么痛苦，我又多么古怪——我多么希望能把您的小手紧贴在我的嘴唇，放声大哭，向您倾诉现在正惶惶不安地充塞在我心灵里的所有一切……

我有时打算，彻底和您分手。但我马上就会想到，您不在了，您死去了……无尽的哀愁立即包围了我——不仅为您的去世而哀愁，而且为您不理解我、没能听到我一句诚恳、真心的话而哀愁，正是这句话启发我回归正途，使我能够理解那种奇异的、深刻的、同我的整个身心合而为一的关系——我和您之间的关系……请别疑心重重、忧心忡忡地苦笑……我感到，我说的是肺腑之言，我也没有必要去撒什么谎。

我还感到，我不会同您永久分离……我还会去看您……我善良而美丽的姐姐。我们眼下活着，好像老人，或者就像孩子吧——生命从我们手中溜走——而我们只是眼睁睁看着它溜走，一如那什么都不珍惜的孩子，因为他们前面还有许多时光，或者就像那不再爱惜生命的老人……我们只是《魔鬼罗伯特》第二幕中的幽灵，欢蹦乱跳，喜笑颜开，但他们知道，只要点一点头——年轻的生命就会像一件破衣烂衫那样，从他们的身体里腾空飞去……您婶婶家是那么拥挤，那么寒冷，那么阴暗……而您，可怜兮兮的，总得跟他们住在一起……

我站在您面前，紧紧地、紧紧地握着您的小手……我多想把希望、力量、快乐注入您心中……请听我说——我可以凭上帝向您起誓：我说的是肺腑之言，是我刻骨铭心的话。我知道：我从来没有爱过一个女性像爱您这样深——尽管对您的这种爱还不能说是完满的、永久的爱情……因此，我同您在一起时，无法像跟别的女性在一起时一样，无忧无虑，口若悬河，因为我爱您远远胜过爱其他人。因此我就总是这样相信，您，只有您才能理解我。我多么希望只做您一个人的诗人，我的心灵与您有着一种难以言喻的奇异的联系，这样我就一方面觉得几乎无须见到您，一方面又深感必须对您倾诉——因为想说而不能说。尽管如此，无论是在奋笔疾书的时候，还是在孤身一人深深陶醉怡然自得的时候，您从来都没有离开我。我把从我笔下沙沙流淌的东西读给您听，读给您，我美丽的姐姐……哦，如果哪怕能有一次，在春天的早晨，我和您双双沿着长长、长长的椴树林荫小道漫步——我把您的小手握在手里，感到我们的心灵交融在一起，一切隔膜，一切病态的东西都随风远逝，一切口不应心的东西都融化了——这就是永恒。是的，您掌控着我心灵的全部的爱，如果我能自我表白——在您面前，我们也不会陷入如此难堪的局面……我也会懂得，我应该怎样爱您。

瞧，您常常在我最美好的时刻对我说：马上给您唱《唐璜》中的谢拉菲娜之歌[1]（我什么时候对您说……这您自己明白）。我知道，您并不认为谢拉菲娜——就是您，而和她说话的那个人就是——我，这实在是太可笑，也太愚蠢了；不过，我对您的态度不同。

您的模样，您的整个身心永远活在我心里，不断变化，老在成长，并且像普罗透斯[2]一样，总是变幻出新的形象。您是我的缪斯：比方说，谢拉菲娜的形象是由于您而孕育成熟，同样的情形还有伊涅沙的形象，也许，还有安娜太太的形象，以致我可以宣称，看来，我所思考和描写的一切，都以一种奇异的方式和您相联系。

再见吧，我的姐姐；为我上路送上您的祝福吧，您就暂且把我看作一块山岩吧，虽然它哑默无声，但是在它坚定不移的心灵深处却封存着爱情和深情。

---

① “谢拉菲娜之歌”可能是屠格涅夫自己的作品，但已经失传了。——俄文编者原注

② 普罗透斯是古希腊神话中海神波塞冬属下的一位小海神，是一个会多种变化的老人。

再见吧，您让我心潮澎湃，深受感动，再见吧，我惟一最好的女友。

再见。

“这一切我都奉若神明……”

致波丽娜·维亚尔多[1]

1848年5月1日　星期一　夜11点

我利用今天降临的好天气，去了一趟圣克鲁城外的威廉阿夫莱村。我打算在那里找一间房子。我在树林里转悠了四个多小时——满怀忧伤，深受感动，全神贯注，累得精疲力竭，力尽筋疲。当你孤身独处的时候，大自然会对人产生一种多么奇异的影响……这影响搅动了心灵深处那仿如田野的芬芳一般清新的微微苦涩，仿如鸟儿的歌声一般悠然的淡淡忧郁。您知道，我想说的是什么，您比我更清楚地了解我自己。看着长满绿茸茸的嫩叶子的树枝，在蓝莹莹的天空下明丽地摇曳，我怎能不心潮澎湃——为什么？是啊，为什

① 波丽娜·维亚尔多（1821—1910），原名米舍里·费尔南德·波丽娜·加尔西亚，是个西班牙人，1841年嫁给法国文学家兼翻译家路易·维亚尔多（1800—1883），后成为法国著名女中音歌唱家，屠格涅夫的红颜知己。屠格涅夫对她一往情深，而且深情得痴情，追随她旅居国外，为了她终身未娶。

么？是因为这随微风吹拂而轻轻摇曳的嫩小树枝与那永恒、空虚、无垠的天空的强烈对比？小小的嫩树枝，我一把它折断，它就会死去，不过有某种慷慨无私的力量又会使它重新生气勃勃，绿意盈盈。这天空一碧无垠，阳光灿烂，是否只是为了感谢大地？（因为在包围我们的大气层之外低达零下70度，而且很少有光。光只有在和大地接触后才能百倍增长。）啊呀！我极其厌恶天空，但生命，现实，它的变化无常，它的偶然性，它的惯性，它的昙花一现的美……这一切我都奉若神明。我生来就迷恋大地。我喜欢观看鸭子在水池边用湿漉漉的小脚丫抓挠自己后脑勺那急急的动作，或者观看长溜溜、亮闪闪的水珠，悠悠地从一动不动的牛脸上滴下去，这牛刚刚从齐膝深的池塘里喝完水走上来。——这一切，比天使（这些光荣的飞人）在天堂看到的更使我欢欣……

您最忠实的朋友

И в. 屠格涅夫

“只有我们才有情义……”

致波丽娜·维亚尔多

1849年6月10—11日　星期一

一觉醒来，看了您的信，我已经完全没有心思开玩笑了。多么不幸！您想想看——世界上有多少丑恶而无益的东西：霍乱，冰雹，国王，士兵，等等，等等！莫非上帝——真的仇视人类？

就说这霍乱吧，它疯狂肆虐，使十室九空；暖和有利于它传播，现在就连寒冷也能帮助它泛滥。这坏东西已经能够适应任何环境。至于我，已经感到它的利爪放松了，不过只是稍稍放松而已[①]；今天已经准许我出去走走了——可脸腮又突然出现了类似牙龈脓肿的玩意！真见鬼，我都足不出户，怎么可能感冒风寒呢？看来，今天是万般无奈，只有打消出门的念头了。

① 1849年5月，屠格涅夫患痢疾，而且病势颇重。

我记起了发生在库尔塔弗涅尔的灾难中令人心如刀割的一幕，那是我在俄罗斯亲眼目睹的。农民全家都坐在四轮大车上，去离村子几俄里外的地方，收割自己田地里的庄稼；然而一场突如其来的极其可怕的冰雹，却把所有麦穗都消灭精光！美丽的田野变成了一片肮脏的泥泞地。我偶然从旁边经过；他们全都闷声不响地围坐在自己的大车附近；女人们在嘤嘤哭泣；父亲光着头，敞开前胸，一言不发。我走近他们，本想安慰安慰他们，可还没等我说第一句话，那个农民就慢慢地俯首跪倒在地，双手扯下自己那件没有漂白过的粗麻布衬衣盖在头上。这是一种临刑前的苏格拉底[①]式举动：人对大自然诸如此类的冷若冰霜和残酷无情的抗议。是的，大自然的真实面目就是：冷酷无情；只有我们才有情义，也许，就连我们周围有情义的人也不多……这微弱的闪光，亘古以来的漫漫长夜总是极力想吞噬它。不过，这对大自然这坏东西并无大碍，她依旧令人陶醉地美丽，就是夜莺在给我们带来神魂颠倒的欢乐的同时，它的嗉囊中也有一只被碾轧得半死不活的昆虫正在痛苦地死去。这一切是多么令人郁闷啊！——我觉得，我说得如此绘声绘色，娓娓动听——然而，这没有任何用处。

是啊，在结束这封信以前，我还想对您再说些什么呢？哦，我十分感谢西切斯夫人对我的同情，因为我并非一个忘恩负义的人，

① 苏格拉底（前 470/469—前 399），古希腊哲学家，辩证法的始祖之一。晚年被控以“崇拜新神”和“毒害青年”罪，处以死刑（服毒芹而死）。他拒绝了朋友们越狱逃走的建议，认为自己应该遵守法律，坦然饮毒酒而死，以表示抗议并证明自己未犯所指控的罪行。

我非常高兴星期四再次见到她，如果这是可能的话。因为比这一天更早的时候，我无法外出——也别想外出。还有，请您转达我对大家，以及莫里斯·桑德先生的千百次友好问候，假如他希望并且他还没有忘记我的话。

祝您身体健康，笑口常开，祝上帝特别保佑您。

顺便说说，我找到了三个题材；说真的，它们都不太好，不过，也许持之以恒，我会找到点什么吧。

再见，后天见。期待友好地紧握您的手。

您的

Ив.屠格涅夫

“您的信让我成为最幸福的人……”

致波丽娜·维亚尔多

屠格涅沃[1]
1850年9月9日（公历）　星期一

您好，亲爱的、善良的、高尚的、极美的朋友，您好，啊，您就是世界上最美好的一切的化身！请给我您那双亲爱的小手，让我吻遍它们。对我来说，这定会药到病除，使我心旷神怡。好了，我如愿以偿了。现在，我们来谈谈心吧。

是啊，我必须承认，您是善良的天使，您的信让我成为最幸福的人。如果您知道，一只友好的手意味着什么，那该多好——它正从远方寻找着您，并且柔情脉脉地轻抚着您！因此而油然产生的感

① 屠格涅沃是离斯巴斯科耶（作家的家和出生地）18俄里的一块小小田庄，属于作家父亲C.H.屠格涅夫。作家在国外度过三年后，于1850年6月回到俄国，因与母亲关系不谐，不愿住斯巴斯科耶，而迁居屠格涅沃。——俄文编者原注

激之情已升华成对您的崇拜。特请上帝为您赐福千次！眼下我在这里真可谓茕茕孑立，形影相吊，极其需要精神上的支持。而且，我无法向您诉说，我是多么热爱我所爱的那些人们和那些对我推诚以待的人们。

您的老朋友

Ив.屠格涅夫

“我们失去的是一位怎样的人物……”

致波丽娜·维亚尔多

圣彼得堡
1852年2月21日（？）（俄历）[①]

…………

……我无法像刚开始那样，把这封信继续往下写……巨大的不幸使我们震惊：果戈理在莫斯科去世了——临终前，他把一切都付之一炬，一切——《死魂灵》第二卷，许许多多已经完成或有待完成的作品。总而言之，烧毁了一切。您很难估量，如此残酷、如此一干二净的损失，会有多么大。此时此刻，没有一个俄国人不深感心如刀绞。对我们来说，他是一个比普通作家伟大得多的人：他向

① 这封信的片段，大约写于在彼得堡获知果戈理去世消息的当天。因为屠格涅夫直到2月24日（3月7日）才得知果戈理逝世。因此信中所写的“2月21日”，或者是发表时的失误，或者有意标明果戈理去世的日期，而并非写信的实际时间。——俄文编者原注

我们揭穿了我们自己。对我们来说，他在许多方面堪称彼得大帝的继承者。也许，您会觉得这些话是创巨痛深时的过甚其词。不过您还不了解他；您只知道他全部作品中为数极少的一部分，而且即便您知道他的所有作品①，就在那时，您也还是很难理解，他对于我们的意义。要想感知这一点，必须成为俄国人。外国人中最明察秋毫的天才，比方说，梅里美吧，也仅仅把果戈理看作一个英国式②的幽默作家。他的历史意义因此被遗漏得干干净净。我再说一遍，只有俄国人，才能理解我们失去的是一位怎样的人物……

И в. 屠格涅夫

① 显然，波丽娜·维亚尔多能够知道的，只是果戈理的那本选集，那是她丈夫路易·维亚尔多在屠格涅夫的帮助下，于1845年翻译、出版的（路易·维亚尔多不懂俄语，只能从自己的角度编辑屠格涅夫的译文）。这本选集包括：《塔拉斯·布尔巴》《狂人日记》《马车》《旧式地主》《维》。除此之外，《钦差大臣》和《死魂灵》的节译也收入了梅里美编译的文集。——俄文编者原注

② 梅里美在《两个世界评论》杂志（第十二卷，1851年12月15日）发表长篇文章《尼古拉·果戈理……俄国中篇小说。〈死魂灵〉〈钦差大臣〉》。在文章中，他指出，果戈理是一个“细致入微、技艺高超的善于抓住笑料并且大胆揭露，然而喜欢把笑料变成滑稽的观察家”；他表现的只是俄国生活中过分夸大的消极面、非常态，或者歪曲的图画，但是他不仅可以作为一个小说家和戏剧家赢得极大关注，其作品被译为各种欧洲文字后，他还可以“享有与英国优秀幽默家并驾齐驱的盛名”。梅里美对果戈理的这一皮相之言和不准确的评价，被布尔加林兴高采烈地接收过来，肆意发挥，发表在《北方蜜蜂》两期文章中（第277卷，283卷，1851年12月12日，19日）。——俄文编者原注

“请您常在信封里装点青草或者鲜花……”

致波丽娜·维亚尔多

斯巴斯科耶
1852年10月13日（俄历）

请您想象一下暴风雪降临的情景吧，雪的旋风不是从天而降，而是狂飞疾驰着，成团旋转着，虽然它本身是白皓皓的，却搅得昏天黑地，并在地面铺满了一人高的厚雪。瞧，我们这儿的天气是多么可怕，亲爱的、善良的维亚尔多夫人。你们欧洲人，无法想象俄国的métielle[①]是何等模样。幸好，天气还不太冷，否则不知有多少人会死于非命！两年前，也在这样的暴风雪天气里，光是一个图拉省就冻死了900人。不过，谁也没有料到，像这样的暴风雪会来得这么早！较之往常，冬天急如星火地提前赶来了，仿佛是因为我们刚刚熬过了一个酷热难耐的夏天，来安抚我们似的。这就像一个故事，说的是一个人娶了一个其貌不扬、家徒四壁而又冥顽不灵的女

① 法文，意为“暴风雪”“雪暴”。

人做妻子。尽管天气极其恶劣，尽管将要忍受等待着我的六个月形影相吊的日子，我仍然不曾愁眉不展；相反，我感到兴高采烈，心潮澎湃：因为我面前摆着一封您从英国回到库尔塔弗涅尔后写给我的亲切的信。

亲爱的、善良的朋友，我恳求您多给我来信；您的信总是使我感到幸福，而目前对我来说，尤其是雪中送炭。我眼下遥无定期地被困在乡村，只好想方设法自娱自乐：既没有音乐，也没有朋友——什么都没有！甚至连一起消愁解闷的邻居也没有。丘特切夫[①]夫妇虽是极好的人，但我和他志趣迥异。那我究竟干些什么呢？大概，我已不止一次对您说过这事：写作和回忆。然而，为了写作更加轻快，而回忆更少痛苦，我需要您的书信，它们给我带来幸福、活跃生活的回声，带来阳光、诗意的气息。对了，顺便说说，请您常在信封里装点青草或者鲜花……我感到，我的生命正在一滴滴流逝，就像水从未关紧的水龙头里向下流淌；我并不惋惜——就让它流逝吧……我又有什么办法呢？……谁也无法重返往日的生活，但我喜欢回忆，回忆那模糊不清的美好过去，在今天这样的傍晚，听着暴风雪在雪堆上空闷闷不乐地呜呜呼啸，我想象着……不，我既不想自寻烦恼，也不想影响您的心情……我的一切还算过得去；面对现实的重压，只有鼓足勇气，才能感到轻松一

① 这位丘特切夫是 Н. Н. 丘特切夫（1815—1878），40 年代曾参加别林斯基小组，1852—1853 年他曾担任屠格涅夫的管家，和妻子长期住在斯巴斯科耶庄园，与著名诗人 Ф. И. 丘特切夫并非一人。

些。但请您常常给我来信！

啊，亲爱的朋友，每当我回忆起我们在白杨树下小憩，从枝头落下的树叶轻拂拂、软簌簌地飘落到我们身上，我写作起来是多么轻快啊！啊，是的！那时天空是那样蓝莹莹的……我担心，我会永远见不到那么美丽的景色了。这一切给我留下的印象是那样刻骨铭心，那样鲜活生动，只要我一闭上眼睛，我就能听到树叶轻微而清晰的沙沙絮语，这些树叶虽已枯萎，但在蓝莹莹天穹的背景下，却发出耀眼的金光。您知道吗，在我一本书（您收到这本书没有？）中的一个地方，对于树木，我写出了和您一模一样的感受：树木仿佛垂挂在天上？[①]我和您已经不止一次有一模一样的想法了……

Et de tristesse couronnée

La terre entre dans son sommeil...[②]

从写这一页开始，我耳边就回荡着古诺[③]《秋》中的这些诗句……为什么我不能像从前那样想念他呢？[④]……然而，不管怎

① 屠格涅夫寄给维亚尔多夫人的书是《猎人笔记》单行本（莫斯科，1852年版）。信中此处是指《猎人笔记》中《美丽的梅奇河畔的卡西扬》一文里一段关于树林的描写："仰卧在树林里向上眺望，是一件其乐无穷的事儿！你似乎觉得，你是在眺望深不见底的海洋，这海洋在您'下面'无边无际地扩展着，树木仿佛不是从地面往上升起来的，倒好像是一些巨大植物的根，从上面悬挂下来，垂直地落在玻璃一般明晶晶的波浪上；树上的叶子，时而像绿宝石一般透亮，时而又浓得变成金黄色，甚至是一片墨绿色。"

② 法文，意为"大地头戴着忧伤，/慢慢沉入梦乡……"。

③ 古诺（1818—1893），法国作曲家，法国抒情歌剧的创始人和著名代表，代表作品有歌剧《萨福》《浮士德》《罗密欧与朱丽叶》等。

④ 屠格涅夫此处暗示1852年春天维亚尔多一家和古诺发生的争吵和绝交。——俄文编者原注

样，他的《秋》是十分美好的作品。我感到，我整个身心都被深深感动了；我应该尽力摆脱这种局面——可又有什么用呢？

我刚才开了一下我的阳台门。呼！一股黑沉沉的寒流，一股寒森森的风儿，夹着雪迎面扑来……小狗狄安娜吓了一大跳，跳起身跑开了。唉，可怜的小东西！你还不习惯这样的气候。你这可怜的法兰西少女！让我们坐在一起回忆库尔塔弗涅尔吧。明天见。但我不离开你。

您的

И в. 屠格涅夫

“只有您才掌握如此炉火纯青的地道俄语……”

致谢·季·阿克萨科夫

圣彼得堡
1854年2月10日（俄历）

亲爱的、善良的谢尔盖·季莫费耶维奇，老早老早以前就想给您写信，可总是抽不出时间——今天，终于下定决心向您汇报我的一些消息。首先，诚挚地感谢您的《捕捉鹌鹑》[①]——我不是一字一句地读的，而是迫不及待一口气整个儿读完它。这是一个十分美好的作品——并且是用只有您才掌握得如此炉火纯青的地道的俄语写成。恰好，《现代人》第3期上将刊载我给您的信，其中讲述了我的好朋友——本地猎人、医生别尔斯的意见，他谈到野禽飞来和飞去的各种神秘问题[②]。看来，他的意见是正确的，在任何情况下

① 屠格涅夫此处说的是 C．T．阿克萨科夫的随笔《带着鹞鹰猎捕鹌鹑》（《莫斯科人》1854年，第一卷，第2期），原拟收入《猎人手册》，但在该书遭禁后，收入《猎人的狩猎故事和回忆》（莫斯科，1855年）。——俄文编者原注

② 屠格涅夫允诺给《现代人》编辑部的信没有写。——俄文编者原注

都能引出您的回答。

近来我的健康又稍微得到恢复——我的病是胃炎或者叫做慢性胃功能紊乱，常常伴有冷热交作和失眠。我非常可惜的是，您也不太舒服——也许春天会让我们两个都康复过来，而您一定要等我到四月初，甚或就到三月底。

我在这里过的生活虽然不能算疏懒，但不知怎么时间都浪费在成千上万的琐碎小事上。不过，我也在这里做成了两件好事：说服Ф. И. 丘特切夫出版自己的诗歌选集①，并且帮助费特最终完成了整理和校正他翻译的贺拉斯②。我自己现在什么也没做——指望到乡村再动手。

今天这里发表了对英国和法国的宣战书。如果您还没收到，大概，很快就会收到的③。

---

① 近100首丘特切夫的诗歌发表在《现代人》1854年第3期和第5期上；很快就出版了《Ф. 丘特切夫诗选》的单行本（圣彼得堡，1854年）。屠格涅夫还在《现代人》1854年第4期上发表文章《略谈丘特切夫的诗》。——俄文编者原注

② А. А. 费特翻译的贺拉斯颂歌，是屠格涅夫参与筹备出版的，它在1856年初问世（俄文编者原注）。贺拉斯（公元前65—前8），古罗马诗人，文艺批评家，著有抒情诗、讽刺诗多卷，代表作是《诗艺》，其名诗《纪念碑》在俄国影响很大，大诗人杰尔查文、普希金都有著名仿作。

③ 1854年2月9（21）日，尼古拉一世关于断绝俄国及其同盟国——法国和英国——外交关系的宣言，实际上是对两国的宣战。——俄文编者原注

关于伊万·谢尔盖耶维奇[1]，您什么也没写给我。我想，他一定身健更兼笔健。感谢康斯坦丁·谢尔盖耶维奇[2]的敬意。握你们大家的手——并且说：再见。

衷心热爱您的

Ив.屠格涅夫

又及：普希金著作的出版已有进展，尽管进展很慢。在英国大使撤离之际[3]，我很便宜地买到了两支极好的英国弗尔萨依特牌猎枪。

---

① 指伊·谢·阿克萨科夫（1823—1886），俄国政论家、作家和社会活动家，斯拉夫派思想家之一，谢·季·阿克萨科夫之子，诗人丘特切夫的女婿，曾编辑《莫斯科报》《俄罗斯座谈》《俄罗斯报》等报刊，19世纪40—50年代主张废除农奴制。

② 指康·谢·阿克萨科夫（1817—1860），俄国政论家、历史学家、语言学家和诗人，谢·季·阿克萨科夫之子，伊·谢·阿克萨科夫之兄，斯拉夫派思想家之一，主张保持专制政权，废除农奴制。

③ 英国大使哈米里顿·谢伊穆尔爵士撤离彼得堡，是尼古拉一世的宣言引发的（详见上）。

“您的使命是成为一个文学家……”

致列·尼·托尔斯泰

波克罗夫斯克村
1855年10月3日（俄历）

亲爱的列夫·尼古拉耶维奇，我很久以前就想和您结识，哪怕是成为信友也行，既然暂时不可能有别的办法；现在，我即将离开令妹家前往彼得堡[①]，就是打算实现这一宿愿。首先，我衷心感谢您把大作《伐木》献给我[②]——在我整个文学生涯中，还没有什么像这样使我的自尊心得到如此的满足。令妹大约已写信告诉您，

① 屠格涅夫曾在列·尼·托尔斯泰的妹妹——M. H. 托尔斯泰娅（1830—1912）——的庄园，距斯巴斯科耶20俄里的波克罗夫斯克村做客。10月7（19）日，他来到莫斯科，参加1855年10月4（16）日逝世的历史学家 T. H. 格拉诺夫斯基（1813—1855）的葬礼，10月13日他去往彼得堡。——俄文编者原注

② 列夫·托尔斯泰的短篇小说《伐木》是专为献给屠格涅夫而创作的，他在1855年6月14日写给 И. И. 巴纳耶夫的信中，请求屠格涅夫“在一篇‘士官生的短篇小说’前题上：‘献给 И. 屠格涅夫’”，而他产生这一想法，是因为“当他……反复读这篇故事时，从中发现有许多不由自主地模仿他（即屠格涅夫）的小说的地方。”——俄文编者原注

我是多么高地评价您的天才并且对您寄予多大的希望[①]——近来我尤其常常想到您。一想到您所处的境地，我就感到提心吊胆。虽然从另一方面来说，我也为您能获得这种全新的感受和体验而感到高兴，但一切都有其限度，而且不要去诱惑命运——它本来就喜欢让我们每走一步都受到损害。如果您能离开克里米亚，那是再好不过了——您已经充分证明，您不是一个懦夫[②]——因为军人这一职业终究不是您的归宿，您的使命是成为一个文学家，思想和语言的艺术家。我之所以决心向您谈到这些，是因为今天收到您最近的一封信，您暗示有可能获准休假[③]——而且，我过于热爱俄罗斯文学，以致不希望任何愚不可及和不长眼睛的子弹去认识您。如果您真有可能到图拉省来哪怕是作短暂的停留，我都会专程从彼得堡赶到那儿去，以便当面同您结识——这对您来说，自然不会有太大的

---

① 托尔斯泰在1855年3月25日的日记中写道："收到玛莎（M. H. 托尔斯泰娅——编者）一封动人的信，在信中她向我描述了自己与屠格涅夫结识的情景。这是一封亲切、可爱的信，它使我更坚信自己的想法，激发我为事业而奋斗。"（俄文编者原注）屠格涅夫对托尔斯泰的评价，还可从抚养托尔斯泰长大的远亲达·阿·叶尔戈尔斯卡娅给他的一封信中略见一斑："你已经从瓦利扬和玛申卡（即托尔斯泰的妹夫和妹妹）那里听说过，他们认识了屠格涅夫。他对你近来的作品都十分欣赏，他说……作家们都预言你有一个光辉灿烂的前景。"

② 托尔斯泰在克里米亚部队服役，在被围困的塞瓦斯托波尔度过了近九个月，从1854年11月7日直到1855年8月27日放弃该城。并且，有一段时间是在防守阵地最危险的地段——4号棱堡。放弃塞瓦斯托波尔之后，他又在克里米亚部队中呆了两个多月，直到11月初被派往彼得堡任职。——俄文编者原注

③ 大概，屠格涅夫指的是10月1日在图拉收到的、托尔斯泰1855年9月4日致T. A. 叶尔戈里斯基的信，托尔斯泰在信中写道："在最近这些日子里，离开部队的念头越来越频繁也越来越坚定地出现在脑海里。"（见《列·尼·托尔斯泰全集》，第59卷，第335页）再早些时候，在1855年3月11日，他在日记中写道："军人这职业——并非我的归宿，越早离开它越好，以便全心全意地投身文学事业。"——俄文编者原注

诱惑，不过说真的，为了您自己，为了文学——您请来吧。我再向您重复一遍——您的武器是笔，而非军刀，且缪斯不仅无法容忍战乱[①]，而且还很嫉妒。

我觉得，要是我们相聚一堂——一定会畅叙衷情，尽情尽兴，而且，我们的结识，对于我们双方也许都不会毫无裨益。

我本想对您多谈谈您本人和您的作品，但这在信上——特别是在这一封信上，是绝不可能的。只好把这一切都留到我们亲自见面时再详谈吧，对此我满怀希望。

整个夏天我同您的亲戚时常见面——而且衷心地喜爱他们。我们大家都多么惋惜尼古拉·尼古拉耶维奇离开这里[②]。说真的，我们是这么近的邻居，却相识得这么晚，一想到这点，就深以为憾。

您的回信一定会让我心花怒放。下面就是我的地址：圣彼得堡，喷泉广场，阿尼奇科夫大桥旁，斯捷潘诺夫大楼。

---

① 试比较普希金的诗歌《十月十九日》：“效忠于缪斯，无法容忍忙乱。”

② 尼古拉·尼古拉耶维奇·托尔斯泰（1823—1860），作家，列·尼·托尔斯泰的哥哥（俄文编者原注）。屠格涅夫认为他是一个很有才华、很有希望的作家。1855 年 8 月，在退伍两年半后，尼·尼·托尔斯泰又离家参加军队工作。

亲切地握您的手，亲爱的列夫·尼古拉耶维奇，祝您一切顺利，身体健康。

衷心敬爱您的

伊万·屠格涅夫

“您应该培养您自己……”

致阿・尼・阿普赫京[①]

斯巴斯科耶村
1858年9月29日

最亲爱的阿列克塞·尼古拉耶维奇，您给我写了一封愁肠百结的信[②]！我十分同情您——因为正如您公正地指出的那样，我自己也曾同样走过那样一条羊肠小道，但我并不那么同情您的忧伤；这种忧伤——是青春年少时习以为常的旅伴，其所以如此并且剧烈发作，是因为没有力量掌控自身过于旺盛的精力。这是理所当然的；然而过分沉湎于这种忧伤——那就有害了；在这种情况下，一个四十岁的人的意见，也许是有益的。您为什么忧伤？是不是因为您还不知道，您是否有才华？那就给它时间，让它成熟吧；可是

① 阿·尼·阿普赫京（1840—1893），俄国诗人，其抒情诗的主题是忧伤、失望，对生活不满。其诗歌《疯狂之夜》《尽是白天》等被柴可夫斯基谱写成浪漫曲。

② 阿普赫京致屠格涅夫的信，不详。——俄文编者原注

即便没有才华也无关紧要，难道一个人非得具有写诗的才华，才能生活和行动吗？是周围的环境使您苦恼吗？但是，第一，我觉得，您仅仅停留在表面现象上；而第二，如果您现在，在1858年，感到心灰意冷，愁绪满怀，那么，请假设您在1838年您18岁时吧，那时前途是那么一片黑暗——而且以后仍旧那样黑暗一片，那您又该怎么办呢？您现在没有时间也没有必要悲伤；您得肩负起一个重大的责任：您应该培养自己，把自己培养成人——至于您能达到什么地步，生活将把您引向何方，这就全凭您的天性了：面对自己，您必将问心无愧。请您少想一点个人的私事，少想一点个人的痛苦和欢乐；请您暂时把自己看作一种形式吧，一种应该用美好的、切实的内容充盈的形式吧；请努力吧，学习吧，播种吧：它们必定在合适的时间、合适的地点生根开花。请记住，许多像您一样的年轻人，都为俄罗斯的繁荣在辛勤劳动，奋力拼搏；您并不孤独——那您还要什么呢？为什么要心如死灰，袖手旁观？哦，如果别人也这么做，这又将会导致什么后果呢？您在您的同伴（往往是您不认识的）面前，必须抖擞精神，放手大干。

至于说到您寄来的两首诗嘛，那么，它们既像一位真正诗人青春时期的作品，也像一位技巧高明的业余作家青春时期的作品。它们还缺少个性特征——而诗没有个性特征，那就不成其为诗了，尤其是抒情诗。不过，您不要为此心焦、难过。请允许我向您举自己为例：我的个性特征是将近三十岁时才形成的——可不幸的是，我并非在三十岁才开始写作的。

因此，Corraggio，Santo Padre！Corraggio，Signore Alexis！[①]要坚韧不拔地工作，心平气和地工作，不急不躁地工作：任何土地都只能结出它所能结出的果实。请您继续写诗吧——谁知道呢？也许，您的使命——就是做一个诗人；但请您不要急于发表作品，更不要沉湎于忧伤：这也是一种手淫，就像肉体的手淫那样，同样是有害的。

我不知道，您对这封信是否满意——不过我是因为诚挚地同情您，才写下它的。我将在11月10日左右到彼得堡来，希望冬天能常常见到您。祝您健康，并友好地握您的手。

忠于您的

Ив.屠格涅夫

① 意大利文，意为“振作起来吧，圣父！振作起来吧，阿列克西斯先生！”

“您就像深入到我心里……”

致费·米·陀思妥耶夫斯基

巴黎
1862年3月18（30）日

最亲爱的费多尔·米哈伊洛维奇，我没法对您说，您对《父与子》的评价，让我高兴到什么程度[1]。此处的问题不在于自尊心得到了满足，而在于您证明了，我并没有错，没有完全打错算盘——劳动也就因此没有白费。这对我来说尤为重要，因为我很信任的人们（我不是指柯尔巴辛[2]），都郑重其事地劝我让这部作品化为灰烬；就在前几天，皮谢姆斯基[3]（不过这只限于我们间说说）还写

① 陀思妥耶夫斯基评价《父与子》的信不详。屠格涅夫在给 В．Л．鲍特金的信（1862年4月7日）曾援引陀思妥耶夫斯基“热情洋溢的”话：“陀思妥耶夫斯基确信：‘这一作品抵得上我所写的所有作品，足以与《死魂灵》媲美。’等等。”（《В．Л．鲍特金和 И．С．屠格涅夫，未出版的书信》，1930年，第170页）。在《冬天记的夏天印象》中留有对这一评价的反映，陀思妥耶夫斯基在谈到屠格涅夫时说：“唔，尽管他彻底信仰虚无主义，但因为这个不安分而忧郁的巴扎洛夫（伟大心灵的特征），他定会遇到极大的麻烦。”（《费·米·陀思妥耶夫斯基全集》，第四卷，莫斯科，1956年，第79页）——俄文编者原注

② 柯尔巴辛（1831—1885），俄国作家，《现代人》杂志编辑。

③ 皮谢姆斯基（1821—1881），俄国作家，主要作品有长篇小说《一千个农奴》，剧本《苦命》等。

信给我，宣称巴扎洛夫这个人物写得根本不成功。这怎么能不使人疑惑莫解，甚至晕头转向呢？作者很难立即意识到，他在多大程度上实现了自己的思想——它正确与否，自己是否驾驭了这一思想，等等。作者在自己的作品里——真是如堕烟海。

您一定不止一次亲身体验过这种感觉。因此，再次向您表示感谢。您如此全面而精细地理解了我试图通过巴扎洛夫表达出来的东西，这使我十分惊异——同时也兴会淋漓。您就像深入到我心里，甚至感觉到了我认为无需说出的东西。上帝保佑，但愿这里表现的不只是大师敏锐的洞察力，而且也是读者朴素的理解——也就是说，上帝保佑，但愿大家都能看到哪怕是您所看到的一部分！对于我这部中篇小说的命运，现在我已经放心了：它完成了自己的任务——因此我也就没有什么可后悔的了。

我这里再给您一个证明，说明您对这一典型熟悉到何等程度：在阿尔卡狄和巴扎洛夫会面时，在您认为缺少点什么的地方，巴扎洛夫一边讲述着决斗，一边拿骑士逗乐，阿尔卡狄暗怀恐惧地听着，等等——我都删掉了，可我现在后悔了：我总是根据否定的意见，反反复复地不断涂改，不断重写，也许，正因为如此，也就发生了您指出的麻烦事。

我已收到迈科夫寄来的一封亲切的信——我很快就会给他回信。人们一定会群起痛骂我，但这就像夏天的细雨，等一阵子就会过去。

如果在彼得堡见不到您，那我将会感到万分遗憾。我将在本地的四月末，也就是说再过一个月，从这里动身。现在我可以肯定地告诉您，我一定会把写完的作品带给您——它不仅进展神速，而且已接近收尾。作品大约有三个印张。是一件古里古怪的东西。这正是几年前引发我和卡特科夫[①]争论的那个《幽灵》——我不知道，您是否还记得此事。我本已开始写另一作品——可是突然情不自禁地转到这个作品，并且激情盈溢地一连写作了好几天，现在只剩下几页就可写完了。

我为《时代》杂志的成就感到欣喜。遗憾的是，您未能按正规方式邮寄杂志。我这么说，不完全是为了个人利益——我本人毕竟很快就要回国了——而主要是为了您的利益。《俄罗斯通报》能准时寄到这里。（不过，二月号我还没有收到。）

再次紧紧、紧紧地握您的手，并向您致谢。

请向您夫人转达我诚挚的问候，并祝你们健康。

忠于您的

И в . 屠格涅夫

① 卡特科夫（1818—1887），俄国政论家，《俄罗斯导报》《莫斯科新闻报》编辑。

“这种创造性是否足以使其他民族产生兴趣？”

致B.拉尔斯顿[①]

巴登，席勒大街277号
1866年10月19日（公历）　星期五

阁下：

我已收到您通过*Fortnightly Review*[②]转来的那封亲切的信，可我得请求您允许我用法语给您回信；我非常了解英国文学，并能流利地讲说英语；但我用您的母语写作却难度很大。我兴致勃勃地拜读了您评论柯尔卓夫[③]的出色大作。我个人对他了解不多——只在彼得堡见过他两三次；不过我跟他的大多数朋友，特别是别林斯基关系亲密，而别林斯基堪称他的至交好友，并因在俄国社会生活中

① 威廉·拉尔斯顿（1829—1889），英国作家，翻译家，俄国文学爱好者，屠格涅夫的朋友。

② 原文为英文，意为《双周评论》，是一种英文双周刊物。——俄文编者原注

③ 柯尔卓夫(1809—1842)，俄国诗人，其诗歌描绘农村生活、劳动，表现徜徉在大自然中的喜悦，风格近似民歌，在俄国诗歌史上独树一帜。

所起的作用而获得高度评价。

柯尔卓夫是地地道道的人民诗人——是当代真正的诗人。也许，把他和彭斯[①]——这位激情和天赋迥异的诗人——进行比较，也是一件不胜荣耀的事情。不过，他们之间毕竟还有相当多的共同之处。柯尔卓夫有二十来首小诗，它们将与俄语一起流传千古。

十分高兴，您打算把我们的文学介绍给您的同胞。果戈理就更不用说了，我认为，列夫·托尔斯泰、奥斯特洛夫斯基[②]、皮谢姆斯基和冈察洛夫[③]的作品，都能以其崭新的认知方式和诗意盎然的表达，引起人们的兴趣；无须否认，我们的文学从果戈理时期开始就具有了独创性；只是应该搞清，这种独创性是否已达到足以使其他民族对它产生兴趣的程度。您的意见，评价和喜爱在这里将是无比重要的——您知道，在我们这里，英国的影响已经达到了何等巨大的程度，在俄国又是怎样评价英国作家的；因此，我只能对您的这一志向表示诚挚的敬意，并预先为我的国家祝福。

---

① 彭斯（1759—1796），苏格兰诗人，其诗歌颂劳动、人民、自然、无私、自我牺牲的爱和友谊，与苏格兰民间诗歌和民间音乐有紧密联系。著名民歌《友谊地久天长》，就是根据他的诗歌谱曲而成。

② 奥斯特洛夫斯基（1823—1886），俄国剧作家，其剧作生动地反映了俄国的社会生活，兼有日常生活描写逼真和人物性格刻画细腻的特点，是俄罗斯民族戏剧的奠基人。代表作有《大雷雨》《肥缺》《森林》《狼与羊》《没有陪嫁的女人》等。

③ 冈察洛夫（1812—1891），俄国作家，现实主义小说大师，其长篇小说《平凡的故事》《奥勃洛摩夫》《悬崖》，深刻反映了19世纪40—60年代的俄国社会生活。另有旅行随笔《战舰巴拉达号》、文学评论《万般苦恼》。

我十分高兴和您建立私人关系，并且如果您需要什么资料的话，我愿意随时听候您的吩咐。在任何情况下，您都可以充分相信我。

我打算在俄罗斯度过二月、三月和四月，但我担心您已正好碰不上我了。我完全相信那边会友好地接待您，我将为能促成此事而感到幸福。

很高兴得知，在柏林跟我一起学习过的刘易斯先生，恰好就是正在撰写歌德传记的那个人[①]。请您代为转达我对他的友好问候，并请接受我最崇高的敬意。

И в.屠格涅夫

又及：如果您惠赐回信，请用英文回复。

① 乔治·亨利·刘易斯（1817—1878），英国哲学家，戏剧家，文学评论家，科学家，著有《歌德传》；与英国著名女作家乔治·爱略特（1819—1880）共同生活了20多年（1852—1878），并促使她成为文学巨人。

“这是强有力的作品！”

致列·尼·托尔斯泰

巴黎，杜埃路50号
1880年1月12（24）日　星期六

最亲爱的列夫·尼古拉耶维奇：

我曾把《战争与和平》的译本（遗憾的是，翻译得十分苍白无力）寄给福楼拜[①]先生，现在从他的信中以外交般的精确原原本本抄录一段给您：

“Merci de m’avoir fait lire le roman de Tolstoï. C’est de premier ordre ! Quel peintre et quel psychologue ! Les deux premiers volumes sont sublimes ; mais le troisième dégringole affreusement. Il se rèpéte ! et il philosophise !! Enfin on voit le monsieur, l’auteur et le Russe tandis

① 福楼拜（1821—1880），法国作家，代表作品有长篇小说《包法利夫人》《情感教育》等。

que jusque là on n'avait vu que la Nature et l'Humanité. Il me semble qu'il y a parfois des choses à la Shakespeare ! Je poussais des cris d'admiration pendeant cette lecture... et elle est longue ! Oui, c'est fort ! bien fort !" [①]

我认为，en somme[②]，您会感到满意的。

我把《战争与和平》分送给这里所有的主要评论家。独立的评论还没有出现……不过已经送出去三百册了（总共寄来五百册）。

给柴可夫斯基[③]的票据，我已从基涅恩事务所收到了。

我下星期三离开这里——希望十天后能回到彼得堡。因为我必须到莫斯科和乡下去，那样，当然就会见到您。

---

① 原文为法文。1879年，福楼拜读了列夫·托尔斯泰的长篇小说《战争与和平》的译著后，写信给屠格涅夫："我很感谢您让我有可能拜读托尔斯泰的长篇小说。这是第一流的佳作！多么出色的艺术家，多么出色的心理学家！前两卷令人惊叹，可是第三卷却下滑得厉害。他总是旧调重弹！并且高谈哲学问题！总之，在这里看到的只是他自己，一个作者和俄国人，然而在此之前看到的却都是大自然和人类。我觉得，有些地方简直就是莎士比亚的东西！我一边阅读，一边兴高采烈地高喊着……而且这种激动的心情持续了很长时间。是的，这是强有力的作品，十分强有力的作品！"——俄文编者原注

② 法文，意为"一般而言"。

③ 看来，这里说的是 И．В．柴可夫斯基（1850—1926），他是著名的革命民粹派活动家之一，以家庭教师的身份住在托尔斯泰家里。——俄文编者原注

祝您一切顺利，亲切地握您的手，问候您及全家。

Ив．屠格涅夫

又及：附上从《十九世纪》报上剪下的一篇文章[①]。

① 在这份报纸上（1880 年 1 月 23 日）刊载了屠格涅夫致编辑 Э．阿布谈论《战争与和平》的一封信。——俄文编辑原注

“这是伟大作家的伟大作品……是地地道道的俄罗斯。”

致《十九世纪报》编辑

（关于列·尼·托尔斯泰的长篇小说《战争与和平》）

亲爱的阿布[①]先生：

承蒙好意，您在《ＸＩＸ-e siècle》[②]报上刊载了我关于魏列夏庚[③]画展开幕的信件。我曾毫不犹豫地预言它会获得成功，而实际获得的成功甚至超过了我的预料，这使我有勇气再次给您写信。这次的话题也是艺术家的作品，不过是用笔绘声绘色地叙述的艺术家的作品。

---

① 阿布（1828—1885），法国作家，《十九世纪报》编辑。

② 法文，意为“《十九世纪》”。

③ 魏列夏庚（1842—1904），俄国军事画家，善于出色地描绘战争场面，重要作品有《土耳其斯坦组画》《1812年，拿破仑在俄国》大型组画。

我想说的是我的同胞列夫·托尔斯泰伯爵的历史长篇小说《战争与和平》，该书的译本刚由阿歇特[1]出版社出版。列夫·托尔斯泰——是当代俄国作家中最负盛名的作家之一，而《战争与和平》，可以大胆地说，是当代最出色的杰作之一。这部内容丰富的巨著通体散发着史诗的芬芳；书中用真正大师的如椽巨笔描绘了本世纪初年俄罗斯的私人生活和社会生活。在读者面前展现了充满众多大事件、大人物的整个时代（故事起始于奥斯特里茨战役之前不久，结束于莫斯科近郊的战役），描写了直接择取自生活、属于社会各个阶层的众多典型人物构成的整个世界。托尔斯泰伯爵加工锤炼自己主题的方法，既新颖，又独特；这既非瓦尔特·司各特[2]的方法，当然也并非大仲马[3]的手法。托尔斯泰伯爵——是地地道道的俄罗斯作家；未曾对为数甚少的冗长之处和某些奇特独创的议论心生反感的法国读者，将有权对自己说，《战争与和平》使他们更直接、更准确地了解了俄罗斯人民的性格、气质以及俄罗斯全部的生活，这比他们阅读几百本关于民族学和历史的著作收获更大。这里有一些整章整节，任何时候都不会因时光变换而逊色；这里有一些历史人物（如库图佐夫[4]、拉斯托普钦[5]以及其他一些人），他

---

① 阿歇特（1800—1864），法国出版商。

② 司各特（1771—1832），英国作家，创立了历史小说的体裁，把浪漫主义与现实主义融于一炉。代表作品有长诗《最后一个行吟诗人之歌》《湖上夫人》，长篇小说《威弗利》《艾凡赫》等。

③ 大仲马（1802—1870），法国作家，代表作是历史长篇小说《三个火枪手》《基度山伯爵》。

④ 库图佐夫（1745—1813），俄国统帅、陆军元帅，屡立战功，尤其是在1812年卫国战争中，作为俄军总司令，他运用灵活的战术，彻底打败了拿破仑的法国侵略军。

⑤ 拉斯托普钦（1763—1828），1812年卫国战争时任莫斯科总督。

们的性格已经永远被确定下来；这是——不可逾越的成就。您瞧，尊敬的阿布先生，我畅所欲言；然而，我的话还没有完全表达出我的意思。也许，列夫·托尔斯泰伯爵本身的全然独树一帜，增加了外国读者很快理解、赞赏他的小说的困难，但我还是要重复一句——如果大家相信我说的话，我将感到幸福——这是伟大作家的伟大作品——而且，这是地地道道的俄罗斯。

亲爱的阿布先生，请接受我诚挚的谢意。

伊万·屠格涅夫

1880年1月20日，星期三

“我把您视为毋庸置疑的独创性天才”

致弗·米·迦尔洵[1]

斯巴斯科耶—卢托维诺沃村
1880年6月14日（俄历）　星期六

弗谢沃洛德·米哈伊洛维奇阁下：

我在给您写信，虽然我不曾有幸当面认识您；可是我得知，您最近身体欠佳——因此我希望向您表示自己的关切和同情[2]。我曾指望在彼得堡通过格·伊·乌斯宾斯基[3]的介绍结识您；可当时您已经离开彼得堡。从您初次出现在文坛——我就一直关注着您，把您视为毋庸置疑的、独创性的天才；我一直留心您的创作活动——

① 迦尔洵（1855—1888），俄国作家，主要作品有《四天》《胆小鬼》《艺术家》《红花》《信号》等短篇小说，反映了对不公平的社会现象的敏感和为民众服务的思想。

② 从1880年2月到第二年年初，弗·谢·迦尔洵得了严重的精神病。——俄文编者原注

③ 格·伊·乌斯宾斯基（1843—1902），俄国民粹派作家，重要小说有《遗失街风习》《破产》《土地的威力》等，真实地反映了城市贫民受压抑的困苦生活，充满了民主主义和人民革命的思想。

而您的近作（很可惜，还没有写完）《战争与人》，在我看来，最终确定了您在年轻的新作家中首屈一指的地位[①]。列夫·托尔斯泰伯爵也赞同这一意见，我曾让他看过《战争与人》。假如您的疾病妨碍您的天才进一步发展，我会感到深深的遗憾——因此，我希望它不会拖太长时间，并且希望您只要身体一康复，马上就加倍努力，奋笔疾书。每一个正在衰老而又热爱自己事业的作家，一旦发现自己后继有人，都会欣喜若狂：您就是这样的继承者之一。瓦尔瓦拉·瓦西里耶芙娜·洛德任斯卡娅曾再三对我谈到您，我不久前才和她认识，她也是一个天分很好、才华出众的人[②]。

要是得到您的回复，我会非常开心：我可以把它视作您已彻底恢复健康，并且重新开始写作了。近日我将去国外；入冬以前（冬天我会回到彼得堡）我的地址是：巴黎，杜埃路，50号。

请接受一个文学同行的友好握手和诚挚敬意。

您忠实的仆人

Ив. 屠格涅夫

---

① 迦尔洵的短篇小说《战争与人》（第一章）刊载于《俄罗斯财富》1880年第3期。小说的结尾标明："待续"，然而续篇没有写成。《战争与人》系列作品的构想没能实现。屠格涅夫提到的作品，后来以新的标题《勤务兵和军官》收入迦尔洵的《短篇小说第二集》（1885）中。——俄文编者原注

② 瓦·瓦·索莫娃（娘家姓洛德任斯卡娅），辜负了屠格涅夫在这里对她的高度评价：她的名字在文学界默默无闻。——俄文编者原注

“您具有大天才的一切特征”

致弗·米·迦尔洵

布日瓦尔（塞纳—瓦兹省）白蜡村
1882年9月3（14）日　星期五

最亲爱的迦尔洵，我已收到您的来信，而在此之前，我已把收到的大著一口气读完了。我可以把似乎在给令堂信中的话再说一遍：在我们所有年轻作家中，您是最有希望的一个。您有真正大天才的一切特征：艺术禀赋，对生活——人类生活和一般生活——典型特征的细致而准确的理解，真实感和分寸感，朴素和形式的优美，以及作为以上特征总和的——独创性。我甚至感到，再也无须向您提任何建议了；我只能表达一个愿望：生活不要给您带来妨碍，而是恰恰相反，赋予您的观察以广度和多样性——并且给您安宁，因为没有安宁任何创作都是难以想象的。

您还谈到，我对年轻一代作家应负有的使命[1]——我要告诉您，眼下不可能完成这一使命——该死的疾病使我烦恼，迫使我远离俄罗斯，非常难受地过着百无聊赖的生活，这是主要原因。更为痛苦的是，我甚至无法预见什么时候才能结束这百无聊赖的生活。我的疾病发作虽然有所减轻，但还不能抱什么太大的希望。只好不去想它——只好像坐在海边等好天气一样，慢慢等吧。

我很高兴，您在乡下的居留使您获益匪浅，并且恢复了文学创作。您是否续写那个勤务兵的故事（标题我不记得了），它曾发表在如今已经停刊的一家杂志上？我记得，我曾很喜欢这个故事的开头部分[2]。

请您代我向全体斯巴斯科耶居民致意[3]。紧紧地、友好地握您的手。

Ив.屠格涅夫

---

① 1882年9月11日迦尔洵写信给Я.П.波隆斯基："我收到伊万·谢尔盖耶维奇的来信，我回信给他，请他不要徒然地想什么'没用的老头'之类的事情，并表示希望他即使不再写作，也能为文学做出更大贡献——如果能在自己周围聚集起一批文学青年，那他就是做出了贡献。"——俄文编者原注

② 详见77页注释①。

③ 1882年夏天和秋天，迦尔洵应屠格涅夫的邀请，曾在斯巴斯科耶做客。屠格涅夫本人因病没有回那里。——俄文编者原注

“您是一位注定要在我国文学史上留下深远影响的作家”

致米·叶·萨尔蒂科夫①

布日瓦尔
1882年9月24日（公历）

最亲爱的米哈伊尔·叶夫格拉福维奇，我已收到您的来信——而随后又收到《祖国纪事》9月号。我马上一口气读完《现代牧歌》——而且发现了您与生俱来的vis comica②，还从来没有表现得如此灿烂辉煌。不啊！您实在不应该搁笔太久。除非书刊检查机关把您吃掉。可您——声名卓著；它最多咬痛您——而无法把您整个儿吞掉。我还读了米哈伊洛夫斯基评论陀思妥耶夫斯基的文章③。

---

① 米·叶·萨尔蒂科夫—谢德林（1826—1889），俄国讽刺作家，民主主义启蒙家、政论家，主要作品有长篇小说《戈洛夫廖夫老爷们》《一个城市的历史》《现代牧歌》等。其创作反对专制农奴制，揭露和讽刺社会的丑恶。其创作传统对俄罗斯文学的发展有很大影响。

② 拉丁文，意为“幽默天才”。

③ 在《残酷的天才》一文中，Н. К. 米哈伊洛夫斯基谈到陀思妥耶夫斯基有对描写痛苦和受难的癖好（俄文编者原注）。米哈伊洛夫斯基（1842—1904），俄国社会学家、政论家、文学评论家、民粹派人士，《祖国纪事》和《俄罗斯财富》杂志的编辑，社会学中“主观方法”的拥护者。

他正确地指出了陀思妥耶夫斯基创作的基本特征。他其实可以想到，就在法国文学中，早已有类似的现象——而且恰恰就是臭名远扬的马尔克斯·德·萨德[①]。这个人甚至还写了一本书*Tourments et supplices*[②]，他在书中怀着一种特别的快感，沉醉于描写以遭受非人的痛苦和受难来换取淫荡的逸乐。陀思妥耶夫斯基也在一部长篇小说里细致地描写了一个好色之徒的玩乐[③]……可谁会想到，全俄国的主教们都在为我们这位德·萨德举行祭祷，甚至还为这位完人的博爱大搞布道演说！我们真的生活在一个古怪之极的时代！

您心情欠佳，因为身体不好（对此我是最为了解和清楚的）；不过，您抱怨一些人满怀恨意，这您其实大可不必——因为他们甚至只要一听到您的名字就吓得面色发白。谁激起仇恨——谁也将唤起爱敬。如果您只是一个世袭贵族米·叶·萨尔蒂科夫——这类事情就什么都不会发生。然而您是萨尔蒂科夫—谢德林，是一位注定要在我国文学中留下深远影响的作家——因此既有人仇恨您，也有人爱敬您，但要看看他们都是些什么人。这也就是您谈到的“您一生的结果”——而且您可以对此感到心满意足了。至于说到形单影

---

① 萨德侯爵（1740—1814），法国作家，以大量长、中、短篇小说自成一家，较早探索和描写性变态心理，并且在作品中体现了哲理的丰富性、思辨性与深刻性。一度臭名昭著且作品遭禁，现已获得重新评价，并且出现“萨德热”。其代表作主要有小说《淑女蒙尘记》《淑女劫》等。

② 法文，意为《苦难与虐待》。

③ 很难说，屠格涅夫在这里具体是指陀思妥耶夫斯基的哪一部长篇小说和哪一位主人公。他这句话既可指《被欺凌与被侮辱的》的主人公瓦尔科夫斯基公爵，也可指《罪与罚》中的斯维德里盖洛夫，还可指《卡拉玛佐夫兄弟》中的费多尔·巴甫洛维奇·卡拉玛佐夫。——俄文编者原注

只，离群索居——那么，又有谁在年过半百之后，实际上不会感到孤独寂寞，不是老一辈中的“一块残片”呢？这是毫无办法的事情；这是死亡让我们慢慢做好思想准备，以便同生活告别时不至于太过肠断魂销。

至于谈到我们共同的朋友П. В. 安年科夫[①]，您是不公正的。——据我所知，他对您评价很高。他对任何人都不高傲自大，也不讥讽嘲弄——怎么会拿您第一个开刀呢！您也许没有发现，他实际上是个十分羞怯甚至极其胆小的人。您没有透过他故意装出的随心所欲看清这一实质。当然，他是果戈理和别林斯基的同时代人；然而，他又真切地感到自己是亚济科夫和马斯洛夫[②]的同时代人，并且对此没有丝毫否认。

我在这里大约还要呆上六个星期。然后，迁居巴黎……可什么时候返回俄国——这却只有上帝知道了，假如他也管这些琐碎小事的话。

紧紧地握您的手，衷心地向您奉献忠诚。

---

① 安年科夫（1812—1887），俄国文学评论家，回忆录作家，“纯艺术派”理论的代表人物之一，编辑了普希金文集的第一个科学版本。

② М. А. 亚济科夫（生卒年不详）和 И. И. 马斯洛夫（1817—1891）——屠格涅夫和安年科夫的朋友，是“文坛周围”的人；当时，亚济科夫曾与《现代人》圈子关系密切。——俄文编者原注

又及：弗·迦尔洵把一个中篇小说寄到《祖国纪事》，这可是真的[1]？这个人具有毋庸置疑的、独创性的天才。

① 此处所指的是弗·米·迦尔洵的短篇小说《士兵伊万诺夫的回忆》（《祖国纪事》，1881年第1期）。——俄文编者原注

“请回到文学工作上来吧！”

致列·尼·托尔斯泰

布日瓦尔，白蜡树别墅
（1883年俄历6月末）[①]

可亲而又可爱的列夫·尼古拉耶维奇，很长时间没有给您写信了，因为我过去和现在——照直说吧——都是气息奄奄，人命危浅[②]。我不会康复了——因此也就根本不去想它。我现在写信给您，是想亲口告诉您，成为您的同时代人，我是多么欣慰——而且我想向您衷心提出我最后的请求：我的朋友，请回到文学工作上来吧！要知道，您的才华毕竟与众不同啊。啊，如果我的请求能真正对您起点作用的话，我将是多么幸福啊！！我已经是一个行将就木的人了——甚至连医生都搞不清楚，我的病是什么名称，也许是

① 这封信的日期，是根据信封上的邮戳“图拉，1883 年 7 月 3 日”而推断确定的。

② 在写这封信后不到两个月，屠格涅夫就于 1883 年 8 月 22 日逝世了。——俄文编者原注

Névralgie stomacale goutteuse[①]。既无法行走，也无法进食，更无法睡觉——糟透了！唠叨这一切甚至都觉得无聊！我的朋友，俄罗斯大地上的伟大作家——请您听从我的请求吧！如果您收到这封便函，请您给我回个信。请允许我在此紧紧地、紧紧地拥抱您、您的妻子、您的全家。无法再写下去了，我疲惫不堪了。

① 法文，意为“神经性胃炎”。

树林和草原

……于是他渐渐心动想往回转：
回到村里，回到黑郁郁的花园，
那里一株株椴树高大碧绿，
铃兰花散发出阵阵童真的清芬，
那里一行行爆竹柳亭亭如盖，
从岸边俯身水面随风飘摆，
那里肥沃的田野上长着繁茂的橡树，
那里大麻和荨麻的香气阵阵竞逐……
回去吧，回去吧，回到那辽阔的原野上，
那里黑油油的土地就像天鹅绒一样，
那里纵目尽是漫漫无边的黑麦，
轻柔的波浪荡漾成一片起伏的静海，
从洁白、明亮的朵朵蘑菇云中央，
倾泻下束束沉甸甸的金色阳光；
那真是一个好地方……

——摘自待焚的长诗

也许，我的这些散记已经使读者们感到厌烦了；我得赶紧请读者们放心，保证到此为止，只写到已发表的那些篇章；不过，在告别的时候，我不能不讲几句关于打猎的话。

身背猎枪，带着猎狗，外出打猎，这就像老话所说的：für sich[1]，是一件妙不可言的事；即便您天生不喜欢打猎，总归喜爱自然美景和自由自在吧；因此您也就不能不羡慕我们这些打猎的兄弟们……那就请您听我说一说吧。

您可知道，比如说，在春天，黎明前乘车出去打猎是多么惬意？您走到台阶上……深灰的天空中闪烁着几颗疏星；湿润的风儿就像轻漾的微波不时悠悠拂过；耳际传来夜的低沉而模糊的喁喁私语；被黑影笼罩的一棵棵树木发出轻轻的沙沙声。大车上铺好了车毯，装茶炊的箱子也放在了踏脚旁。两匹拉边套的马蜷缩着身子，打着响鼻，风度十足地轮换着蹄子站在那里；一对刚刚睡醒的白茸茸的鹅，一声不响、慢慢腾腾地从大路上走过。在篱笆后面的花园里，看守人在安适地打着呼噜；每一个声音似乎都停留在凝固的空气里，停息下来，静滞不动。于是您坐上马车；几匹马一齐迈步向前，四轮大车发出响丁丁的辚辚声……您坐着马车奔驰——驰过教堂，下了山坡向右转弯，驶过一道堤坝……池塘上刚刚开始冒出袅袅雾气。您感到有几分寒意，您用大衣领子遮住脸颊；您渐渐打起盹来。马蹄踩在水洼里，踏出一片响亮的啪嗒啪嗒；马车夫轻轻吹

① 德语，意为“就本身而言”。

着口哨。但这时您已经走了四五俄里……天边红霞吐雾；一群寒鸦醒来了，在白桦林中笨拙地飞来飞去；几只麻雀围着黑乎乎的干草垛，叽叽喳喳地叫个不停。空中越来越亮，道路看得更清楚了，天色明净起来，云层发白，田野显出绿色。农民的小木屋里点起了松明，闪耀着一星星红光，听得到大门里面睡意蒙眬的说话声。而就在这时，朝霞红彤彤地燃烧起来了；接着，一条条金色的光带在天空中绵延铺展，一团团烟雾在山谷里氤氲缭绕；云雀在响亮地放声歌唱，黎明前的晨风轻轻吹过——于是，红红的太阳就悄悄地浮了出来。阳光像急流一般汩汩奔泻；您的心像小鸟一样振翅高飞。多么清新，愉快，可爱！四周的远景都已历历在目。瞧，那片小树林后面有一个村庄；瞧，再远些是另一个村庄，村庄里有一座白色的教堂；瞧，那山坡上有一片小白桦林，白桦林后面是一片沼泽地，那正是您要去的地方……快点跑，马儿呀，快点跑！快步如飞地前进！……只剩下三俄里路了，很快就到了。太阳飞快地升起来了；天空一碧如洗……一定会是个风和日丽的好天气。一群牲口拉着长队从村子里迎面向我们走来。您奔上了山坡……多么动人的美景！一条大河蛇行向前，长达十来俄里，透过朝雾蒙蒙，隐隐可见蓝色的河水；河对岸是一片片水汪汪的绿草地；草地后边是一座座坡势平缓的山冈；远处有几只凤头麦鸡在沼泽地上空鸣叫着盘旋；透过散布在空气中的湿润的阳光，远方的景物清清楚楚地显露出来……和夏天大不相同。心胸呼吸得多么自由，四肢活动得多么快畅，全身都浸泡在春天清新的气息中，感到多么强健！……

而夏天，七月的早晨啊！除了猎人，又有谁领略过黎明时在丛林里漫步是多么愉快？您在露水盈盈的白草地留下了绿脚印。您拨开湿漉漉的灌木丛——于是，夜里积蓄的一股股热乎乎的气味便迎面向您扑来；空气中弥漫的尽是野蒿清新的苦味，荞麦和三叶草的甜味；远处是一片橡树林，像一堵墙似的耸立着，在阳光下闪闪发亮，霞光熠熠；天气还算凉爽，但已经感觉得到炎热正在逼近。过于浓烈的香气，熏得人头脑晕晕乎乎的。灌木丛绵绵不断，没有尽头……只是远处一些地方有一片成熟的黄灿灿的黑麦，几块长带一般的橙红的荞麦地。这时一辆大车嘎吱嘎吱响起来；一个农民轻手轻脚地走了过来，预先把马拴在阴凉的地方……您同他打过招呼，又继续前行——您身后传来大镰刀响亮的丁当声。太阳越升越高，越升越高。湿淋淋的青草很快就晒干了。瞧，已经热起来了。过了一个钟头，又过了一个钟头……天边渐黑；凝滞的空气里散发出火一般的燥热。

“大哥，这儿什么地方有水喝？”您问一个割草的人。

“你看，就在那边山谷里，有一口井。”

您穿过缠着蔓草的密密的榛树林，下到谷底。果然：断崖下面隐藏着一口清泉；一棵橡树把它那手掌形的枝叶贪婪地伸展到水面上；一个个银色的大水泡，从盖满一层细细丝绒一般青苔的水底，摇摇晃晃地不断汩汩冒上来。扑到地上，喝足了水，但是您却懒得再动一动。您躲在阴凉的地方，呼吸着芬香湿润的空气；您觉得舒服极了，可是您对面的灌木丛却被太阳烘烤得热热的，而且似乎有点发黄了。然而，这是什么？一阵风突然吹了过来，又疾驰而去；四周的空气颤抖起来：是不是打雷了？您赶紧从山谷里走出来……天边那一片铅灰色的长带是什么？是不是暑气更浓了？是不是乌云在飞涌过来？……可就在这时，一道电光微微一闪……嗨，原来是大雷雨即将来临！太阳依旧明艳地照耀在四周：还可以打猎。不过，乌云在飞涌着扩大；它的前锋像衣袖那样唰地铺开，圆盖一般罩了下来。青草地，灌木丛，突然全都变暗了……快跑！那边似乎有一座干草棚……快一点！……您跑到那里，钻了进去……多大的雨啊！多亮的闪电！草棚顶上有几处漏雨，雨水滴滴答答落在芬芳的干草上……可是，您瞧，太阳又出来了，金光闪闪的。大雷雨过去了；您走出干草棚。我的上帝啊，四周的一切都在多么兴高采烈地闪闪发光，空气是多么清新、湿润，草莓和蘑菇的清香多么诱人！……

可是您瞧，黄昏降临了。晚霞像大火一样熊熊燃烧，烧红了半边天。夕阳西下。附近的空气不知怎地显得特别透明，像玻璃一样；远处笼罩着一片软溶溶的雾气，看上去很暖和；红光随着水珠，一起洒落到不久前还充满了金色光流的林中空地上；一棵棵大树、一丛丛灌木林、一个个高高的干草垛，都在地上投下长拖拖的阴影……夕阳落山了；一颗星星在落日燃起的火海里灼灼闪亮，不停颤抖……瞧，火海已渐渐变白；天空也开始变蓝；一个个阴影消失了，空气中已暮霭纷飞。是回家的时候了，回到村子里，回到您过夜的小木屋里。您背上猎枪，不顾疲劳，大步流星地往回走……而这时夜幕已经降临；二十步以外已经什么也看不见了；几条猎狗在茫茫黑暗中白闪闪地奔走。瞧，在那边黑簇簇的灌木林上方，天际闪现出一片朦朦胧胧的亮光……这是什么？起火了？……不，这是月亮正在升起。而那下面，右手边，村里的灯火早已在闪烁……瞧，终于回到了您的小木屋。您从小小的窗口看见铺着白桌布的桌子、发光的蜡烛、晚餐……

要么，您吩咐套上竞赛用的马车，到树林里去打松鸡。驱车飞驰在狭窄的小路上，望着两边密不透风的高高黑麦，心里乐滋滋的。麦穗轻轻地拂着您的脸颊，矢车菊不时绊住您的双脚，鹌鹑在四周鸣叫，马儿懒洋洋地向前小跑着。瞧，树林到了。凉悠悠、静荡荡的。一棵棵体态端庄的白杨，高高地在您头顶簌簌作响；一棵棵白桦树垂下长长的枝叶，在微微颤动；一株雄赳赳的橡树，像士兵一样，挺立在一棵美丽的椴树身旁。您驰过绿草如茵、阴影斑驳的小路；几只黄色的大苍蝇在金灿灿的空气中一动不动地停留了一会，又突然飞走了；成群的小蚊蚋一团团在空中盘旋飞舞，在阴影里发亮，在阳光中发黑；鸟儿在悠闲地唱着歌。红胸鸲亮开金嗓子，唱出天真浪漫、绵绵不绝的欢乐：这歌声和铃兰的芳香十分谐调。继续前行，继续前行，走到树林的更深处……树林里一下子鸦雀无声了……心中腾起一种难以言传的宁静；周围的一切也都昏昏欲睡、悄然无声。可是，忽然吹来一阵风，树梢一片片哗哗下垂，好似跌落的波浪。有些地方，穿过去年落下的褐色叶层，长出了粗壮的青草；蘑菇们打着自己的小帽伞，一只只站在那里。突然间窜出一只雪兔，猎狗汪汪狂吠着疾追上去……

就是这片树林，在晚秋时节山鹬飞来的时候，是多么美妙啊！山鹬不喜欢呆在密林深处：要找它们必须贴着树林边缘走。没有风，也没有太阳，没有亮光，没有阴影，没有运动，没有声响；柔和的空气里弥漫着秋天的芬芳，一种类似葡萄酒香的芬芳；远处黄燎燎的田野上轻笼着一层薄薄的雾气。透过树木那光秃秃的褐色枝条，可以看见静谧的天空在柔和地泛着白光；有些地方的椴树枝上还稀稀疏疏地挂着最后几片金灿灿的叶子。脚下是富有弹性的潮湿的土地；高高的枯草纹丝不动；白色的草叶上，长长的蛛丝闪闪发光。胸膛在平静地呼吸，可是一种奇怪的焦虑却涌上心头。您一边沿着树林边缘往前走，一边照看着狗，与此同时，一些可爱的形象，一些可爱的面容，他们有些死了有些活着，从您的记忆中走了出来，沉睡了很久很久的印象突然苏醒过来；想象好似鸟儿一样振翅疾飞，一切都栩栩如生地活动起来，一一呈现在您的眼前。心儿有时突然颤抖起来，怦怦剧跳，满怀激情地往前飞扑，有时又一去不返地沉浸在回忆之中。全部生活就像画卷一样轻轻而迅速地铺展开来；一个人透悉了自己过去的一切，自己的全部情感，自己的所有力量，自己的整个心灵。周围没有任何东西打扰他——既没有太阳，也没有风，又没有响声……

而在早晨寒意渗人、白天明亮又冷冽的秋日，白桦树就像童话中的树木，全身都金灿灿的，在碧蓝的天幕上显现出亭亭玉立的身影；这时候低斜的太阳已不再暖和，但比夏日的太阳更加亮丽；一片小小的白杨树林整个儿通明透亮，似乎觉得赤裸裸地站着既轻松又愉快；谷底还有余霜在闪烁着白光，而清风徐徐吹动，驱飞卷曲的落叶——这时一片片蓝色的波浪在河里欢快地嬉逐，悠闲自在的鹅群和鸭群随波上下，起落有致；远处有一座在柳树丛中半隐半现的磨坊，发出一片咚咚的声响，磨坊上方，一群鸽子在亮闪闪的空气中飞速盘旋，五彩缤纷，令人眼花缭乱……

夏天雾沉沉的日子也同样美妙，虽然猎人们并不喜欢这样的日子。在这样的日子里，无法开枪射击：鸟儿刚从您脚下扑地飞起，转眼就消失在凝滞不动的浓雾里。然而四周的一切是多么宁静，一种无法形容的宁静！一切都已从睡梦中醒来了，可一切又都寂然无声。您从一棵大树旁走过——它一动也不动：它悠然自得。透过均匀地散布在空气中的淡淡雾气，您发现前面有一长条黑乎乎的地带。您以为它是近旁的树林；您走到跟前——树林却变成了田塍上一排高高的野蒿。在您头顶，在您四周——到处都是蒙蒙白雾……可是，您瞧，风儿轻轻吹动了——一小块蓝云云的天空透过越来越稀、薄如轻烟的雾气隐隐约约地显露出来，金黄明亮的阳光突然闯出，像长长的急流喷射下来，倾泻到田野上，飞射进小树林里——

可转眼间一切又消失在浓雾里。这场搏斗持续了很久；但是，光明终于大获全胜，已经被晒得热腾腾的浓雾那最后几个气浪，时而卷成一团又像桌布那样平平铺开，时而缭绕上飘消失在阳光和煦的晶蓝高空，这一天会渐渐变得多么无法形容的壮丽和明亮……

然而现在您准备到远离庄园的田野上，到草原上去打猎了。您沿着乡间小路行驶了约摸十俄里——瞧，终于来到了大路上。您驶过川流不息的一辆辆大车，驶过大门洞开、院里有水井、屋檐下有茶炊在咕噜咕噜冒着热气的一家家小客店，驶过一个村庄又一个村庄，横穿无边无际的田野，沿着绿色的大麻地，您的马车走了很久，很久。一群喜鹊在爆竹柳之间飞来飞去；农妇们手里拿着长长的草耙，在田野里慢慢行走；一个过路人身穿破旧的土布外衣，肩上背着一只背包，拖着疲惫的脚步吃力地走着；一辆地主家笨重的轿式马车，套着六匹高大而疲惫不堪的马，迎面向您飞奔过来。车窗里露出车垫的一角，而在马车后脚蹬，一个仆人身穿大衣，紧握缰绳，侧身坐在一只蒲包上，点点泥浆一直溅到他的眉毛上。瞧，您来到一个小县城了，这里有歪歪斜斜的一间间小木屋，数不清的一道道篱笆，没有人住的一座座石头店房，高架在深沟上的一道古老的桥……向前，继续向前！……您来到了草原地带。从山顶纵目远眺——多美的风光啊！从上到下都耕种过的一座座圆而矮的山丘，像一个个巨大的波浪在四散翻腾，灌木林立的一条条溪沟，蛇盘在山丘之间；一片片零散分布的小树林，好似一个个椭圆形的小岛；一条条狭长的小路，接通了一个个村庄；几座白色的教堂；柳枝掩映中透出一条光荡荡的小河，有四个地方筑起了堤坝；远处的田野上有一群大鸨，一只紧挨一只站在那里；一口小池塘边，有一座古老的地主宅院，连同几间杂用房、一个果园和一个打谷场。可是，您还得往前走，再往前走。山丘越来越小，几乎看不见什么树木了。瞧，终于到了——这就是一望无垠、广袤千里的大草原！

而在冬天的日子里，可以踏过高高的雪堆追赶野兔，呼吸着寒冷、刺激的空气，松软的雪花发出耀眼的细碎光芒，使您不由自主地眯缝起眼睛，欣赏着红闪闪的树林上面那碧澄的天空！……而在早春的日子里，四周的一切都闪闪发光，冰天雪地的世界开始融化，透过融雪那浓重的水汽，已经可以闻到暖熏熏的土地气息；在雪已融化的地方，在斜射的阳光下，云雀天真浪漫地纵情歌唱，一条条急流载歌载舞地喧闹着、咆哮着，从这道山沟飞奔向另一道山沟……

不过——现在该结束了。恰好——我又说到了春天：春天是容易离别的季节，春日融融，就连幸福的人们也跃跃欲试，神往远方……再见吧，读者们；祝你们永远称心如意。

1849年

幽 会

九月中旬的一个秋日，我坐在一片白桦林里。从清早就开始断断续续地下着毛毛细雨，有时又代之以暖和明亮的阳光；这是个变幻不定的天气。漫漫长空时而整个儿布满了蓬松的白云，时而有几处地方突然间纤云不染，于是从散开的云彩中露出一汪清澈而可爱的蓝天，恰似一只美丽的眼睛。我静坐着，向四周眺望着，倾听着。树叶在我头上轻轻地簌簌作响；光凭这些簌簌的响声，就可以知道现在是什么季节。这不是春天那种喜气洋洋的欢声笑语，也不是夏天那种温柔的窃窃私语、绵长的絮絮叨叨，也不是深秋那种没有感情的嘟嘟哝哝，而是一种隐约可闻、睡意蒙眬的喃喃低语。微风轻悠悠地拂过树梢。被雨水淋得湿漉漉的树林深处，随着太阳金光灿灿或者天空浓云密布而不断变换颜色；它时而到处都亮腾腾的，仿佛其中的一切都突然绽开了笑脸：不太茂密的白桦树苗条的树干，蓦地泛出白绸一般的柔光，落在地上的细碎树叶倏然变得五彩缤纷，并且像赤金那样金光闪闪，而高大繁茂的蕨类植物那美丽的长茎，已经染上了熟透的葡萄一般的秋色，这些长茎晶明透亮，在眼前没完没了地相互绞缠，无尽无休地彼此交错；时而四周的一切又变得青悠悠的：亮丽的色彩转眼间消失了，白桦树全都笔直地站着，没有了光彩，白得就像刚刚落下、还没有接触过冬日寒森森阳光的新雪；接着树林里又悄悄地、顽皮地下起了霏霏细雨，发出一片沙沙的响声。白桦树上的叶子虽然明显地变淡了一些，但几乎全部都还是绿盈盈的；只是这里那里偶尔长着那么一棵幼小的白桦，树叶儿全红，或者全黄，于是你可以看到，当阳光突然穿过云层直射下来，透过刚被晶莹的雨水冲洗过的稠密如网的细枝，如飞滑过，七彩闪烁的时候，这棵幼树在阳光中就像一团亮煌煌的燃烧的火。听不到任何一只鸟儿的歌声：鸟儿们全都躲进窝里，一声不响了；只是偶尔传来一声山雀的鸣叫，声音像小铁铃一般，而且富有嘲弄意味。我来这片白桦林逗留前，曾带着狗穿过一片高高的白杨林。我承认，我不太喜欢这种树——白杨树，不太喜欢它那淡紫色的树干，和那些灰绿色的金属般的叶子，它们尽其所能高耸云端，像一把颤摇摇的扇子伸展在空中；我不喜欢那些笨拙地挂在长叶柄上的零乱圆叶永无休止地摇曳。只是在那么一些夏日傍晚，白杨树才是美丽动人的：它孤零零地高高耸立在低矮的灌木丛中，沐浴着落日的红光，闪闪发亮，簌簌振颤，从根部到顶梢都洒满了清一色的金红——或者，在天朗气清、微风轻拂的日子里，它整个儿在晶蓝的天空里簌簌摇曳，喃喃细语，它的每一片叶子都激情满怀，迫不及待，仿佛都想挣脱树枝，凌空飞起，并且疾飞到远方。不过，总的来说，我不喜欢这种树，因此，我没在白杨树林里休憩，而是吃力地走到白桦树林里，栖身在一棵小白桦树下，这棵树的枝叶低低地覆盖着地面，因而可以给我遮雨。我欣赏了一番周围的景色之后，便进入了宁静而温柔的梦乡，这种甜美的滋味只有猎人才能体会到。

我不知道我睡了多久，然而当我睁开双眼——整个树林里面充满了阳光，透过兴高采烈地喧闹着的树叶，到处可见的蓝天通明透亮，闪闪发光；浓云被劲吹的大风驱散，无影无踪了；天气晴朗，空气中有一种特别的、干爽的清新，让人心里骤然间朝气蓬勃，并且几乎总是能够预示整日阴雨之后会有一个宁静、晴朗的夜晚。我正准备站起身来，再去碰碰运气，突然一个一动不动的人影吸引了我的视线。我定睛一看：那是一个年轻的农家姑娘。她坐在离我二十步远的地方，若有所思地低着头，一双手无力地垂放在膝盖上；其中一只半张开的手上，放着一束繁茂的野花，这束花随着她的每一次呼吸，悄无声息地滑到了她的方格花裙子上。她身穿一件洁白精致的衬衫，领口和袖口都扣着纽扣，在腰部显现出许多柔和的短短皱褶；大粒的黄色珠串绕成两圈，从脖子上挂到胸前。她长得很漂亮。一头浓密的金发，带点十分好看的浅灰色，精心地分梳成两个半圆形，用一根鲜红的窄窄发带紧紧束住，发带束得很低，几乎压到象牙那样白的前额上；脸庞的其他部分，被晒成一种金黄的黝黑色，只有细嫩的皮肤才会晒成这种颜色。我无法看见她的眼睛——她没有抬起头来；但我清清楚楚地看见了她那高高的细细的眉毛，她那长长的睫毛：它们还湿湿的，而且，在她的一边脸颊上有干了的泪痕在阳光下闪闪发亮，这泪痕一直滑流到略显苍白的唇边。她整个头部都很可爱；即便是稍稍大了一点的圆鼻子也丝毫无损于它的可爱。我特别喜欢她脸部的表情：它是如此纯朴而温柔，如此忧伤，又如此对自己的忧伤满怀稚气的困惑。她显然是在等某个人；树林里传来了轻轻的窸窣声：她立即抬起头来，四处张望；于是在透明的阴影里，她那双像小鹿一样怯生生、亮汪汪的大眼睛，飞快地在我面前骨碌碌一闪。她睁着圆亮眼睛，紧盯着发出轻轻窸窣声的地方，凝神细听了一会，长叹一声，轻轻转回头来，更低地俯下身子，开始轻轻地抚弄起野花来。她的眼睑发红，嘴唇痛苦地颤动着，又有新的泪珠从浓密的睫毛下流出来，停留在脸颊上，熠熠发亮。就这样过了很长时间；可怜的姑娘一动不动地坐着，只是偶尔愁戚戚地摆一摆手，她凝神细听着，一直凝神细听着……树林里又响起了什么声音——她的身子猝然一抖。响声没有停息，而且越来越清晰，越来越近，终于变成了坚定、敏捷的脚步声。她挺直身子，又似乎胆怯起来；她那专注的目光颤抖起来，腾炽起一片期待。密林中迅速闪现出一个男子的身影。她凝神一看，脸腾地涨得通红，快乐而幸福地笑了，想站起身来，又立即深深低下头去，脸色苍白，羞窘不堪——直到那个男子站到她身边，她才抬起慌乱的、几乎是哀求的目光望着他。

我从自己的隐蔽之处，好奇地看着他。说实话，他没有给我留下什么好印象。这个人，从种种迹象来看，是家财万贯的青年地主家娇宠惯了的侍仆。他的衣着显露了他追逐时尚的热望，并且有一种时髦的散漫：他穿着一件古铜色的短大衣，纽扣一直扣到领口，大概这是从主人身上脱下来的；系着一条两端淡紫的粉红色领带，戴着一顶镶金边的黑天鹅绒便帽，帽檐直压到眉毛上。他那件白衬衫的圆领硬邦邦地顶着他的双耳，划着他的两颊，而浆硬的袖口遮住了他的整个手掌，只露出红润、弯曲的手指头，指头上戴着几只镶有绿松石勿忘草的银戒指和金戒指。他的脸色红润，油光发亮，厚颜无耻，他这种脸型，据我观察，属于这样一种类型：几乎总是让男人们感到恶心，然而遗憾的是，却常常深得女人们的欢心。他显然极力在自己那有点粗鲁的面容上，装出一副不屑一顾、郁郁寡欢的神情；他不断眯缝起他那双本来就很小的灰白色眼睛，紧皱双眉，垂下嘴角，不自然地打着呵欠，并且摆出一副漫不经心然而颇为笨拙的放肆姿态，时而理一理神气地卷曲着的火红色鬓角，时而捻一捻丛立在厚实的上嘴唇上的黄胡髭——总之，装腔作势得令人作呕。他一看见正在等他的年轻农家姑娘，就装模作样起来；他慢腾腾地迈着方步走到她身边，站了一会儿，耸一耸肩，把一双手插进大衣口袋里，同时勉勉强强赏给可怜的姑娘快如闪电的冷漠一瞥，便坐到地上。

“怎么，”他开口说道，继续看着别的地方，摇晃着一条腿，打着呵欠，“你在这里很久了吗？”

姑娘没能立即回答他。

“很久了，维克多·亚历山德雷奇。”她终于开口了，声音低得刚能听见。

“啊！（他摘下帽子，神气活现地用手抚一抚几乎是从眉毛边开始的卷得紧紧的浓密头发，派头十足地环顾了一下四周，又小心翼翼地把帽子轻轻戴在自己宝贵的脑袋上。）可我却忘得干干净净了。而且，你瞧，还下着雨呢！（他又打了个呵欠。）事情多如牛毛：没法照顾到每一件啊，就这样还要挨老爷的骂哪。我们明天动身……”

“明天？”姑娘说着，朝他投去惊慌失措的目光。

“明天……唔，唔，唔，别哭啦，”他看到她浑身颤抖，悄悄地低着头，就赶忙懊恼地说，“好啦，阿库林娜，别哭了。你知道，我受不了这个。（于是他皱了皱自己的圆鼻子）要不然我马上就离开……真是蠢到家了——抽抽噎噎地哭！”

“唔，我不哭，我不哭，”阿库林娜赶紧说，极力咽下自己的眼泪。“那么您明天就动身了？”她稍稍沉默了一会，又追问了一句。“那什么时候上帝再让我跟您见面呢，维克多·亚历山德雷奇？”

“会见面的，我们会见面的。不是明年——就是以后。老爷呢，看来，是想到彼得堡去做官，”他继续漫不经心地略带鼻音说，“但很可能，我们还会到外国去。”

“您会忘掉我的，维克多·亚历山德雷奇。”阿库林娜愁悒悒地说。

“不，怎么会呢？我不会忘记你的：只是你要聪明点，别傻里傻气，要听你父亲的话……而我是不会忘记你的——决不会。”（于是他若无其事地伸了个懒腰，又打了个呵欠。）

“请您别忘了我呀，维克多·亚历山德雷奇，”她用恳求的声音继续说，“我真是太爱您了，我的一切都可以完全献给您……您说，我要听父亲的话，维克多·亚历山德雷奇……可我怎么能听父亲的话呢……”

“那么，为什么呢？”（他仰天躺着，双手垫在脑后，这句话仿佛是从肚子里发出来的。）

“我怎么能听呢，维克多·亚历山德雷奇，您自己知道的……”

她闷声不响了。维克多玩弄着他那只怀表上的小钢链。

“你，阿库林娜，不是一个傻姑娘，”他终于开口了，“所以别说傻话。我这是希望你好，你领会我的意思吗？当然，你不傻，可以这样说，你还不是一个十足的乡巴佬；你的母亲也并不一直是个乡巴佬。可你毕竟没有文化——所以，别人对你说什么，你就应该听话。”

“这太可怕了，维克多·亚历山德雷奇。”

“咦……咦，真是胡言乱语，我亲爱的：有什么可怕的！你这是什么，”他又说，让身子靠她更近些，“花吗？”

“是花。”阿库林娜垂头丧气地回答。“这是我采来的野艾菊，”她稍稍来了点兴致，继续说道，“这是牛崽很爱吃的。而这个就是鬼针草了——能够治瘰疬。您瞧瞧，这是多么好看的花呀；这样好看的花我有生以来还从没见过呢。这是毋忘草，而这是香堇菜……而这是我送给您的，”她说着，从金灿灿的野艾菊底下拿出一小束用细草扎好的蓝色的矢车菊，“您要吗？”

维克多懒洋洋地伸出一只手，接过花来，心不在焉地闻了一下，然后开始用手指转动花束，装出一副若有所思的高傲神态不时抬头望天。阿库林娜望着他……她那忧伤的目光里，饱含着那么多温柔的忠诚、虔敬的顺从和爱情。她又有点怕他，又不敢哭，又要跟他告别，又要最后一次好好看他；而他呢，却像苏丹[①]那样，摊开手脚，一味懒洋洋地躺着，并且以宽仁大度的耐心和俯就，忍受她的膜拜。说实话，看着他那张红脸，我不禁怒火中烧：这张脸上，透过装腔作势的轻蔑和冷漠表情，流露出一种踌躇满志而又感到腻烦的自负神态。在这一瞬间，阿库林娜是如此美丽可爱：她敬若神明、满怀激情地对他敞开了整个心扉，对他依依不舍，万般爱恋，而他……他把矢车菊扔到草地上，从大衣的侧袋里掏出一片镶着铜边的小圆玻璃，开始极力把它装到眼睛上去；但是，无论他怎样费劲地皱紧眉毛、耸起脸颊甚至翘起鼻子，想把小镜片夹住——这小镜片还是滑落下来，掉进了他手里。

“这是什么？”阿库林娜大感惊奇，终于问他。

“单眼镜。”他得意扬扬地说。

“用来做什么？”

“戴上它看得更清楚。”

“请给我看看吧。”

① 穆斯林上层统治者（皇帝、国王，如奥斯曼帝国、阿曼），以及西非穆斯林国家大封建主、南阿拉伯某些部族领袖的称谓。

维克多皱起了眉头，但还是把单眼镜递给了她。

“别打碎了，当心点。”

“放心吧，我不会打碎的。（她小心翼翼地把它贴到眼前。）我什么都看不见，”她天真地说。

“你得把那只眼睛眯起来呀，”他像不满意的老师那样教训道。（她眯起了贴着眼镜片的那只眼睛。）“怎么会是这只呢，不是这只，傻妞！是另外一只！”维克多高喊起来，并且根本不让她改正错误，就从她手里一把夺过了眼镜片。

阿库林娜满脸通红，微微一笑，扭过头去。

“可见，我们不配用它。”她说。

“那还用说！”

可怜的姑娘沉默了一会，深深地叹了口气。

“唉，维克多·亚历山德雷奇，没有您，我可怎么活呀！”她突然说。

维克多用大衣的前襟擦了擦单眼镜，又把它放回口袋里。

“是啊，是啊，”他终于开口说话了，“最初你会非常难受，这是在所难免的。（他以一种俯体下情的姿态拍拍她的肩膀；她轻柔地从自己肩膀上捧起他的手，羞怯怯地吻了一吻。）唔，是啊，是啊，你确实是个好姑娘，”他自鸣得意地笑了笑，继续说道，“但是，又有什么办法呢？你自己想想看！我和老爷毕竟不能留在这里呀；现在快到冬天了，而在乡下过冬天——你自己也知道——那真是糟糕透顶！在彼得堡那就大不一样了！那里简直妙极了，你这傻妞就是做梦也无法想象得到啊！多漂亮的房子，街道，还有社交，文明——简直让你万分惊奇！……（阿库林娜像孩子一般，微微张开嘴，贪婪地聚精会神地听着他说。）其实，”他在地上翻了个身后，补充说，“我干吗跟你说这些呢？反正你不会明白的。”

“为什么不说呢，维克多·亚历山德雷奇？我明白的，我什么都明白。”

“瞧你多能啊！”

阿库林娜低下了头。

“您以前可不是这样跟我说话的，维克多·亚历山德雷奇。”

她说，不敢抬起头来。

“以前？……以前！瞧你！……以前！”他似乎怒气冲冲地说。

他们两人都一声不吭了。

“我可是该走了。”维克多说完，已经用胳膊肘撑起了身子……

“再等一会儿吧。”阿库林娜用哀求的声音说。

“等什么？……要知道，我已经跟你告过别了。”

“再等一会吧。”阿库林娜再次哀求。

维克多又躺在地上，并且吹起了口哨。阿库林娜的眼睛一直直定定地望着他。我看得出来，她渐渐激动起来了：她的双唇颤抖着，她那苍白的脸颊开始红了起来……

“维克多·亚历山德雷奇，”终于，她断断续续地说起来了，“您太狠心了……您太狠心了，维克多·亚历山德雷奇，真的！”

“怎么太狠心了？”他皱紧双眉问道，并且稍稍抬起头来转脸望着她。

“您太狠心了，维克多·亚历山德雷奇。分别的时候，您哪怕对我说句好话也行啊；哪怕对我这个无依无靠的苦命人说上一句话也好啊……”

“可我对你说什么呢？”

“我不知道；这您知道得更清楚，维克多·亚历山德雷奇。您这就要走了，哪怕说一句话也行啊……为什么我要受这种惩罚呢？”

“你这人真是莫名其妙！我又能说什么呢？”

“哪怕说一句话也好啊……”

“哼，总是老调重弹！”他怒悻悻地说，并且站起身来。

“您别生气，维克多·亚历山德雷奇。”她强自忍住眼泪，赶紧说道。

“我不生气，只是你太傻了……你想要什么呢？你可知道，我不可能跟你结婚？你可知道，我不可能吗？唔，那你到底还想要什么呢？还想要什么呢？”（他逼直地望着她，似乎在等她的回答，同时叉开了五指。）

“我什么……什么也不想要，”她结结巴巴地回答道，并且勉强壮起胆子把一双抖颤颤的手伸给他，“临别的时候，只要您哪怕说上一句话也好啊……”

接着，眼泪便像溪水一样哗哗向下流淌。

“哼，又是老一套，还哭起来了，”维克多把帽子从后面往前推压到眼睛上，冷冰冰地说。

“我什么也不想要，”她用一双手捂住脸，抽抽泣泣地继续说道，“可是往后叫我在家里到底怎么办呢，到底怎么办呢？我将来到底会碰到什么呢，我这苦命人将来会怎样呢？他们会把我这个无依无靠的人嫁给我不喜欢的人……我真是命苦到了极点啊！”

“呱呱不休，呱呱不休！”维克多在原地徘徊着，小声嘟哝着。

“可他哪怕说一句话也好啊，哪怕只说一句……就说，阿库林娜，就说，我……”

猛然迸发的撕心裂肺的号啕大哭使她无法再说下去——她扑倒在草地上，涕泪交集、呼天抢地地痛哭起来……她的整个身子不停地抽搐着，她的后脑勺不时起伏着……压抑了很久的痛苦终于像急流一般汹涌而出。维克多在她身边站了一会儿，稍等了片刻，就耸耸肩膀，转过身子，迈开大步，扬长而去了。

过了一会儿……她安静下来，抬起头，一跃而起，向四周望了一望，举起两手轻轻一拍；她本想飞奔去追他，可她两腿发软——跪到了地上……我再也忍不住了，就向她直奔过去；但她刚一看见我，突然不知从哪里来的力气——轻轻惊呼了一声，站起身来，消失在树林深处，只留下撒得满地的各种野花。

我站了一会儿，捡起那束矢车菊，走出密林，来到田野上。太阳低垂在白亮亮的天空里，它的光线也似乎变得暗淡，而且寒气袭人：它们失去了光华和力量，扩散成一种均匀的、几乎是无色的光流。离傍晚不到半个钟头了，可是晚霞刚刚开始燃烧。一阵一阵的风，疾驰过干枯的黄麦茬地，飞快地向我迎面吹来；一片片萎缩卷曲的小叶子，在风中腾地急飞起来，从旁边疾飞过大路，贴着树林边缘飘飞；田野对面墙一般的密林整个儿颤抖着，腾跃着一星星细碎的闪光，清清楚楚，但不耀眼；在红瑟瑟的草上，在草茎上，在麦秸上，到处都触目尽是秋天的蛛网，在起伏波动，在闪闪烁烁。我停住脚步……忧伤袭上我的心头；透过渐趋凋零的大自然那虽然清新但颇为悲凉的笑容，似乎可以感到即将来临的冬天那可怕的凄凉正在悄悄逼近。一只小心翼翼的乌鸦，扑开双翅，沉重而剧烈地拍打着空气，从我头顶高高地飞过，回过头来斜眼看了看我，接着就向上飞去，断断续续地哇哇叫着，消失在树林后面；一大群鸽子调皮地从打谷场飞起，呼啦啦飞舞着绕了圆圆一大圈，急匆匆地纷纷散落在田野里——这就是秋天的特征！光秃秃的山丘后面，有人驾着大车驶过，空车哐当哐当直响……

我回到了家里；然而，不幸的阿库林娜的形象，久久地活跃在我的脑海里，她那束矢车菊，虽然早已枯萎，但我至今还珍藏着……

1850年

贝仁家的牧场①

这是七月里天朗气清的一个日子，这样美好的日子只有在长久持续好天气的时候才能碰到。大清早就晴空万里；朝霞不是像大火那样熊熊燃烧：它只是向四处弥散柔和的红晕。太阳——不是像炎热的旱天那样火红、灼烤，也不是像暴风雨前那样惨红，而是阳光灿烂，明媚可爱——从一片狭长的云彩下静悄悄地浮出来，放射出鲜丽的光辉，又沉入淡紫色的云雾中。弥散着的长长云彩上面的细边，像蛇一样蜿蜒闪耀，发出刚刚锻造成的银子一般的亮光……可是，瞧，那嬉闹的阳光又迸涌出来了。——于是，喜气

① 以前我国曾译为“白净草原”“白静草原”“别日草原”“别任草地”等等，其地在姆岑斯克县切尔尼区纳米特科沃村，离屠格涅夫家约13公里。但《猎人笔记》1991年俄文版编者指出，已发现牧场主贝仁的后人1791年所立有关这个牧场继承事项的字据，因此，这个地方正确的名字应该是“贝仁家的牧场”。

洋洋、又庄严雄壮、飞一般地升起了一个巨大的球体。临近正午，高处往往会出现许多圆形云彩，金灰金灰的，镶着软白边。这些云彩就像一座座小岛，散布在无边无际地漫溢的河流上，周围环绕着一条条蓝而清的支流，它们几乎纹丝不动；远处，在靠近天边的地方，云彩相互靠拢，挤成一团，完全遮盖了它们中间的蓝天；然而它们本身也像天空一样蓝，因为它们全都浸透了蓝光和高热。天边是淡紫色，整天都没有什么变化，而且四周都是这样；哪儿都没有变暗，哪儿都没有雷雨在酝酿的迹象；只是有些地方从上到下悬挂着一条条蓝带子：那是轻洒着的隐约可见的蒙蒙细雨。临近傍晚，这些云彩慢慢消失；最后一批云彩像烟雾一样昏黑，在落日的反照中变成玫瑰色的烟团；在太阳静悄悄地升起又同样静悄悄地落下的地方，红霞在昏暗暗的大地上空亮丽了不多时间，太白星就像有人小心翼翼地端着走的蜡烛一样悄悄地颤动着，在天空静静闪烁。在这样的日子里，所有的色彩都很柔和；明丽但不浓艳；一切都带有某种动人心魂的温柔意味。在这样的日子里，天气有时酷热难耐，有时原野的坡地里甚至出现“蒸闷”；但风会把积聚起来的暑热吹散、赶走，而一股股回荡的旋风——天气稳定的确凿症候——像白色的高柱，沿着大路飘移，又飞掠过一块块耕地。干爽而洁净的空气里，散发着野蒿、割倒的黑麦和荞麦的气味；甚至在入夜前一小时您都感觉不到一丝湿气。收割庄稼的庄稼人盼望的正是这样的天气……

正是在这样的日子里，我有一次到图拉省契尔诺斯克县去打松鸡。我找到并且打到了相当多的野味；装得满满的猎袋勒得我的肩膀生痛；然而，直到晚霞已经消失，空中虽然不再有夕阳残照但还有光亮，清凉的暮霭渐渐变浓，开始飞散，我才终于下定决心回家。我快步如飞地走过一大片长长的灌木林“广场”，爬上一座小山丘，看到的却不是我意料中的那块熟悉的平原，右边有一片橡树林，远处有一座低矮的白色教堂，而是我完全陌生、毫不认识的一个地方。一条狭窄的山谷在我的脚下伸展开去；正对面，陡壁似的耸立着一片密密的白杨林。我困惑莫解地停下脚步，四处张望……“嗨哟！”我心想，“看来我这是完全走错路了：我走得过于偏右了。”于是，我一边为自己的错误感到惊奇，一边敏捷地走下山丘。一股令人恶心的、凝滞不动的湿气立即包围了我，我就像走进了地窖；谷底密丛丛的高高青草全都是湿的，像平铺的桌布白光闪闪；走在上面有点心惊胆战。我赶忙费劲地摆脱出来，走向另一个方向，向左拐弯，沿着白杨林前行。蝙蝠已经在白杨林沉睡的梢顶来回掠飞，在有亮光的天空神秘地盘旋着，颤动着；一只归晚了的小鹞鹰飞快地径直在高空飞过，赶回自己的窝里。“瞧，我只要走到那个拐角，”我暗自思量，“马上就有路了；可我却走了近一俄里的冤枉路！”

我终于走到树林的拐角，然而那里什么路都没有：一大片没有砍割过的矮矮的灌木丛广阔地展现在我面前，而在它们后面，远远地可以看见一片荒凉的原野。我又停住脚步。“这岂非怪事？……究竟我这是在什么地方？”我开始回忆，这一天里我是怎么走的，走过哪些地方……“嗨！这不就是巴拉欣灌木林嘛！”我最后叫出声来，“对！而那儿大概就是辛杰耶夫小树林了……可我这是究竟怎么走到这里来了呢？走得这样远？……真奇怪！现在又得朝右边走了。”

我朝右边走去，穿过灌木林。此时，夜色像酝酿大雷雨的浓云一般逼近并浓厚起来；似乎随着夜气的升起，黑暗也同时从四面八方升起，甚至从高处流泻下来。我猛然发现一条人迹罕至、杂草丛生的小路；我就沿着小路往前走，一边留神地注视着前方。周围的一切很快就一片黑寂，只有鹌鹑偶尔漏出一声啼叫。一只小小的夜鸟，轻扇着柔软的翅膀，悄悄地低低疾飞着，几乎撞上我，赶忙胆怯地潜飞到旁边去了。我走到灌木林的边缘，沿着田塍走向田野。我已经很难分辨稍远一些的东西了：四周的田野白蒙蒙的；田野那边，阴沉的黑暗绵绵不断地不停升起，大团大团地迫裹过来。我的脚步在凝滞的空气里踏出沉闷的回声。暗蒙的天空又开始变蓝——但这已经是夜晚的蓝色了。一颗颗小星星在天空闪烁，微微颤抖。

我当初认为是小树林的，原来是个圆圆的山岗。“究竟我这是在什么地方啊？”我又一次叫出声来，第三次停住脚步，并且疑惑地看了看自己的英国种黄斑花狗吉安卡——这公认的四脚动物中最聪明的动物。然而这最聪明的四脚动物只是摇着尾巴，闷闷不乐地眨巴着疲倦的眼睛，没有给我任何切实可用的意见。在它面前，我感到惭愧起来，于是我放肆地飞奔向前，仿佛突然间清楚了应该往哪儿走。我绕过山岗，不知不觉走进了一片不太深、周围翻耕过的凹地。一种奇怪的感觉立刻控制了我。这片凹地几乎就像一口四边平斜的大锅；底部矗立着几块白闪闪的巨石——它们仿佛是爬到这儿来秘密会谈似的——凹地里是如此安静死寂，天空是如此吓人，竟使得我的心都紧缩起来。一只小野兽在巨石间怯怯地尖叫了一声。我赶忙转身跑上山岗。在此之前，我一直对找到回家的路满怀希望；但此时此刻，我终于确信我完全迷了路，于是丝毫不再试图辨认周围一些几乎已完全被黑暗遮没的地方，不顾一切地就着星光，笔直前行……我艰难地拖着两条腿，就这样走了大约半个小时。我感觉有生以来从未到过如此荒凉的地方：看不见一星火光，也听不到一丝响声。一个坡平的山岗紧接着另一个坡平的山岗，原野后面又是绵绵无尽的原野，一片片灌木丛好像突然从地里冒出来，直竖在我的鼻子前面。我继续走着，已经拿定主意，找个地方直躺到天亮，突然却走到一个深渊边上。

我赶忙缩回已经跨出去的一只脚，透过微微透明的夜色，远远看见下面有一片大平原。一条宽阔的河流呈半圆形环绕着平原向前流去；河水那银灰色的反光，有时模模糊糊，显露出河水的流向。我登上的山岗突然像直壁壁的悬崖那样垂下；它那巨大的轮廓黑而大，在灰蓝的夜空中显得格外抢眼，就在我脚下，在这悬崖和平原所形成的角落里，在流经此处便像一面幽静的镜子般的河流旁边，在山岗的峭壁下面，有两堆挨得很近的火，发出红通通的火焰，冒着烟。火堆周围蠕动、晃荡着几个人影，有时清晰地映出一个卷发的小脑袋的前半面……

我终于认出了我来到的地方。这片草地叫做贝仁家的牧场，是我们附近这一带著名的地方……然而，回家是完全不可能了，尤其是在深夜；我的两腿已经累得发软。我决定走到火堆边，加入我当成牲口贩子的那伙人，跟他们一起等到天亮。我顺利地来到下面，但我还没来得及放开手里抓住的最后一根树枝，突然两只白色大狗恶狠狠地吠叫着朝我猛扑过来。火堆周围响起孩子们清脆的声音；两三个男孩子飞快地从地上站起来。我回答了他们大声的发问。他们跑到我身边，立即唤住对我的吉安卡的出现大吃一惊的两只狗，于是我也走到他们跟前。

我错了，竟把围坐在火堆旁边的人当成牲口贩子。这不过是邻近村子里看守马群的几个农家孩子。在炎热的夏季，我们这里经常在夜里把马儿赶出去，在原野上吃草，因为白天苍蝇和牛虻老是搅扰它们的安宁。晚霞中把马群赶出去，朝霞里把马群赶回来——对于农家孩子来说，这是心花怒放的大喜事。他们不戴帽子，穿着老旧的短皮袄，骑着最麻利的小驽马向前飞奔，欢天喜地地吆喝着，喊叫着，挥舞着胳膊，晃荡着两腿，高高地一颠一纵，响亮地哈哈大笑。尘埃像黄柱子直竖起来，沿着大路奔驰；马群竖起耳朵疾奔着，马蹄声传向远方；冲在最前面的那匹鬃毛很长的枣红马，竖起尾巴，不停地变换着步伐，乱蓬蓬的鬃毛上沾满了牛蒡种子。

我对孩子们说，我迷路了，接着就挨着他们坐下来。他们问我是从哪里来的，又沉默了一会，就往旁边让出点地方来。我们稍稍聊了一会。我就躺到一棵叶子被啃光的小灌木底下，开始打量起四周来。好一片奇妙景象：火堆周围有一个红色的光圈在颤动着，接着似乎被黑暗顶住而凝滞不动；火焰熊熊，时而向光圈周围投射匆促的反光；细细的光舌舔一下光秃秃的柳树枝条，一下子又消踪匿形了；——一个个浓黑的、长长的影子刹那间突然闯入，一直冲到火堆上：黑暗与光明展开了搏斗。有时当火势较弱而光圈缩小的时候，在遮蔽过来的黑暗中忽然探出一个马头来，长着弯弯的白鼻梁的枣红色的，或者纯白的，一面灵巧地嚼着长长的青草，一面凝神呆呆望着我们，接着又低下头去，立即不见了。只听得到它在继续嚼草，并打着响鼻。从光亮处很难看清黑暗中的情形，因为附近的一切都仿佛蒙上一层近乎黑色的帷幕；然而在靠近天边的远处，隐约可见山岗和树林长长的斑影。黑亮的天空，带着它那神秘无比的壮丽，庄严雄伟、高远无极地悬挂在我们头上。呼吸着这鲜甜的特殊气味——俄罗斯夏夜的气味，胸中的甜蜜阵阵潮涌。四周几乎听不到一点喧哗声……只是有时近处的河里传来大鱼突然击浪的哗啦声，岸边的芦苇被漫过来的波浪轻轻摇晃而发出的沙沙声……只有火堆哔哔剥剥地燃烧着。

孩子们围坐在火堆旁；曾经那么想吃掉我的两条狗也坐在这里。它们对于我的加入还是好久不能容忍，睡意蒙眬地眯着眼睛，斜睨着火堆，时而带着非同寻常的自尊感威风地呜呜几声，先是呜呜吼叫，后来是尖声轻嗥，好像在惋惜自己的意图无法实现。孩子们一共有五个人：费佳、巴夫路沙、伊柳沙、科斯佳和瓦尼亚。（我是从他们的谈话中知道他们的名字的，现在我就把他们介绍给读者吧。）

第一个，年纪最大的，是费佳，看上去约摸十四岁。这是一个身材匀称的男孩子，外貌俊美，五官清秀而略显小巧，长着一头嫩黄的卷发，一双亮晶晶的眼睛，总是露出一半是快活、一半是漫不经心的微笑。从各个方面看，他是属于富裕家庭的孩子，他来到原野上并不是生活的需要，而只是为了好玩。他穿着一件镶黄边印花布衬衫；一件新的厚呢小上衣，勉勉强强披在他窄肩膀上；蓝色的腰带上挂着一把小梳子。他穿的那双正好合脚的短筒皮鞋——肯定不是父亲的。第二个男孩巴夫路沙，黑头发乱蓬蓬的，灰眼睛，宽颧骨，脸庞苍白而有麻点，嘴巴很大，但很端正，整个头部很大，就像人们常说的啤酒锅，身材矮笨。小家伙并不好看——这是毫无疑问的！——但我还是喜欢他：他看上去聪明而爽直，而且他的声音里流露出一种力量。他没法讲究衣着：他全身穿的不过是普通的麻布衬衫和打满补丁的裤子。第三个男孩伊柳沙，外貌相当平凡：鹰钩鼻子，长长的脸孔，眼睛高度近视，脸上流露出一种迟钝的、病态的忧虑神情；他那紧闭的双唇一动也不动，紧蹙的双眉也不舒展开——他似乎怕火而一直眯缝着双眼。他那黄得接近于白色的头发，一小绺一小绺地从戴得低低的呢毡帽下面起劲地往外翘，他只好时常用双手把帽子拉到耳朵上。他穿着一双崭新的树皮鞋，裹着包脚布；一根粗绳子在他身上缠了三圈，精心地束紧他那整洁的黑色长袍。无论是他，还是巴夫路沙，看样子都不出十二岁。第四个科斯佳，是个约摸十岁的男孩子，他那若有所思、郁郁寡欢的眼神引起了我的好奇心。他的脸庞不大，很瘦，而且长满雀斑，下巴尖尖的，像松鼠一样；嘴巴小得几乎看不出来；然而他那双乌亮的大眼睛，却使人产生一种奇怪的印象：它们似乎想要表达出某种意思，而这是他的语言——至少是他的语言——表达不出的。他个子矮小，身体瘦弱，穿着寒碜。最后一个是瓦尼亚，我起初竟没有发现他：他躺在地上，安静地蜷缩在一张粗糙不堪的草席子下面，只是偶尔从席子底下露出自己那淡褐色卷发的头来。这个小男孩最多七岁。

就这样，我躺在旁边的一丛灌木下，打量着这群孩子。有一堆火上挂着一口小小的铁锅；锅里煮着土豆。巴夫路沙负责照看它，他正跪在地上，把一块木片伸进滚沸的水里去扎试。费佳躺着，用一只胳膊撑着头，敞开着厚呢上衣的衣襟。伊柳沙坐在科斯佳的旁边，依旧那样紧张地眯缝着双眼。科斯佳微微低着头，望着远处的某个地方。瓦尼亚在自己的席子下面，一动也不动。我假装睡着了。孩子们渐渐地又打开了话匣。

起初，他们一会儿说这，一会儿又说那，还说到明天要干的活，说到马；可是，突然间费佳转向伊柳沙，似乎接续打断的话题，问他：

“喂，怎么啦，你真的见过家神[①]吗？”

“不，我没有看见他，他可是没法看见的，”伊柳沙用沙哑无力的声音答道，这声音跟他脸上的表情再相宜不过了，“不过我听见过……而且不止我一个人听见。”

“可他呆在你们那里的什么地方呢？”巴夫路沙问。

“在老打浆房[②]。”

“难道你们经常到造纸厂去？”

“当然啦，经常去。我和哥哥阿夫久什卡是磨纸工[③]啊。”

“看不出啊，你还是工人呢！”

“那么，你到底怎样听见的呢？”费佳问道。

---

① 家神是俄罗斯民间普遍敬奉的宅院神，主管家宅与家务，保护勤俭持家、喜欢整洁并敬奉他的人，而讨厌甚至惩罚懒汉和败家子。他个子矮小，外貌酷似老人，长着长长的白头发和白胡须，经常藏身于门槛、炉灶之下或阁楼、地下室等处的黑暗角落里，夜间有时也跑到马厩、牛棚里去。

② “打浆房”或者“纸浆房”是造纸厂的一种房舍，里面放着许多汲出纸浆的大桶。这些房舍一般都在河堤附近的水轮下面。——作者原注

③ “磨纸工”主要把纸磨平、刮光。——作者原注

“事情是这样的。有一次，我跟哥哥阿夫久什卡，和米海耶夫斯基家的费多尔，和斜眼伊万什卡，和红岗的另一个伊万什卡，还有苏霍路科夫家的伊万什卡，还有另外几个小伙伴，都在那里；我们一共有十来个人——刚好整整一个班；可我们还得留在打浆房过夜，本来不用留在那里过夜的，但监工纳扎洛夫不准我们回家，他说：‘孩子们，你们回家也是闲着啊；而明天活儿很多，孩子们，你们就别回家了吧。’我们就留下来了，大伙儿睡在一起，阿夫久什卡开始说话，他说：‘喂，伙计们，要是家神来了怎么办？’阿夫杰伊[1]的话还没有说完，忽然就有人在我们头顶上方走来走去；我们就躺在下面，可他就在上面，在水轮附近走来走去。我们听见：他在走着，木板在他脚下踩弯了，一个劲地咯吱咯吱响；他就在我们头顶走了过去；水突然在轮子上哗啦哗啦流得直响，冲得轮子咿呀咿呀响着转动起来；而水宫[2]的闸板却被放开了。我们很奇怪：到底是谁提起了闸板，让水流起来呢；不过，轮子转了一会，又转了一会，就停了。那个人又往上走到门边，还顺着楼梯开始往下走，就这样往下走，一副不慌不忙的样子；楼梯在他脚下咚咚响……唔，那个人走到我们的门口了，他等着，等着——门突然砰的一下大打开了。我们吓了一大跳，一看——却什么也没有……忽然，我们看见一个大桶的木格子框[3]动起来，往上升，浸了浸水，就这样在空中移过来移过去，好像有人在涮洗它，然后又回到原来

① 阿夫久什卡是阿夫杰伊的小名，阿夫杰伊是正名。

② 我们那把水在轮子上流过的地方叫做“水宫”。—作者原注

③ “格子框”是一种捞纸浆用的网状物。——作者原注

的地方。后来，另一只大桶的挂钩被从钉子上摘下来，又挂回去了；后来，好像有人走到门边，又突然猛咳起来，就像羊那样咳嗽，可声音是那样响……我们大家就这样挤成一堆，互相往身子底下钻……哎呀，那一回可真把我们吓坏了！”

“真有这样的事！”巴夫路沙低声说，“那他为什么要大咳不停呢？”

“不知道，也许是受不了湿气。”

大家沉默了一会儿。

“怎么样，”费佳问道，“土豆煮好了没有？”

巴夫路沙试了试土豆。

“没有，还是生的呢……听，水哗啦哗啦响……”他把脸转向河边，补充说，“大概，是一条狗鱼……瞧，那边一颗小星星落下去了。”

“不，兄弟们，我来给你们讲个故事，”科斯佳用尖细的声音说起来，“你们听着，这是前几天我当面听我老爸讲的。”

“好，我们听。”费佳带着鼓励的神态说道。

“你们都认识加弗利拉，镇上的那个木匠吧？”

“是的，我们认识。”

“你们可知道，他为什么老是那么愁眉锁脸，老是不说话，你们知道吗？他那么不快活为的是这么回事：老爸说，有一次，兄弟们啊，他到树林里去摘核桃。他就是到树林里去摘核桃，才迷了路；他一路走去，天知道，他走到了什么地方。他还是走呀，走呀，兄弟们啊——不对呀！他没法找到路；而野外已经是深夜了。他就一屁股坐在一棵树底下；他说，让我在这里等到天亮吧——他一坐下来，就打起了瞌睡。他刚一打起瞌睡，就突然听见有人叫他。睁眼一看——什么人也没有。他又打起瞌睡来——又有人叫他。他又睁开眼睛一看，再看：看见他前面的树枝上坐着一条美人鱼[①]，摇晃着身子，正在叫他到她跟前去，而她自己却在笑

---

① 美人鱼是俄罗斯神话和民间传说中的形象，集中了水中精灵（河中美人鱼）、司丰收的精灵（田间美人鱼）和水鬼等的特点，因此在民间传说中她一方面是危险的自然力量，与林妖、水怪相近，另一方面也有丰收之神的特点，保护植物生长，有些地方甚至认为，凡是有美人鱼嬉闹的地方，青草会长得更茂盛，庄稼一定会丰收。俄罗斯民间美人鱼的原始形象是披头散发、身穿白衣或赤身裸体的美女，也有传说说她是衣衫褴褛、驼背弯腰的妖婆；近代较为流行上身是美女、下身是鱼的西欧美人鱼形象。俄罗斯民间普遍认为，美人鱼是未婚少女或投河自尽的年轻女子的鬼魂，因此也称她为“少女之魂”。俄罗斯民间有“美人鱼季节”，即每年6月上旬的一周，这时“少女之魂”从水下回到人间，成群地出没在河岸、湖畔，以及桥头、树林、田边、墓地，拍水玩耍，跳舞嬉闹，或者坐在白桦树上梳理秀发，诱惑行人。

着，笑得要死……月亮很大，照得到处都很明亮，清清楚楚——兄弟们啊，什么都看得见。就是她在叫他，她坐在树枝上，全身又白又亮，好像一条拟鲤[1]或者鮈鱼[2]——要么就像一条鲫鱼，银晃晃……加弗利拉木匠呢，简直呆住了，兄弟们啊，可是她还在放肆哈哈大笑，而且还老是那样招手叫他到自己跟前去。加弗利拉本来已经站起来，想要听从美人鱼的话了，兄弟们啊，可是准是上帝提醒了他：他就在身上划了个十字……可是，就连划十字也多么费劲啊，兄弟们啊；他说，他的手简直像石头一样，不能转动……哎呀，真难受啊，唉！……他刚一划完十字，兄弟们啊，那美人鱼就不笑了，反倒忽然大哭起来……她哭着，兄弟们啊，用头发擦着眼泪，而她的头发是绿的，就像大麻一样。加弗利拉就这样看着她，看着她，而且开口问她：'林妖，你为什么哭？'那美人鱼却对他说起话来：'人啊，你不该划十字呀。'她说：'你应该同我快活过一辈子啊；我哭，我伤心，是因为你划了十字；而且将不只是我一个人伤心：你也要同样伤心一辈子。'她说完这话，兄弟们啊，就消失不见了，而加弗利拉马上就知道了怎么从树林里走出去……只是就从那个时候起，他就总是愁眉锁脸了。"

"嗨！"费佳沉默了一会儿说道，"这个林妖又怎么可能伤害一个基督徒的心灵呢——他不是根本没听她的话吗？"

---

① 鲤科鱼类，拟鲤属，长达72厘米，重达200克至8公斤，分布在欧亚大陆，俄国有两种。

② 鲤科鱼类，鮈亚科，长达22厘米，广泛分布于欧亚大陆淡水域，俄国有13种。

“真是呀，你看怪不怪！”科斯佳说，“加弗利拉还说，她的声音那么尖细，那么悲哀，就像癞蛤蟆的声音。”

“这是你老爸亲口讲的吗？”费佳又问道。

“亲口讲的。我躺在高板床上，全听见了。”

“真是怪事！他为什么愁眉锁脸呢？……而她叫他过去，明摆着是喜欢他。”

“嘿，还喜欢他呢！”伊柳沙接过话来，“说的什么话！她想呵他的痒痒，她想的就是这档子事。她们这些美人鱼啊，就喜欢干这种事。”

“可要知道，这里兴许也有美人鱼呢。”费佳提醒道。

“不，”科斯佳答道，“这地方干净又空旷。只是——离河太近了。”

大家都默不作声了。突然，远处传来拖得长长的、嘹亮的、几乎像痛苦呻吟般的声音，这是一种神秘的夜声，往往出现在万籁俱寂的时候，它逐渐升起，停在空中，慢慢扩散，最后终于似乎消逝了。留神细听——又好像什么声音也没有，但还是在响着。仿佛有人在天尽头久久地、久久地不断呼喊，另一个人则似乎是在树林里用尖细、刺耳的哈哈大笑来加以回应，接着，一阵微弱的嗞嗞声掠过河面。孩子们面面相觑，打了个哆嗦……

“上帝保佑！神与我们在一起！”伊利亚[1]低声念叨。

“啊哈，你们这些马大哈！”巴威尔[2]叫了起来，“慌乱什么呢？你们瞧，土豆熟了。（大家唰的一下凑到铁锅前，开始吃热气腾腾的土豆；只有瓦尼亚一动不动。）你到底怎么啦？”巴威尔说。

但他并未从自己的草席下爬出来。铁锅很快就空空如也。

“啊，伙计们，”伊柳沙开始说，“你们听说过前不久在我们瓦尔纳维茨发生的事吗？”

“是在堤坝上吗？”费佳问道。

“对，对，是在堤坝上，在堤坝决口的地方。那可实在是个闹鬼的地方，阴森森的，又那样偏僻。四周都是那么一些凹地、冲沟，而冲沟常常有卡尤里[3]。”

---

① 伊利亚是伊柳沙的正名，伊柳沙是小名。

② 巴威尔是巴夫路沙（小名）的正名。

③ 卡尤里是奥尔洛夫地方人对蛇的称呼。——作者原注

“呃，发生了什么事呢？你说呀……”

“噢，发生了这么一回事。费佳，你也许不知道，就在我们那儿埋着一个淹死的人；而他是很久很久以前，池塘还很深的时候淹死的；不过他的坟墓现在还看得见，勉勉强强能看得出来：就剩下——一个小土包……就在前几天，管家把看猎狗的叶尔米勒叫去，对他说：‘叶尔米勒，你到邮局去一趟。’我们那儿的叶尔米勒常常去邮局；他把自己的狗全都折腾死了：狗在他手里不知道怎么的就是全都活不长，总是活不长，可他倒是个很好的训犬高手，能摆平一切。于是叶尔米勒就骑上马到邮局去了，并且还在城里耽搁了一会儿，不过，回来的时候他已经喝醉了。已经是晚上了，是个明亮的夜晚：圆月高照……叶尔米勒就骑着马走过堤坝，他必须要走这条路。看猎狗的叶尔米勒就这样骑马走着走着，于是看见：在淹死的人的坟墓上，有一只小绵羊正在不慌不忙地走来走去，一身白卷毛，好看极了。于是叶尔米勒心想：‘我这就把它捉住，干吗让它白白跑掉呢。’于是他下了马，一把把它抱在手里……那只羊呢——倒也乖乖的。叶尔米勒就走到马跟前，可是那匹马却瞪着眼睛向后退去，打着响鼻，摇着头儿；但是他喝住了马儿，抱着羊骑到它背上，又继续向前走：他把羊放在自己面前。他看着羊，那羊也直直地看着他的眼睛。看猎狗的叶尔米勒，他开始心惊肉跳：他说，我从来没见过羊这样看人；不过，没什么；他就开始起劲地抚摸羊的毛——口里说着：‘咩，咩！’而那羊突然龇出牙齿，也对他叫着：‘咩！咩！’……”

讲故事的人还没有来得及说完这最后一句话，两只狗突然一下子同时站起身来，狂躁地吠叫着，从火堆边冲了出去，飞奔向前，消失在黑暗中。孩子们全都吓坏了。瓦尼亚从自己的草席底下腾地一跃而起，巴夫路沙高喊着跟着两只狗跑去。狗叫声很快就响起在远处……只听见受惊的马群慌乱的奔跑声。巴夫路沙在大声喊着："阿灰！茹奇卡[①]！……"过了一会，狗叫声静默了；巴夫路沙的声音已经从远处传来……又过了一会儿，孩子们困惑莫解地面面相觑，好像在等待这将会发生什么事情……忽然嗒嗒响起一匹奔马的蹄声；这马猛然停在火堆旁，巴夫路沙抓住马鬃，敏捷地跳下马来。两只狗也跳进火光圈中，立即坐下来，吐出红红的舌头。

"那边怎么啦？发生了什么事？"孩子们问道。

"没什么，"巴夫路沙朝马儿挥了挥手，答道，"是这样，狗嗅到了什么。我想，是狼吧。"他一边呼哧呼哧地喘着粗气，一边用若无其事的语气补充说。

我情不自禁地欣赏了一阵巴夫路沙。此时此刻他非常可爱。他那张并不漂亮的脸庞，由于骑马快跑而显得生气勃勃，洋溢着勇猛果敢、坚毅刚强的光辉。他手里没拿一根棍子，就在深夜孤身一人毫不犹豫地去赶狼……"多么可爱的孩子啊！"我望着他，心想。

---

① "阿灰""茹奇卡"都是狗名，"茹奇卡"是俄罗斯看家狗的常用浑名，到处可见。

“怎么，你们见过狼啊？”胆小鬼科斯佳问。

“这里向来有很多狼，”巴威尔答道，“只不过它们冬天才骚扰人。”

他又在火堆前蜷曲着身子。他坐在地上，用一只手摸摸一只狗毛蓬蓬的后脑勺，于是那受宠若惊的畜牲带着感激的得意神气从旁边望着巴夫路沙，很久没有转过头去。

瓦尼亚又钻到草席底下。

“你给我们讲了多么可怕的事儿，伊柳什卡[1]，”费佳说起话来，他作为富裕农民的儿子，因此总是带头说话（可他自己很少说话，似乎怕说多了有失自己的体面），“就连这两只狗也像见了鬼似的汪汪乱叫起来……不过我确实听说过，你们那地方闹鬼。”

“瓦尔纳维茨吗？……那还用说！早就闹什么鬼了！听说，有人在那里不止一次看见从前的老爷——死去的老爷。听说，他穿着长襟外套，老是这样唉声叹气，在地上寻找着什么东西。有一次特罗菲梅奇大爷碰见他，就问：‘伊万·伊万内奇老爷，您在地上找什么呢？’”

① 伊柳什卡是伊利亚的昵称。

“他问他吗？”毛骨悚然的费佳插嘴说。

“是的，问他。”

“嘿，这位特罗菲梅奇可真是好样的……噢，那个人又怎么说呢？”

“他说：‘我在找断锁草[①]。’说话的声音低沉沉的：‘断锁草。’‘可你要断锁草干什么呀，伊万·伊万内奇老爷？’他说：‘坟墓里憋压得慌，憋压得慌，特罗菲梅奇，我想出来啊，想出来……’”

“你瞧，多离奇！”费佳说，“就是说，他觉得还没有活够。”

“多奇怪！”科斯佳低声说道，“我以为只有在追荐亡人的星期六才能看见死去的人呢。”

“死去的人随便什么时候都能看见。”伊柳什卡很有把握地接着说，据我观察，所有孩子中，他最了解乡村的一切迷信传说。“不过，在追荐亡人的星期六，你还能看到轮到这一年死的活人。只要夜里坐在教堂门口的台阶上，一直望着大路。那些从你面前大

① 断锁草是俄罗斯童话里的一种神草，碰到锁闩，可以断锁开闩。

路上走过的人，就是这一年里要死的人。去年，我们那里的老婆婆乌里雅娜就到教堂的台阶上去过。”

“噢，那她看见过什么人没有？”科斯佳好奇地问。

“当然啦。起初她坐了很久很久，一个人也没看见，也没有听到什么……只是老是好像有一只狗在什么地方一个劲地叫着，叫着……突然，她看见了：大路上走着一个穿一件衬衫的男孩子。她仔细一看——路上走着的是伊万什卡·费多谢耶夫……”

“就是春天死了的那一个吗？”费佳插嘴问道。

“就是他。他走着，头也不抬地走着……可乌里雅娜已认出他了……可是后来，她又看见：一个老婆婆走来了。她看了又看，看了又看——哎呀，上帝啊！——是她自己在路上走着，是乌里雅娜自己！”

“真是她自己吗？”费佳问。

“千真万确，是她自己。”

“那又怎样，可她不是还没有死吗？”

“可一年也还没过完呢。你再瞧瞧她：只剩一口气了。”

大家又哑然无语了。巴威尔把一把枯枝扔进火里。枯枝在腾地燃烧起来的火焰中立刻变黑，哔哔剥剥地响着，冒出青烟，渐渐弯曲，烧着的一端稍稍翘起。火光一阵阵颤动着，射向四面八方，特别是上方。突然不知从什么地方飞来一只雪白的鸽子——径直飞进这光圈里，全身沐浴着火光，怯怯地在光圈中打了几个转，就振开双翅，唰地飞走了。

“它迷路了，回不了家了，”巴威尔发现了。“现在只能飞呀飞呀，碰上能歇脚的地方，就在那里呆过一宿。”

“呃，巴夫路沙，”科斯佳轻声问，“这是不是一个虔诚的灵魂飞到天上去呀，啊？”

巴夫路沙又把一把枯枝扔进火里。

“也许是。”他终于说。

“喂，巴夫路沙，请告诉我，”费佳开口说，“你们沙拉莫夫那儿也看得见天兆[1]吗？”

① 我们那里的农民把日蚀叫做“天兆”。——作者原注

"就是太阳一下子看不见了？当然也能看见。"

"想必你们也都吓坏了吧？"

"不光是我们呢。我们的老爷，虽然早就对我们说过，他说你们就要看到天兆了，可是等天黑的时候，听说他自己也差点吓破胆。而在仆人房里，那个做饭的婆娘，刚一看到天黑下来，你瞧，就一把抄起炉叉，把炉灶上的沙锅瓦罐全都打碎了，她说：'现在谁还要吃东西呀，世界的末日到啦。'这下子菜汤流了个满地。哦，兄弟，在我们村里还流传着这样的说法，说什么白狼遍地跑，把人全吃掉，猛禽飞得凶，那个特里希卡[1]露真容。"

"这个特里希卡是什么？"科斯佳问。

"你还不知道吗？"伊柳沙热情似火地接话说，"唉，兄弟，你到底是从哪里掉下来的，连特里希卡都不知道？你们村里人老是坐在家里大门不出吧，这真是不出家门什么都不知道啊！特里希卡——是个非常厉害的人，他就要来了；可他是这么厉害的一个人，他要是来了，你抓他不住，怎么着都奈何不了他：他就是这么厉害的一个人。比方说，农民们想抓住他，拿起棍棒去追他，把他团团围住，可是他会障眼法——他一障住他们的眼睛，他们自己就会互相打斗起来。比方说，把他关进监牢里——他会请求用勺子

① 迷信传说中的"特里希卡"，大概来自反基督者的故事。——作者原注

舀点水喝：等到把勺子拿给他，他就钻进勺子里，连影子都找不到了。给他戴上镣铐吧，可他只要两手一挣——镣铐就哗啷一声落到地上。哎，就是这个特里希卡要走遍乡村和城市；就是这个特里希卡，这个恶魔，要来诱惑基督徒了……唉，可是怎么着都奈何不了他……他就是这样一个非常厉害的恶魔。”

“唔，是的，”巴威尔用他那从容不迫的声音接着说，“是这样一个人。我们那里的人就是在等他来。老人们都说，天兆一出现，特里希卡就要来了。这不，天兆真的出现了。所有的人都纷纷走到街上，走到田野里，等待着发生什么事情。而我们那里，你们知道，是个向阳、开阔的地方。大家正在望着——忽然从镇子那边的山上走来一个人，样子很诡异，脑袋很奇怪……大家一起高叫起来：‘唉呀，特里希卡来了！唉呀，特里希卡来了！’就都不管方向地狂躲。我们的村长钻进了沟里；村长太太卡在大门下的空隙里出不来，拼命喊叫，把自己的看家狗都吓坏了，那狗挣脱锁链，跳过篱笆，就钻进树林里了；还有库兹金的老爹多罗费伊奇，跳进燕麦地里，蹲下来，拼命学鹌鹑叫，他说：‘也许，杀人恶魔会怜悯一只鸟吧。’大家都吓成了这副样子！……可是，这个走来的人却是我们的箍桶匠瓦维拉：他给自己新买了一只小木桶，就把空木桶戴在头上。”

所有的孩子都笑了起来，接着又沉默了一会，这也是在野外谈话的人们常有的情形。我环视四周：夜庄严而雄伟；后半夜潮湿的凉气替换了午夜前干燥的温暖；夜像软软的帐幕一样，还要在沉睡的原野上垂挂很长一段时间；还要很长一段时间，才能听到清晨第一阵喋喋声，第一阵沙沙声和簌簌声，才能看见黎明时分初降的露水。天空没有月亮：这些日子里，她总是很迟才升起。无数金灿灿的星星，似乎都在争先恐后地闪烁着，顺着银河的流向悄悄地流动，真的，望着星星，您似乎隐隐感觉到地球在不停地飞速运转……一种奇怪、尖锐、痛苦的叫声，突然接连两次从河面上传来，过了不多一会儿，又在远些的地方重复着……

科斯佳打了个哆嗦……“这是什么声音？”

“这是鹭鸶在叫。”巴威尔镇定自如地回答。

“鹭鸶，”科斯佳重复着，“可是，巴夫路沙，我昨天晚上听到的是什么呀，”他稍停了一会儿，又说，“你，也许，知道吧……”

“你听到什么了？”

“哦，我听到的是这么一回事。我从石头岭到沙什基诺去；起初我一直在我们的榛树林里走，可后来走到了草地——你知道，那里有个崖角[1]——而那里本来就有个深坑[2]，你知道，坑里长满了芦苇；当时我就从这个深坑边走过，兄弟们啊，忽然听到深坑里有人呻吟起来，是这样悲伤，这样悲伤：呜——呜……呜——呜……呜——呜！我都吓懵了，兄弟们啊：时间已经很晚了，而且那声音又是那样悲惨。这么一来，连我自己好像也哭起来了……这到底是怎么回事呢？啊？”

“前年夏天，一伙强盗把护林人阿金淹死在这深坑里了，”巴夫路沙说明道，“这也许是他的灵魂在诉苦喊冤吧。”

“噢，原来是这样，兄弟们啊，”科斯佳睁大了他那双本来不太大的眼睛，说道，“我还不知道是淹死在这个深坑里呢。要是知道的话，魂都会吓掉呢。”

“不过，听说，那里有一些很小的蛤蟆，”巴威尔接着说，“它们叫起来也是这样悲伤。”

“蛤蟆？嚯，不，这不是蛤蟆……这怎么会是……（鹭鸶又在河面上叫了一声。）咳，又是它！”科斯佳情不自禁地说出来，“好像是林妖在叫。”

---

① 崖角是沟壑急转弯的地方。——作者原注

② 深坑是很深的水坑，里面积着春汛过后留下来的春水，到夏天也不干涸。

“林妖可不会叫，他是哑巴。”伊柳沙接过话来，“他只会拍手，拍得噼噼啪啪一片响……”

“怎么，你见过他，见过林妖吗？”费佳嘲弄地打断他的话。

“不，没有见过，上帝保佑可别让我见到他；可是别人见过。就在前几天，他迷住了我们那里的一个农民：他领着他在树林里走啊，走啊，老是在一个地方转圈圈……直到天亮才好不容易回到家里。”

“那么，他是看见林妖了啰？”

“看见了。他说，林妖又高又大，黑乎乎的，遮裹着身子，就好像藏在树背后，看得不大清楚，一双大眼睛，好像是在躲开月光，望着，望着，不停地眨巴，眨巴……”

“唉，你呀！”费佳轻轻哆嗦了一下，耸了耸肩膀，激动地说，“呸！”

“可为什么世界上要生出这种坏东西呢？”巴威尔指出，“真是的！”

“你别骂：当心点，他会听到的。”伊利亚提醒道。

大家又开始沉默了。

“快看呀，快看呀，伙计们，”突然响起瓦尼亚的童声，“快看天上的星星吧——就像密密麻麻的蜜蜂！”

他从草席底下伸出自己的小脸蛋，用小小拳头支撑着，慢慢地向上抬起自己那双沉静的大眼睛。所有孩子的眼睛都仰望着星空，望了好一阵子。

“喂，瓦尼亚，”费佳亲热地说，“你姐姐安纽特卡身体好吗？”

“身体好。”瓦尼亚回答，他有点发音不清楚。

“你问问她——她为什么不来跟我们玩？……”

“我不知道。”

“你告诉她，叫她来玩。”

“我会说的。”

“你告诉她，我有礼物要送给她。”

“那你也送我吗？”

“也送给你。”

瓦尼亚叹了口气。

“唔，算了，我不要。你最好还是送给她吧：她是我们那儿最棒的人。”

瓦尼亚又把自己的头躺到地上。巴威尔站起身，随手拿起空空的小铁锅。

“你去哪里？”费佳问他。

“去河边，打点水来，我想喝点水。”

两只狗站起来，跟着他走去。

“当心点，别掉到河里去！”伊柳沙冲他的背影喊着。

“他怎么会掉到河里呢？”费佳说，“他会小心的。”

“是的，他会小心。可什么事都可能发生：就在他弯下腰去蹈水的时候，水怪就一把抓住他的手，把他拖进水里。以后人们会说：这孩子掉到水里了……可是，这怎么会是掉下去的呢？……”他凝神听了一会，补充道，“听，他钻进芦苇里了。”

芦苇的确朝两边分开，像我们常说的，“沙沙作响”。

“可这是真的吗，”科斯佳问，“傻子阿库丽娜掉到水里后就疯了？”

“是从那以后……现在她成了什么样子！可是听说，她从前是个美人儿呢。水怪把她糟蹋了。他大概没有想到人们会很快把她救上来。他就在水底下，把她给糟蹋了。”

（我本人不止一次碰到这个阿库丽娜。她穿着一身烂衣服，瘦得可怕，脸像煤炭那样黑，目光迷迷瞪瞪的，总是龇着牙齿，常常一连几个小时在大路上的某个地方原地踏步，干瘦的两手紧紧贴在胸前，像笼中的野兽一样慢慢地交替倒换着两只脚。无论对她说什么，她都丝毫不懂，只是有时痉挛一样哈哈大笑。）

“可听说，”科斯佳继续说，“阿库丽娜是因为被情人欺骗了，才跳河的。”

“就是因为这件事。”

“可你还记得瓦夏吗？”科斯佳伤心地接着说。

“哪个瓦夏？”费佳问道。

“不就是淹死的那一个嘛，”科斯佳回答道，“就是在这条河里。多好的一个孩子啊！唉唉，这孩子可真好啊！他母亲费克丽斯塔可真是爱死了他，爱死了瓦夏啊！她，费克丽斯塔好像早有预感，他会淹死在水里。夏天，有时瓦夏跟我们小伙伴一块去河里洗澡——她就浑身发抖。别的娘儿们都没什么，只管端着洗衣盆一窝蜂从旁边走过，可费克丽斯塔却把洗衣盆放到地上，大声叫唤起他来：‘回来吧，回来呀，我的亲爱的！哎呀，回来吧，我的小鹰！’只是，天晓得他是怎么淹死的。他在岸边玩耍，他母亲也在那里，在把干草扒到一块；突然听见好像有人在水里咕咕吐气泡——一看，就只有瓦夏的一顶小帽子在水上漂着了。打那以后，费克丽斯塔就精神失常了：常常走到他淹死的地方去，躺在那里；她躺着，兄弟们啊，还唱着歌——你们可记得，瓦夏老是爱唱那么一首歌吧——她唱的也就是那一首歌，要不，她就哭啊，哭啊，苦滴滴地向上帝诉说……”

“瞧，巴夫路沙回来了。”费佳说。

巴夫路沙端着满满一小锅水，走到火堆前。

“喂，伙计们，”他沉默了一会，开口说，“事情不妙。”

“什么事啊？”科斯佳急不可耐地问。

“我听到了瓦夏的声音。”

大家都颤抖了一下。

“你怎么啦，你怎么啦？”科斯佳嘟嘟囔囔地说。

“真的。我刚刚弯腰去打水，就突然听见大概是瓦夏的声音在叫我的名字，那声音就好像是从水底下传出来的：‘巴夫路沙，啊，巴夫路沙，到这里来。’我走开了。不过，我还是打了水。”

“哎呀，你呀，上帝保佑！哎呀，你呀，上帝保佑！”孩子们一边划着十字，一边念叨。

“这可是水怪在叫你呀，巴威尔，”费佳接着说，“而我们刚刚正在谈他，正在谈瓦夏呢。”

“唉呀，这可是不好的兆头。”伊柳沙一字一顿地慢慢说道。

“嘿，没什么，由它去吧！”巴威尔斩钉截铁地说，随即又坐了下来，“自己的命运是没法逃脱的。”

孩子们都安静下来。显然，巴夫路沙的话对他们产生了深刻的影响。他们纷纷在火堆旁躺下，好像准备睡觉了。

“这是什么？”科斯佳突然稍稍抬起头问道。

巴威尔凝神听了一会。

“这是小山鹬飞过，是山鹬在叫呢。”

“它们这是飞到哪里去啊？”

“听人说，就是一个没有冬天的地方。”

“难道真有这样的地方？”

“有啊。”

“很远吗？”

“很远，很远，在温暖的大海那边。”

科斯佳叹了口气，闭上了眼睛。

从我坐在孩子们身旁算起，已经过去三个多钟头了。月亮终于升起来了；我没有立即发现它：它是那样细细的一钩月牙。这没有月光的夜晚，看上去依旧像往常那样壮丽……不过，不久前还高挂在天空的许多星星，已经落到大地黑蒙蒙的边缘上；四周早已真正的万籁俱寂，就像平常将近黎明时万籁俱寂一样：一切都沉浸在黎明前黑甜的睡梦中。空气中已经闻不到浓烈的气味了——湿气似乎又在渐渐弥漫……短促的夏夜！……孩子们的谈话声随着火光一起停息了……连那两只狗也打起了瞌睡；借着微微闪烁的幽幽星光，我看见马也躺下了，低着头……轻微的倦意支配着我；这倦意很快就变成了瞌睡。

一阵清风拂过我的脸颊。我睁开眼睛：天已破晓。朝霞还没有在任何一个地方发出红晕，但是东方已经开始发白。周围的一切都开始看得见了，虽然还模模糊糊。灰色的天空渐渐变亮，渐渐变凉，渐渐变蓝；一颗颗星星一会儿闪着微光，一会儿又消失无踪；地面潮湿起来，树叶上露珠晶莹，一些地方开始传来生气勃勃的各种响声和人声，晨风已经在大地上徐荡。我的身体产生轻松、愉快的颤动来回应晨风。我一骨碌爬起来，向孩子们那边走去。他们在阴燃的火堆周围睡得像泥巴一样；只有巴威尔微微抬起上半身，凝神看了看我。

我朝他点了点头，然后沿着白雾蒙蒙的河岸往家里走去。我走了还不到两俄里，在我周围，在宽阔潮湿的草地上，在前面那些绿色的山冈上，从树林到树林，在后面长长的灰土路上，在一丛丛被染得红亮的灌木上，在越来越稀薄的雾气中羞答答地露出一丝蓝色的河面上——都洒满了新鲜温暖的阳光，起初是鲜红，后来是大红、金黄……万物都活动起来，睡醒了，歌唱了，喧闹了，说话了。到处都有大颗大颗的露珠像金刚石一样红光闪闪；朝我迎面飘来的，是仿佛也被早晨的清凉滤洗过的清新、纯净的钟声；忽然，一列恢复了精神的马群，由我熟悉的那些孩子们赶着，从我身边疾奔过去……

非常遗憾，我必须补充一句，就在这一年巴威尔死了。他不是淹死的：他是从马上掉下来，摔死的。太可惜了，一个多么可爱的少年！

1851

谈谈夜莺

亲爱的、最尊敬的C．T．[1]，您是各种打猎活动的爱好者和高手，现特寄去一篇关于夜莺的短文，讲述的是夜莺的歌唱以及怎样喂养、捕捉夜莺等等，这是我根据一个家仆出身的、有经验的老猎人[2]的口述笔录下来的。我尽量保留他的所有用语和说话的风格。

库尔斯克的夜莺总被认为是最好的；可近来它们也差劲了；眼

① 即谢尔盖·季莫费耶维奇·阿克萨科夫（1791—1859），俄国作家，著有随笔集渔猎三部曲《钓鱼笔记》《奥伦堡省一个猎人的枪猎笔记》《猎人的狩猎故事和回忆》（均收入百花文艺出版社2002年版《渔猎笔记》），长篇小说三部曲《家庭纪事》《孙子巴格罗夫的童年》《学生时代》等作品。

② 指屠格涅夫的打猎好友阿法纳西·季莫费耶维奇·阿利法诺夫，1854年11月6日傍晚，屠格涅夫请他到自己书房里，讲述夜莺的故事，本文即据此整理而成。《猎人笔记》中的叶尔莫莱也以他为原型。

下最好的夜莺，要数边境别尔季切夫附近逮到的了；就在离别尔季切夫十五俄里的地方，有一座林子，叫做特列亚茨基；那儿出产的夜莺最好。逮夜莺的时间在五月初。它们大都呆在稠李丛、小树林和长着树的沼泽地里；沼泽地里的夜莺——最是金贵。它们在叶戈里耶夫日[1]前两三天飞来；不过起初它们轻声低唱，只是快到五月才得劲，唱个不停。听它们唱歌要在黎明和深夜，但是最好还是在黎明；有时得通宵坐在沼泽地里听。我和同伴有一次差点冻僵在沼泽地里：夜里变得寒冷，早晨水面结了一层发面煎饼那么厚的冰；可我只穿了一件夏天的劣质长衫；我只好在两个小草墩当中蜷成一团，脱下长衫，蒙头罩着，在长衫里面朝着自己的肚子呼吸；后来一整天都牙齿得得直打战。逮夜莺这事儿不算太难：首先得好好听，搞清它呆在哪儿；然后在灌木林近旁清整出一小块场地，安好逮鸟的东西，拴住雌鸟的两只小脚，让它起劲跳动，而你自己躲起来，吹起专门用来诱鸟的木笛。逮鸟的东西不大，就用网做成——装在两根弓形杆子上；一根弓形杆子得牢牢固定在土里，而另一根只要随便插进土里——可得拴上一根绳子；夜莺一从上面飞向诱鸟——马上就拉一下绳子，逮鸟的网就往后倒下。有些夜莺性急如火，一看见诱鸟，立马就像子弹一样飞射下来；可有些忒小心，先低飞过来，瞅了又瞅——搞清是不是它的女伴。小心的夜莺最好用大网来逮。网要织成五俄丈[2]长；把它撒在灌木林上或者枯枝堆上，不过要撒得松松的；一等夜莺飞下来——你就起身把它赶进网

① 在4月23日。

② 1俄丈等于2.134米。

里，它总是贴着地面飞——这就挂在网眼上了。用大网逮鸟，不用诱鸟也行；只要吹吹诱鸟笛。逮住了夜莺，马上捆住它两只翅膀尖，不让它扑腾，赶紧把它塞进鸟箱——这种箱子做得矮矮的，从上到下蒙着一块粗麻布。逮到的夜莺要用蚁卵喂养——量要少，但要喂得勤点；它们很快就会习惯，开始啄食。把活蚂蚁放进鸟箱也不碍事：有些沼地上的夜莺不认识蚁卵——从来没有见过——瞧，可蚂蚁刚一开始搬运蚁卵——引发了它的兴致——就会开始啄食它们。

我们这儿[①]的夜莺很糟：唱得太难听，什么也听不出来，各种唱段混成一堆，吱吱啾啾乱叫，急急火火快唱；而它们还有一个品种玩的把戏最可恶：好好这样唱着“突呜”，突然变了：“喽！”——就像掉进水里一样地尖叫起来。好的夜莺的歌声应该唱得清清楚楚，各种唱段不会混在一起——而常见的唱段有这样一些调儿：

第一种：普尔调——就这样：普尔，普尔，普尔，普尔……

第二种：克雷调——克雷，克雷，克雷，就像黑啄木鸟啄树。

第三种：笃笃调——就像一批霰弹笃笃笃笃撒落地上。

① 指姆岑斯克、切尔斯克、别列夫斯克县。——作者原注

第四种：颤音调——特尔尔尔尔尔尔尔……

第五种：扑楞调——差不多听得很清楚：扑楞，扑楞，扑楞。

第六种：木笛调——这样拖着长音：咯——咯——咯——咯——咯，而最后是一声短音：“嘟！”

第七种：布谷飞行调。这是最稀有的唱段；我一辈子只听过两次——而且两次都在季姆斯克县。布谷鸟飞行时，就这样叫。那么有力，那么响亮。

第八种：公鹅调。嘎——嘎——嘎——嘎……小阿尔汉格尔斯克地方的夜莺，这种唱段唱得最好。

第九种：林百灵调。林百灵——是一种像云雀的鸟——或者就像管风琴那样——叫声可真圆润：啡呦咿呦咿呦咿呦咿呦……

第十种：开场调。就这样：叽咿——喽啾，声音柔和，就像红胸鸲。严格说来，这不是唱段，可夜莺一般就是这样开场。唱得好听、有腔有调的夜莺还经常这样：开始是——叽咿—喽啾，而接着是——“嘟克！”这叫做打奔儿。然后又是——叽咿—喽啾……“嘟克！”“嘟克！”打两次奔儿——不完全打出来，这样更好；第三次叽咿—喽啾——这狗崽子突然发出笃笃声或断断续续的声音——你好不容易才站稳了——叫声烫人哪！这样的夜莺叫做打顿儿或者打奔儿的夜莺。好的夜莺每一个唱段都拖得很长，清楚，有力；越是清楚，就越是悠长。差劲的夜莺急急火火地唱：唱出一个唱段，还没完就突然打断，赶忙开始另一个——就混成一堆了。傻瓜永远是傻瓜。可好的夜莺——不会这样！唱得有板有眼，中规中矩。一唱出某个唱段——就一直唱到疲累了才停，把人惊呆了。有一种夜莺甚至反复地唱——时间很长；比如说吧，它唱出一个笃笃调的唱段——起初似乎在下滑，然后又往上走，好像绕着自己转圈子，就像马车轮子在滚动——得这样说。我在姆岑斯克县商人家听到过一次这样的歌唱——真是棒极了的夜莺！这只夜莺在彼得堡卖了一千二百卢布纸币。

根据猎人的经验，很难从外表上来分清夜莺的好坏。很多人甚至分不清雌鸟和雄鸟。有的雌夜莺比雄夜莺还漂亮。小夜莺和老夜莺倒是可以分清。小夜莺张开翅膀时，可以看到它羽毛上有斑斑点点，而且它浑身毛色比较黑；而老夜莺呢——毛色比较灰。挑选夜莺时，要挑眼睛大，鸟嘴厚的，还要身板宽，腿儿长。那只卖了一千二百卢布的夜莺，是中等个儿。它是在库尔斯克附近花二十戈比从一个男孩的手里买过来的。

照护得好，一只夜莺能活过五个冬天。冬天得喂它德国小蠊和干蚁卵；只是蚁卵不要针叶林里的，而要阔叶林里的，不然吃进松脂它会便秘。夜莺不要挂在窗子上面，而要挂在房子中间的天花板下面，笼子顶要软和，盖上呢绒或亚麻布。

它们常得的病是：突然开始打喷嚏。这病很糟糕。有的就是勉强活下来——来年冬天也一定会死掉。我曾试着把鼻烟撒进饲料里——治病效果很好。

它们从圣诞节起开始歌唱——有时更早，起初轻轻地唱；从大斋节[①]起，从三月开始，亮开嗓子放声唱，可一到圣彼得节[②]就不唱了。它们通常从扑楞调唱起……唱得那么悲悲切切，温温柔柔：扑楞……扑楞……歌声不高——可整个房里都能听见。唱得那么动听，就像小玻璃片的清脆声音，搅动了整个心魂。好久没听了——每一次听到，都会感动，那歌声就这样震撼心魂，连头发梢都颤动起来。泪水马上就涌出来了——瞧，这就是它们。你得走到外边，哭一哭，站一站。

圣彼得节前斋戒期[③]最容易逮到小夜莺。首先得察看老夜莺把食物衔到哪里。有次我看了三四个钟头，花了半天功夫，这才找准地方。它们把窝筑在地上——用的是干草和树叶。每窝一般有五只幼鸟，有时还要少些。逮住幼鸟把它们放进捕鸟器——老鸟立马就会落网。得逮住老鸟，为的是让它们喂幼鸟。把整窝鸟关进鸟笼

① 大斋节在复活节前七周。

② 圣彼得节在俄历旧历 6 月 29 日。

③ 圣彼得节前斋戒期在俄历旧历六月底。

里，撒些蚁卵，放些活蚂蚁。老鸟马上就会喂起幼鸟来。然后蒙上鸟笼，而一当幼鸟开始自己啄食，就要把老鸟拿走。圣彼得节前斋戒期从窝里掏来的幼鸟，身体皮实些，很快就开始歌唱。最好挑选身子长长、嗓音清亮的夜莺孵出的幼鸟。在笼子里它们是不孵幼鸟的。在野外，夜莺只要一孵出幼鸟，就不再歌唱，而在圣彼得节前斋戒期它就换毛。急急火火唱一个唱段——就了账。以后就只是吱吱叫唤。而它总是坐着歌唱；飞着上下追求雌鸟时，就像鹤鸣一样叫唤。

小夜莺最好挂在老夜莺旁边，方便它们学习歌唱。得把它们并排挂着。这里，得注意：老夜莺唱歌的时候，如果小夜莺一动不动地坐着，一声不吱地听着——那就大有好处——约摸两个礼拜后就学会了；而闹个不停，跟着老夜莺瞎嚷嚷的小夜莺——也许要到来年才能学会歌唱，也许来年还学得不好呢。有些猎人把小夜莺藏在帽子里，偷偷带到有好夜莺的饭馆里；他们自己喝着茶或者饮着酒，而小夜莺趁机学习歌唱。所以，在小夜莺靠近老夜莺的时候，最好把它们遮起来。

最大的夜莺迷——是商人：为夜莺花几千卢布也不心疼。别列夫斯克的商人们给了我两百卢布和一个助手——就连马也是他们的。派我去别尔季切夫。我只要给他们送上两对好夜莺，而其余的，哪怕逮到五十对，都归我。

我曾有一个朋友，爱夜莺爱得要死；我和他常常去逮夜莺。他视力很差——这给他添了不少麻烦。有一次，在列别江尼附近，他听到一只好得出奇的夜莺在歌唱。他跑来告诉我时——还是那样激动得浑身哆嗦。他开始逮它——可它呆在高高的白杨树上。不过，它终于飞下来了，朋友把它赶进网里；夜莺一头撞在网上——就给挂住了。朋友就去捉它——要知道，他双手嗦嗦发抖呢——夜莺突然一头窜到他的两腿之间——叫了一声，唱起歌飞走了。朋友气得狂吼大叫。他后来对天起誓，让我相信，他真真切切地感到，有人把夜莺从他手里硬抢走了。有啥法子呢！什么事都会有啊。他又开始引诱这只夜莺——不行！再没那事了：它害怕了，也就是说，闷声不响了。朋友后来整整十天一直跟着它。您猜怎么着？夜莺没声没响——就这么蒸发了。可朋友却差点发疯；好不容易才把他拖回家。他把帽子往地上一摔，就这样开始用拳头猛捶自己的脑门……要不就突然停住，大喊大叫：“把土刨开——我要钻进地里去，我这个一无所能、笨手笨脚的睁眼瞎子，就该去那里……”瞧啊，他爱夜莺真是爱得要命！

有时人们一门心思只想抢夺好夜莺，提前赶到捕鸟的地方。干什么都要有本事；而且还需要运气。有时还有这样的事，夜莺被人施魔法引走了；而破除魔法的法子——就是祈祷。有一次我真吓坏了。深夜我坐在林子里，听夜莺歌唱，而夜是这样黑咕隆咚的……突然我觉得，这不像是夜莺在高叫，好像有什么径直向我走来……我那个怕呀，真没法形容……我跳起身，拔腿飞跑。庄稼汉——不碍事；他们无所谓；也许还会嘲笑我们呢。庄稼汉笨死了；对他们来说，夜莺也好，苍头燕雀也好——全都是一回事。这不是他们分内的事。他们的事情——就是种种地，躺在热炕上抱婆娘。可现在我什么都给您讲啦。

1854

贝加兹

猎人常常爱显摆自己的猎狗，夸大它们的能耐：这也是一种转弯抹角的自我吹嘘。但是，毫无疑问，在狗们中间，就像在人们中间一样，有聪明绝顶的和愚不可及的，有才华出众的和一无所长的，甚至还有天才，还有怪物；[①]而它们之间“体力和智力”方面的天赋以及习性和气质的多样性——不亚于在人身上所发现的多样性。可以说——而且毫不牵强地说，狗由于久远的、历史上发生的与人共同生活，在好的和坏的方面都受到了人的浸染：它本身正常的习性无疑被破坏和改变了——就像它的外表被破坏和改变了一样。狗开始变得羸弱多病，神经过敏，它的寿命也缩短了；不过它

① 1871年春天，我在伦敦一家马戏院看见一只狗，能够扮演马戏中的“丑角”、杂技中的小丑：它无疑具有喜剧式的幽默感。——作者原注

也变得更加文明，更加敏感，更加机灵；它的视野扩大了。羡慕，嫉妒，还有交朋结友的本领，天不怕地不怕的勇敢，舍身忘我的忠诚，还有可耻的怯懦，反复无常，疑心重，爱记仇，还有温厚和善，狡猾多端，耿直坦率——所有这些品性，有时以惊人的力量表现在被人教育过的狗身上，狗比马更配称做布封所说的“人类最高贵的征服”①。

不过高谈阔论已经够多的了，下面该回到正事了。

我像每一个“有瘾的”猎人一样，曾经养过许多狗，有差劲的狗，有好狗，也有最棒的狗，还有一只是货真价实的疯狗，它从造纸厂的四楼跳进烘干室的天窗而断送了自己的小命；不过我养过的最好的一只狗，毫无疑问，是那只黑色中间杂黄斑的长毛公狗，名字叫做“贝加兹”，是我在卡尔勒郊区花一百二十盾——相当于八十银卢布——从一个猎人兼护林人那里买来的。后来，有好几次有人愿出一千法郎买它。贝加兹（它至今仍然活着，不过今年年初突然间差不多失去了嗅觉，耳朵聋了，眼睛也瞎了一只，已经变得面目全非了）——贝加兹——曾经是一只身高体大的狗，满身波浪般的长毛，一个惊人的漂亮的大脑袋，一双褐闪闪的大眼睛，一副聪明绝顶、高傲自得的神态。它并非十足的纯种狗：它是英国

① 布封（1707—1788），法国18世纪博物学家、思想家、文学家，代表作是巨著《自然史》，其中《马》的开头这样写道：“人类所曾做到的最高贵的‘征服’，就是征服了这豪迈而剽悍的动物——马。”

塞特猎犬和德国牧羊犬的混血儿——尾巴很粗，前爪太过肥厚，后爪则稍嫌细弱。它力气大得出奇，并且生性好斗，威名远扬：被它咬死的狗，大约有好几只；猫呢，更是多得没法说了。先谈谈它在打猎时的缺陷吧：缺陷不多，三言两语就可全部说清。它怕热——如果近处没有水，它就会像人们谈到狗时常说的那样，“热得喘不过气来，张嘴喘气”；搜寻猎物时，它显得笨拙又迟钝；不过它的嗅觉灵敏得可真是不可思议——这么好的嗅觉，我还从来没有碰到过，也从未见过——因此它依然能够比其他任何一只猎狗更快、更经常地找到野味。它的伺伏让人惊异——无论何时——无论何时！它总是准确无误。“要是贝加兹停下脚步——那就一定有野味。”这是我们打猎的所有朋友都一致确认的公理。兔子也好，其他野味也好，它一步也不去追；可是由于没有受过正规、严格的英国式训练，它一听见枪响就不等命令猛冲过去捡打死的野味——这是它最大的缺陷！它能根据鸟儿飞翔的姿势，马上看出这鸟已受了伤——要是它看了一眼后紧追过去，还用一种特别的姿势高抬起头——那么，这就万无一失地表明，它将把鸟儿找到，并把它衔回来。在它的力量和本领得到充分发挥的时候——任何一只被击中的野味都休想从它那里逃脱：它是一只你所能想象到的异常出色的“衔回猎物的猎犬”。它从几乎遍布德国所有森林的茂密黑刺李丛中找到多少只野鸡，从逃离击中地点差不多半俄里才掉落的地方找到多少只山鹑，还有它找到的多少只野兔、野山羊和狐狸，已经难以算清。有时打中野味两个、三个、四个小时之后，再叫它循着痕迹寻找，只要轻声对它说：“不见了，快去找！”它马上就飞跑出去，先嗅嗅这一边，再闻闻那一边——一发现踪迹，立即循着踪迹，追风逐电般地拼命追去……一分钟刚刚过去，又一分钟……早已传来被它咬住的野兔或野山羊的叫声——要不就是它早已衔着猎物飞跑回来了。有一次，在围猎野兔时，贝加兹施出了它的惊人绝技，要是没有整整十个人可以作证的话，我未必会拿定主意讲述它。林中围猎结束了，所有猎人都聚集在树林边缘的空地上。“我就是在这里打伤了一只野兔。”我的一个同伴对我说，并且向我提出一个普通的请求：派贝加兹跟踪寻找。应该说明的是，除了我这只被称为“l'illustre pégase”[①]的猎狗外，任何一只猎狗都不允许参加这类搜捕。在这种场合，猎狗们只会坏事；它们自己内心惶惶，也搞得自己的主人惶惶不安——而且它们的举动会提前警醒野味，把它们吓走。看守猎场的围猎者把自己的几只猎狗用一条皮带拴住。搜捕刚一开始，叫喊声刚刚响起，我的贝加兹就绷紧全身，像块木头，全神贯注地注视着密林，轻悄悄地竖起又放下耳朵——甚至还屏住了呼吸；就是野味从它鼻子底下窜过去——它也只是微微动一动两肋，或者舔一舔嘴唇，如此而已。有一次，一只野兔真的就从它的脚爪上跑过去了……贝加兹只是得意地做出一副似乎想要咬死它的样子。还是回到正题吧。我命令它：“不见了，快去找！”它出发了，过不多久，我们就听到被咬住的野兔吱吱直叫，接着我那只猎狗的漂亮身影在树林里一闪，就径直向我奔跃过来。（它从不把自己的猎物交给别的任何人。）突然，就在离我二十步的地方，它停

① 法文，意为“著名的贝加兹”。

住脚步，把野兔放在地上，回转身子，拔腿飞跑！我们大家面面相觑，莫名其妙……“这是怎么回事？”人们问我。“为什么贝加兹不把兔子衔到你面前来？它可从来没有这样干过！”我不知道说什么好，因为我自己对此也是一无所知。树林里突然又传来野兔的叫声——接着，贝加兹又衔着另一只野兔在密林中闪现！大家友好、热烈地鼓掌欢迎它。只有猎人才能估量出，这只狗需要多么灵敏的嗅觉、多么出色的智慧和多么精准的推测，才能在嘴里衔着刚刚咬死的还软温的野兔，在向主人全力奔跃之中，还能闻到另一只受伤野兔的气味——并且明白，这千真万确是另一只野兔的气味，而不是它嘴里衔着的那只野兔的气味！

另一次，让它去搜寻一只受伤的野山羊。打猎是在莱茵河边进行的。它跑到岸边，首先冲向右边，接着扑到左边——可能是它认定，野山羊虽然没有再留下行迹，但总不能突然蒸发，于是就扑通一声跳进水里，游过莱茵河的一条支流（众所周知，莱茵河在巴登大公国的对面分出许多支流），接着登上对面长满柳树丛的小岛，并在那里逮住了那只野山羊。

我还记得在黑林山[①]山顶冬猎的情景。到处覆盖着深深的积雪，树上挂着厚厚的霜花，浓雾漫天，一切都变得模糊不清。我的邻人开了一枪。围猎结束后，我刚一走到他身边，他就告诉我，他朝一只狐狸开了一枪，很可能打伤了它，因为它摇了摇尾巴。我

① 在德国，绵延约160公里，其主峰费尔德山高达1493米，多针叶林和山毛榉林。

们放出贝加兹去搜寻，它立即消失在笼罩着我们的白蒙蒙雾气里。过了五分钟，十分钟，一刻钟……贝加兹还没有回来。显然，我的邻人打中了狐狸：假如野味没有受伤，贝加兹空跑一趟，它立马就会回来。终于从远处传来了闷沉沉的犬吠声：它仿佛是从另一个世界传到我们耳边。我们赶忙迎着这犬吠声跑去：我们早已知道，当贝加兹衔不动找到的猎物时，就总是冲着它汪汪吠叫。它那时断时续的、用低音发出的吠叫声，引导着我们朝前走；而我们就好像在梦里行走一样——几乎看不清该往哪里迈步。我们登上山顶，又下到山谷，蹚着齐膝深的积雪，迎着潮湿寒冷的雾气；从我们碰触的树枝上，一根根冰针沙沙地撒落到我们身上……这仿佛是在童话中进行的一次旅行。我们之中的每一个人，都觉得别人就像幽灵——而周围的一切都像是幻影。终于，在前面，在狭窄的谷底，露出一团黑乎乎的东西：那就是贝加兹。它蹲着，低下脑袋——就像人们说的那样，“郑重其事”；而就在鼻子下面，在两块花岗石之间的狭小地洞里，躺着一只死去的狐狸。它是在全身变僵以前爬到那里的，因此贝加兹没法把它弄出来。所以，它就用吠叫声通知我们。

它的右眼上方新添了一道深深的伤痕：这个伤痕是狐狸给它留下的，那只狐狸被子弹打中后六个小时还是活的，贝加兹找到它后，跟它展开了一场殊死的搏斗。

我还记起了下面这件事。我被邀请到离巴登不远的城市奥芬堡去打猎。这次打猎是巴黎一大批运动员出资组织的：那里的野味，尤其是野鸡，比比皆是。我自然随身带着贝加兹。我们一共约有十五个人。不少人带着出色的猎犬，大多是英国纯种狗。我们从一次围猎转到另一次围猎，我们在林边路上拉成一排；我们左边是茫茫一大片空旷的田野；在这田野的中间——离我们约五百步的地方——有一小块高高的洋姜丛。突然我的贝加兹抬起头来，在风中闻了一闻，踏着均匀的步子，径直走向远处那丛干直茎秆。我停住脚步，邀请猎人先生们跟着我的狗走——因为“那里一定有什么东西”。这时，其他的猎狗都奔跃过来，开始在贝加兹周围转来转去，闻闻土地，看看四周——不过什么也没嗅出来；可贝加兹却依旧从从容容地继续向前，就像走在弦上似的直走着。“想必田野里什么地方藏着一只兔子。”一个巴黎人对我说。可我根据贝加兹走路的姿态和它一向的习性，判定这不是兔子，于是再次邀请猎人先生们跟着它走。“我们的狗什么也没有闻出来，”他们异口同声地回答我，“大概，您的狗搞错了。”（在奥芬堡，人们当时还不知道贝加兹。）我缄口不语，扣起扳机，跟着只是偶尔回过头来看我一眼的贝加兹往前走——最后终于来到那块洋姜丛跟前。猎人们虽然没有跟着我，但是全都站定了远远地看着我。“噢，要是什么也没有呢？”我心想，“贝加兹啊，我们可就丢脸了……”然而就在这一瞬间，一整打雄野鸡“嘭”地腾空而起，声音震耳欲聋——而且，我心花怒放，我打下了两只，这在我是很稀罕的事，因为我射击的水平稀松平常。“瞧瞧吧，巴黎的先生们，还有你们的纯种狗！”我手里提着打死的野鸡回到伙伴们那里……恭维话纷纷洒落到贝加兹和我的身上。我的脸上大约一副春风得意的样子；而它——却若无其事，甚至满不在乎！

我可以毫不夸张地说，贝加兹常常能闻出一百步、两百步外的山鹑。尽管寻找猎物时它有点懒散，但它干起事来却深思熟虑：不折不扣，是个富有经验的战略家！它从来不会低下头来，翻来覆去地去闻足迹，丢人现眼地鼻子呼哧呼哧着去碰嗅；它总是凭嗅觉行动，一如法国人说的那样，dans le grand style，la grande manière[①]。我常常几乎无需挪动地方：只要不时看看它就行。和那些还不熟悉贝加兹的人一起打猎，常常使我喜逐颜开；要不了半个钟头，就会听到一片赞叹声："多棒的一条狗！简直就是一个超级高手！"

我的只言片语，它都能明白；看它一眼，它就能明白我的意思。这条狗聪明绝顶。有一次，它落在我后面没有赶上我，于是便从我过冬的卡尔勒出发，四个小时后就回到了我在巴登—巴登的旧居——这还不算什么稀奇；但是下面的事情表明，他的小脑瓜是多么聪明。巴登—巴登郊区有一次出现了一只疯狗，并且咬伤了一个人；警察局马上下令：所有的狗都得毫无例外地戴上嘴套。在德国，诸如此类的命令必须一丝不苟地执行，于是贝加兹也戴上了嘴套。这使它极其难受；它没完没了地诉怨——就是坐在我对面，时而汪汪吠叫，时而向我伸出爪子……然而毫无办法，必须服从命令。有一次我的女房东走进我的房间告诉我，昨天贝加兹利用解下嘴套的短暂时间，把自己的嘴套埋了起来！我根本不相信这件事；

① 法文，意为"高贵的风格，优雅的仪表"。

但是过了一会儿，女房东再次跑到我房里，悄声叫我赶快跟她走。我走到台阶上——我这到底是看见了什么呀？贝加兹叼着嘴套，仿佛踮着脚尖似的，轻悄悄地偷偷溜过院子，钻进板棚里，在角落里用爪子刨开泥土——接着便小心翼翼地把自己的嘴套埋进土里！毫无疑问，它以为这样一来，就会永远摆脱它憎恨的束缚了。

像绝大多数的狗一样，它厌恶乞丐和穿破衣烂衫的人（它从不碰儿童和妇女）——而特别是：它不允许任何人拿走任何东西；只要一看见有人肩上扛着东西或手里拎着东西，它就疑心顿生——于是被怀疑者的裤腿就要倒霉了，而最终倒霉的是我的钱包！我曾经为它赔偿了许多钱。有一次我听见我房前小花园里沸反盈天。我走到屋外，就看见栅栏外有一个鹑衣百结的人，裤子被撕咬得“惨不忍睹”，而站在栅栏前的贝加兹却俨然摆出一副胜利者的姿态。这个人伤心地抱怨贝加兹，大喊大叫着……然而在街对面干活的泥瓦匠却笑呵呵地告诉我，这个人从花园的树上摘了一个苹果，这才遭到贝加兹的攻击。

无须讳言，它的脾气很烈，很暴躁；但是对我却恋恋不舍，甚至柔情脉脉。

贝加兹的母亲当年大名鼎鼎，脾气也同样很烈；即便对主人也不亲热。它的兄弟姐妹也一个个都才华出众；但是在它为数众多的后代中，甚至没有一只能稍稍和它相比。

去年（1870年）它仍旧是非常出色的，虽然开始很快就感到疲累；可今年它却突然完全不行了。我怀疑，它是得了某种类似脑软化一类的疾病。甚至它的智力也丧失殆尽——可它的年龄，还不能说是太老。它才九岁。目睹这只真正超群绝伦的猎狗变成白痴，我深感惋惜；打猎时，它时而茫然无益地寻找——即高翘起尾巴、耷拉着脑袋，直逼逼地往前跑，时而突然停住脚步，紧张而迟钝地望着我，似乎在问我：它到底该怎么办？它到底发生了什么事情？Sie transit gloria mundi！[①]我还供养着它——可它早已不是以前的贝加兹了，这只是一具可怜的空骨架！我不无哀伤地和它分手。我在心里默念着："别了！我的无与伦比的猎狗！我永远都不会忘记你，我以后再也得不到这样的朋友了！"

而且，我今后未必还会再去打猎。

1871年12月，巴黎

① 拉丁文，意为"荣辱无常"。

哈姆雷特与堂吉诃德

（1860年1月10日在为贫困作家和学者赈济会集资而举办的公众报告会上的演讲）

各位先生！

莎士比亚的悲剧《哈姆雷特》第一版和塞万提斯的《堂吉诃德》第一部都问世于同一年，都出现于17世纪初叶①。

① 《哈姆雷特》与《堂吉诃德》都出现于17世纪初叶的说法是正确的，但它们并没有问世于同一年。《哈姆雷特》创作于1601年（朱雯、张君川主编《莎士比亚辞典》，安徽文艺出版社，1992年，第23页），1602年7月26日由詹姆斯·罗伯兹在书业公会注册，1603年5月由瓦伦丁·希姆斯为尼古拉斯·玲格及约翰·特伦德尔印行第一四开本，1604年印行第二四开本，1607年9月5日，在出航的英国船“巨龙”号上演出（张泗洋主编《莎士比亚大辞典》，商务印书馆，2001年，第1505—1507页）；《堂吉诃德》从1602年开始创作，1604年末，塞万提斯把第一部的手稿交给书商，1605年出版第一部（沈石岩编著《西班牙文学史》，北京大学出版社，2006年，第74页；陈凯先《塞万提斯》，华夏出版社，2001年，第31页）。

这一偶然的巧合对于我们来说，有着特别的意义；把所说的这两部作品加以比较，能引发我们一系列的想法。请允许我和你们谈谈这些想法，不过，我要预先请你们多多包涵。歌德说过：“谁要想理解诗人，就一定要成为诗人。”散文家则没有任何权利提出这样的要求；但他可以希望他的读者——或者听众——会愿意伴随他漫游——和他结伴去探索。

各位先生，你们可能深感惊讶，因为我的某些观点异乎寻常；但是伟大的艺术作品的特别卓越之处，就在于作者用天才在其中注入了永恒的生命，因此对它们的看法，就像向来对人生的看法一样，可以多种多样，无穷无尽，甚至互相矛盾——但同时又同样正确。给《哈姆雷特》所写的注释已经有多少了啊，而且可以预料将来还会写出更多！对这个真正无穷无尽的典型的研究，已经得出了多少形形色色的结论！《堂吉诃德》则由于其主旨的独特性，由于它那好像因南国太阳照耀而极其明晰的叙述，需要解释的理由就少多了。不过，非常可惜，我们俄国人还没有一个《堂吉诃德》的好译本；我们大部分人对它只是保留着十分模糊的印象；我们常常专用“堂吉诃德”这个词指称小丑——在我们这里，“堂吉诃德”一词与荒唐一词是同义语——可是，我们应该承认，堂吉诃德精神里有崇高的自我牺牲的因素，只不过是从喜剧方面来理解而已。一个出色的《堂吉诃德》译本，是为读者建立的真正功勋，把这部卓越作品的全部美转达给我们的作家，将会受到千百万读者的感激。现在还是让我们回到我们的正题上来吧。

我说过，《堂吉诃德》和《哈姆雷特》同时问世有着特别的意义。我觉得，这两个典型体现了人类天性中两种根本的、对立的特性——人类天性赖以转动的那根轴的两端。我觉得，所有的人都或多或少地属于这两种类型中的某一种；我们每一个人或者像堂吉诃德，或者像哈姆雷特。的确，现在哈姆雷特要比堂吉诃德多得多；不过，堂吉诃德还没有绝迹。

我这就对此加以说明。

所有的人——自觉地或不自觉地——都按照自己的原则，自己的理想，也就是按照他们认定的真、善、美来生活。许多人获得的理想完全是现成的，具有确定的、历史的形成的形式；他们完全依照这个理想而生活，有时由于情欲或偶然因素的影响也偏离这个理想——但是，他们对它不加思索，也不怀疑；另一些人恰恰相反，他们用自己的思想来分析理想。不管怎样，如果我们宣称，对于所有的人来说，这个理想，这个他们生存的基础和目的，要么就在他们自身之外，要么就在他们自身之中。换句话说，对于我们每一个人来说，要么是个人的我占据首位，要么是他认为至高无上的别的东西居于领先，这是不至于太错的。有人可能会反驳我说，事实上不会有如此明晰的截然分界，两种观点在同一个人身上可能交替出现，甚至有某种程度的融合；不过我本就没打算断言人的天性中不存在变化和矛盾，我只是想指出人对自己的理想有两种不同的态度——因此，现在我打算根据我的理解，尽力说明这两种不同的态度是如何体现在我选择的两个典型身上的。

我们先从堂吉诃德开始吧。

堂吉诃德本身表明了什么呢？我们不要对他匆匆一瞥，不要停留在表面和细枝末节上。我们不要把堂吉诃德仅仅看作一个可悲的骑士，一个为了嘲笑过时的骑士小说而创作出来的人物。众所周知，这个人物的意义在其不朽的创作者笔下扩大了。第二部中的堂吉诃德，那位公爵和公爵夫人可爱的交谈者，那位当了总督的侍从的英明导师——早已不是小说第一部中，尤其是小说开头出现在我们面前的那个堂吉诃德了，不是那个怪异、可笑、到处挨打的怪物了；因此我打算深入探究事情的本质。我再重复一遍：堂吉诃德本身表明了什么呢？首先他表明了信仰；对某种永恒的、坚如磐石的事物的信仰，对真理的信仰，简而言之，对处于个人之外的真理的信仰，这种真理难以获得，它要求献身甚至牺牲——但只要始终不渝地为之献身和牺牲，也能够获得。堂吉诃德整个儿浸透了对理想的忠诚，为了理想，他准备历经千辛万苦，乃至牺牲生命；他如此珍惜自己的生命，是因为这生命是他在人世实现理想、确立真理、恢复正义的手段。有人会说，这个理想是他病态的想象从骑士小说的幻想世界中汲取过来的；我同意这个观点——堂吉诃德喜剧性的一面也就在于此；然而理想本身仍然保持着完美无瑕的纯洁。为自己而活，只关心自己——堂吉诃德认为这是可耻的。他完全置自己于不顾（如果可以这样说的话），活着只是为了别人，为了自己的兄弟，为了除恶务尽，为了反对敌视人类的力量——魔法师，巨人——也就是反对压迫者。他身上没有一丝利己主义的痕迹，他从不关心自己，他全身心都充满了自我牺牲精神——请珍视这个词吧！——他有信仰，而且敬若神明，全力以赴。因此他奋不顾身，忍辱负重，满足于最粗劣的食物和最寒酸的衣服；他根本无暇顾及这些。他性情温和，但精神伟大而果敢；他那十分感人的虔诚并未束缚他的自由；他没有虚荣心，他坚信自己和自己的使命，甚至自己的体力；他的意志——是不屈不挠的意志。总是全力追求同一个目标使得他的思想有点单调，智慧有点片面；他知道得很少，而且他也不需要知道很多；他知道他的事业是什么，他为什么而活在世上，而这——就是他主要的知识。堂吉诃德有时可能会让人觉得他是个十足的疯子，因为最确凿无疑的东西在他眼前消失了，就像蜡碰到他的热情之火消融了一样（他真真切切地把木偶看作活的摩尔人，把山羊看作骑士）——有时也可能让人觉得他是一个目光如豆的人，因为他既不善于轻易表示同情，也不善于轻易享受快乐；但他像一棵千年常青的大树，把根深深地扎进土壤里，既不会改变自己的信念，也不会从这一目标转向另一目标；他那坚定不移的道德观念（请注意，这位疯疯癫癫的游侠骑士——是世界上最道德的人）使他的所有见解和言论，以至他整个人都具有一种特殊的力量和特别的庄严，尽管他接二连三地陷入滑稽可笑、饱尝屈辱的境况之中……堂吉诃德是一个热情似火的人，一个效忠于思想的人，因此他周身闪耀着思想的光辉。

那么哈姆雷特又表明了什么呢？

首先是嗜好分析和利己主义，因而没有信仰。他整个儿只是为自己活着，他是一个利己主义者；可要相信自己，就连一个利己主义者也无法做到；而只能相信我们之外和我们之上的事物。可是哈姆雷特不相信的这个我，却是他所珍贵的。这是他不断回归的出发点，因为在整个世界他找不到灵魂可以依附的任何东西；他是一个怀疑主义者——因此他总是为自己奔波劳碌，总是喋喋不休地夸赞自己；他牵心挂怀的不是自己的责任，而是自己的地位。哈姆雷特怀疑一切，自然，对自己也毫不留情；他的智力过于发达，因此不能满足于在自己身上所发现的东西；他意识到自己的弱点，然而任何自我意识都是一种力量，由此产生了他的冷嘲——堂吉诃德热忱的对立物。哈姆雷特兴致勃勃地过分责骂自己，他经常观察自己，时刻注视着自己的内心深处，他详尽地了解自己的所有缺点，并蔑视它们，也蔑视自己——与此同时，也可以说他就是靠这种蔑视而生存，靠这种蔑视维持生命。他不相信自己——却又徒务虚名；他不明白自己想要什么，为什么而活着——却又迷恋生活……“啊，上帝啊，上帝啊！（他在第一幕第二场高喊）或者那永生的真神未曾制定禁止自杀的律法！……人世间的一切在我看来是多么可厌、陈腐、乏味而无聊！”[1]但他又不愿结束这乏味而无聊的生活；还

① 《哈姆雷特》，朱生豪译，见《莎士比亚全集》第九卷，人民文学出版社，1984年2月版，此处屠格涅夫引文与原文秩序稍有变化。本文中有关《哈姆雷特》的引文，均出自该书，不再一一注出。

在父亲的鬼魂出现以前，在接受那项把他萎靡的意志击得粉碎的可怕任务以前，他就想要自杀——但他却并未自杀。正是这些结束生命的愿望表现了对生活的热爱，所有十八岁的青年都熟悉这种情感：

那是感情冲动，那是精力过剩！①

不过，我们不必对哈姆雷特过于苛求——他很痛苦，而且他的痛苦较之堂吉诃德，更深入骨髓，也更撕心裂肺。堂吉诃德遭到粗野的牧人、被他释放的犯人的毒打；哈姆雷特却是自己伤害自己，自己折磨自己；他手里也有一把剑：一把分析的双刃利剑。

我们应该承认，堂吉诃德确实可笑。他的形象恐怕是诗人所能描绘的最富喜剧性的形象。甚至连俄罗斯农夫都已把他的名字当作一个可笑的绰号。我们对此常常亲耳闻听，因此确信不疑。只要一想到堂吉诃德，我们脑海中就会出现一个骨瘦如柴、颧骨突出、长着鹰钩鼻子的形象，身穿漫画式的盔甲，骑着一匹瘦骨嶙峋的可怜驽马，那匹可怜兮兮、总是挨饿遭打的驽骍难得，人们总是对它有一种半可笑半感人的同情。堂吉诃德是可笑的……但在笑声中却有一种和解和宽恕的力量——如果说，“你嘲笑的，就是你沉湎其中的”这句话有一定的道理，那么还可补充一句，你所嘲笑的人，就是你已经宽恕的人，你甚至准备爱他。相反，哈姆雷特的外

① 莱蒙托夫的抒情诗《不要相信自己》中的诗句。

表招人喜欢。他郁郁寡欢，面色苍白，但并不消瘦（他母亲说他壮实丰满，“our son is fat”[1]），身穿黑天鹅绒衣服，头戴饰羽毛的帽子，风度优雅，说话富有诗意，在别人面前总有一种十足的优越感，同时又把妄自菲薄当作刺激性的消遣，他身上的一切都惹人喜欢，一切都让人迷恋；任何人都以被称作哈姆雷特而沾沾自喜，但没有谁愿意得到堂吉诃德这一外号；普希金给朋友写信，称之为“哈姆雷特—巴拉丁斯基[2]”；任何人都不会想到要嘲笑哈姆雷特，而这恰好就是对他的判决：爱他是几乎不可能的，只有霍拉旭这类人，才会迷恋哈姆雷特。关于他们，我们后面再谈。每一个人都会同情哈姆雷特，这是可以理解的：几乎每个人都能在他身上发现自己的影子；然而，要爱他，我再说一遍，是不可能的，因为他自己任何人都不爱。

让我们把比较继续下去吧。哈姆雷特——一个王子，他的父亲是国王，被篡夺王位的亲兄弟谋杀了；他的父亲走出坟墓，走出“地狱的两颚”，前来嘱咐他为自己复仇，可他却优柔寡断，自我欺骗，以责骂自己来自娱，最后才偶然地杀死了自己的继父。许多虽然聪明但却短视的人，竟敢斥责莎士比亚这些洞见症结的心理特征！而堂吉诃德，一个家贫如洗、几乎身无长物的人，没有任何财产，也没有任何关系，年老，孤独，却担负起在全世界铲除邪

① 英语，意为“我们的儿子壮实丰满”。

② 巴拉丁斯基（1800—1844），俄国19世纪著名诗人，在其诗集出版后，普希金曾写文章《叶甫盖尼·巴拉丁斯基的诗》加以评论，称他为俄国“第一流的、也许尚未得到自己同胞充分评价的诗人”。

恶、保护受压迫者（一些他根本不认识的人）的重任！他第一次从压迫者手中解救无辜者的尝试落空了，反而使无辜者蒙受了加倍的灾难……（我指的是那一场景：堂吉诃德把一个牧童从主人的毒打中解救出来，而这位解救者刚一离开，主人便变本加厉地惩罚这可怜的孩子），但这又何妨；堂吉诃德认定他面对的是为害人间的巨人，便猛攻有用的风车，这又何妨？……这一形象滑稽可笑的外表，不应该误导我们忽视其所包含的隐秘涵义。谁在面临牺牲自己时，首先想到估算和权衡自己行为的一切后果和所有可能产生的益处，那他就未必作出自我牺牲。哈姆雷特就决不会发生任何类似的事情：难道他那洞察秋毫、滴水不漏的怀疑主义者的头脑，会犯如此低级的错误！不，他不会去大战风车，他不相信那会是巨人……而且即便他们确实存在，他也不会向他们发起进攻。哈姆雷特不会像堂吉诃德那样，向大家向每一个人指着理发师的铜盆，言之凿凿地宣称这是曼布里诺真正的魔法师的头盔；然而，我们可以设想，即便真理本身尽善尽美地呈现在哈姆雷特眼前，他也不敢责无旁贷地肯定这就是真理……谁能知道呢，或许，真理也像那巨人一样，只是子虚乌有吧？我们嘲笑堂吉诃德……可是，各位先生，我们扪心自问，想想自己过去和现在的信念，我们之中有谁会、又有谁敢言之凿凿地宣称，他总是在任何情况下都能分清理发师的铜盆和魔法师的金盔呢？……因此，我觉得主要问题在于信念本身的真诚和有力……而结局——掌握在命运的手里。只有命运能给我们指明，我们是同幻影作战，还是同真正的敌人作战，我们头上遮护着什么武装……我们的事业就是武装起来，并且斗争到底。

人群，也就是所谓的群众，对哈姆雷特和堂吉诃德的态度，值得注意。

在哈姆雷特面前，波洛涅斯是群众的代表；在堂吉诃德面前，则是桑丘·潘沙。

波洛涅斯——一个老成干练、讲究实际、思虑周全的人，然而同时又是一个目光短浅、喜欢饶舌的老头。他是一个出色的首相，一位模范的父亲；请回忆一下他对即将出国的儿子雷欧提斯的谆谆教诲吧——这番教诲的睿智通达堪与桑丘·潘沙在布拉塔留岛上当总督时的著名训令媲美。对波洛涅斯来说，哈姆雷特与其说是一个疯子，倒不如说是一个孩子气十足的人，如果他不是国王的儿子，波洛涅斯定会视若敝屣，因为哈姆雷特百无一用，不能富有成效、游刃有余地运用自己的思想。在哈姆雷特和波洛涅斯谈论云彩的著名的一场中，哈姆雷特自以为是在愚弄这位老人，这场戏对于我们有着突出的意义，它证明了我的看法是正确的……我斗胆提醒大家注意这一场景：

波洛涅斯　殿下，娘娘请您立刻去见她说话。
哈姆雷特　你看见那片像骆驼一样的云吗？
波洛涅斯　哎哟，它真的像一头骆驼。

哈姆雷特　我看它还是像一头鼬鼠。

波洛涅斯　它拱起了背，正像是一头鼬鼠。

哈姆雷特　还是像一条鲸鱼吧？

波洛涅斯　很像一条鲸鱼。

哈姆雷特　那么等一会我就去见我的母亲。

在这个场景中，波洛涅斯既是一个尽力讨王子欢心的大臣，又是一个不愿和病态而任性的孩子抬杠的成年人，这不是一目了然的吗？波洛涅斯不相信哈姆雷特一丝一毫，他这样做是对的；他由于目光短浅，过分自信，而把哈姆雷特的任性胡闹主观臆断为对奥菲利娅的爱情，当然，这是错的；但他对哈姆雷特性格的评价一点没错。哈姆雷特们对于群众毫无益处；他们不能给群众任何东西，也不能把群众引导到任何地方去，因为他们自己任何地方都不去。况且连自己是否立足大地都不知道，他又怎能引导别人呢？再说，哈姆雷特们还蔑视群众。一个连自己都不尊重的人，还能尊重谁呢？而且群众值得关心吗？他们是那么愚不可及、俗不可耐！而哈姆雷特——却是一个贵族，而且不只是从其出身方面来说如此。

桑丘·潘沙则在我们面前展现一番迥然相异的景象。恰恰相反，他嘲笑堂吉诃德，清楚地知道他是一个疯子，但仍旧三次背井离乡，抛妻别女，追随这个疯子，跟他游走各地，经受了千辛万苦，至死不渝地忠诚于他，信任他，以他为自豪，并在老主人临终时跪在病榻前痛哭流涕。这种忠诚不能理解成是希望获取利益、得到个人好处；桑丘·潘沙有着十分健全的理智；他极其清楚地知道，做这位游侠骑士的侍从，除了挨打，几乎不要指望得到任何东西。他忠诚的原因，应该从更深刻的地方探寻；这种忠诚，如果可以这样说的话，恐怕就根源于群众最优秀的品质，根源于群众能够老老实实、甘之如饴地受蛊惑（唉！他们还可能受到一些别的蛊惑。），在于群众具有大公无私的热情，和蔑视个人的直接利益，对穷困者来说，这种蔑视几乎就等于蔑视必不可少的糊口食物。这是伟大的、具有世界历史意义的品质！群众的结局往往如此：他们忘我地相信并且追随那些他们自己曾经嘲弄过甚至诅咒过、迫害过的人们，然而这些人既无畏于他们的迫害，也无畏于他们的诅咒，甚至也无畏于他们的嘲笑，坚定不移地奋勇向前，全心全意地注视着只有他们才能看见的目标，探寻着，不断跌倒，不断爬起来，最后终于抵达目标……并且有权利抵达目标；只有那些受心灵指引的人，才能抵达目标。Les grandes penseès viennent du coeur？[①]——沃弗纳格如是说。可哈姆雷特们什么都没找到，什么都没发明，身后除了自己个性的痕迹外，不曾留下任何痕迹，也不曾留下自己的事业。他们不爱人，更不相信人；那他们还能找到什么呢？即便在化学里（更不用说在有机界了），为了生成第三种物质，也需要让两种物质结合起来啊；而哈姆雷特们总是只关心自己，他们是独往独来的，因此只能是一事无成。

---

① 法语，意为“伟大的思想来自心灵”。这是18世纪法国作家沃弗纳格（1715—1747）侯爵的一句名言。

不过，有人会反驳我："奥菲利娅呢？难道哈姆雷特不爱她吗？"

我们现在就来谈谈她吧——顺便也谈谈杜尔西内娅。

上述两种典型在对待妇女的态度上，也有许多值得注意的地方。

堂吉诃德深爱实际上并不存在的女人杜尔西内娅，准备为她舍生忘死。（请回忆一下他在战败后被打翻在地时，向朝他举起长矛的胜利者说道："您刺死我吧，骑士，但我的无能并不会减少杜尔西内娅的光辉；我仍然坚信，杜尔西内娅是天下第一美人。"）他高尚、纯洁地爱着，爱得那么高尚，以至完全没想到，自己狂热爱着的对象根本就不存在；爱得那么纯洁，以至当杜尔西内娅以一个粗蠢、肮脏的村姑的形象出现在他眼前时，他竟然不相信自己的亲眼所见，而认为是恶毒的魔法师对她施了魔法。我们在自己的一生当中，在我们的漫游中——见过这种人，他们同样为几乎不存在的杜尔西内娅舍生忘死，或者为某种粗蠢的、常常是肮脏的东西而命丧黄泉，他们认为这是实现自己的理想，而把它的变形同样主观臆断为恶毒的——我几乎脱口说是魔法师了——偶然因素或是恶毒的人的影响。我们见过这样的人们，如果就连这样的人们都绝迹了，那么历史这本书就要永远合上了！因为这本书再没有什么可读的了。堂吉诃德身上没有一丝肉欲的痕迹；他的所有梦想都是羞羞怯怯、纯洁无比的，他在心灵深处未必希望最终与杜尔西内娅结合，他甚至几乎害怕这种结合。

而哈姆雷特呢，难道他会爱别人吗？难道他这位冷嘲的创造者，洞悉人类心灵的大行家，真会把一颗柔情脉脉、忠贞不渝的心给予一个整个儿浸透着自我分析毒汁的利己主人者和怀疑主义者吗？莎士比亚并未陷入这一矛盾之中，细心的读者无需费多大力气就会相信，哈姆雷特是一个肉欲强烈的人，甚至骨子里还是一个好色之徒（当哈姆雷特当面宣称，他已厌倦女人时，朝臣罗森格兰兹默然微笑，决非无缘无故），我说哈姆雷特不会爱别人，而只是假装在爱，并且是漫不经心地假装在爱。对此，我们可以用莎士比亚本人的话来作证。

在第三幕第一场哈姆雷特和奥菲利娅有这样一段对白：

哈姆雷特　我的确曾经爱过你。
奥菲利娅　真的，殿下，您曾经使我相信您爱我。
哈姆雷特　您当初就不应该相信我……我没有爱过你。

哈姆雷特所说的最后这句话，比他自己认为的更与真实情况几无二致。他对奥菲利娅这位天真无邪、透明得圣洁的女性的感情要么是猥亵下流的（请回忆一下他在看戏那一场景中所说的一语双关的暗示，当时他正请求奥菲利娅允许他把头枕在……她的膝上），要么是满口漂亮的空话（请注意他与雷欧提斯那一场戏，当时他跳进奥菲利娅的墓穴，用堪与勃拉马尔巴斯[1]或者毕斯托尔旗官[2]媲美的语气说："四万个兄弟的爱合起来，还抵不过我对她的爱。让他们把几百万亩的泥土堆在我们身上！"等等）。他对奥菲利娅的整个态度，所表明的不是别的，仍然只是关心自己，即便在他的感叹"啊，女神，在你神圣的祷告中不要忘了我"中，我们看到的也只是他深深地意识到自己病态的无力——无力去爱——这是一种几乎迷信地拜倒在"神圣的纯洁"面前的无力。

但是，对于哈姆雷特这个典型的缺点，我们已经谈得够多的了，它们之所以更容易激怒我们，正是因为我们更接近它们，也更了解它们。下面我还是努力来评价一下他身上那些合情合理因而也是永恒的东西吧。他体现了否定的因素，这一因素也被另一位伟大诗人将其从整个纯人性中划分出来、并通过靡菲斯特形象表现出来。哈姆雷特也就是靡菲斯特，但他是真实的人性范围以内的靡菲斯特；因此他的否定不是恶——它本身就是反对恶的。哈姆雷特的否定是对善的怀疑，但不怀疑恶，却与恶进行了顽强的战斗。它怀疑善，也就是说它怀疑善的真实和真诚，并对它发动进攻，但仿佛进攻的不是善，而是伪善，进攻依旧隐藏在善的外表下的宿敌：恶和谎言。哈姆雷特不会像靡菲斯特那样恶魔般地、冷酷地狂笑；在他的苦笑中，有一种诉说了其苦楚的忧伤，这使人们与他重归于

---

① 这是丹麦作家霍尔堡（1684—1754）的戏剧《雅可布·冯·蒂博》中的一个人物，爱打架，好夸口。

② 这是莎士比亚历史剧《亨利四世》下篇中的一个人物，好说大话。

好。哈姆雷特的怀疑主义也不是一种漠不关心，其意义和价值也就正在于此；善与恶、真与伪、美与丑，在他面前不会融合成某种突如其来、无声无息、凝滞不动的东西。哈姆雷特的怀疑主义不相信真理当前可以实现，因此毫不妥协地与谎言为敌，于是就成为他无法完全相信的那个真理的主要捍卫者之一。然而，否定也像火一样，有一种毁灭的力量——怎样把它控制在一定的范围之内？怎样向它指出，当应该根除的东西与应该宽恕的东西往往不可分割地交融和联结在一起时，它应该在何处适可而止？就在这里呈现出屡见不鲜的人类生活的悲剧性的一面：事业需要意志，事业也需要思想；可是思想和意志早已分离，而且这分离一天天在加剧……

And thus the native hue of resolution
Is sicklied o'er by the pale cast of thought...[①]

莎士比亚通过哈姆雷特的嘴告诉我们……于是一方面出现了善于思考、富于理性、往往通晓一切可同时也往往是百无一用、注定固步自封的哈姆雷特们；而另一方面则出现了半疯半癫的堂吉诃德们，他们之所以带来好处并推动人们前进，是因为他们看见并认准了仅仅一个目标，哪怕这个目标并不以他们看见的那个样子存在。于是，自然地产生了这样一些问题：难道为了相信真理，就非得变成疯子吗？难道支配自己的智慧，竟然也得因此而失却它的全部力

① 英文，意为“决心的赤热的光彩，/被审慎的思维盖上了一层灰色”。

量吗？

讨论这样一些问题，哪怕只是泛泛而谈，也会使我们离题太远。

我只想说明，我们应该承认整个人类生活的根本规律就在我们谈到的这种分离和这种双重性中；这整个生活不是别的，正是两种不断分离和不断交融的因素的永恒的调和与永恒的斗争。如果我不怕用哲学术语来惊扰各位耳朵的话，那么我敢说，哈姆雷特们实质上是大自然基本的向心力的表现，所有生物都根据这种向心力而认为自己是万物的中心，而把其余的一切都看作仅仅为他而存在（一如那只落在马其顿王亚历山大大帝[①]额头上的蚊子，心安理得地确信自己有权饱吸他的血来喂养自己，似乎这是它份所应有的食物；哈姆雷特也恰恰如此，虽然他蔑视自己，而蚊子不会这样做，因为它还没能进化到这一步，我说哈姆雷特也恰恰如此，他总是把一切都归到自己名下）。没有这种向心力（利己主义的力量），大自然就无法存在，就像没有另一种力量——离心力，大自然也同样无法存在。按照离心力的规律，所有存在物都只是为了其他物而存在（这种力量，这个忠诚与自我牺牲的原则，我早已说过，闪耀着喜剧的光芒——为了不刺激人——堂吉诃德们本身就是这个原则）。

① 马其顿王亚历山大大帝（公元前356—前323），马其顿国王腓力二世之子，由古希腊著名哲学家亚里士多德教养成人。他在格拉尼库斯（334）、伊苏斯（333）、高加迈拉（331）战胜波斯人之后，征服阿契美尼德王朝，侵入中西西亚（329），并占领印度河前沿领土，建立了世界上最大的古代君主国，被称为亚历山大大帝。公元前323年他病死后，这个庞大的帝国迅速分裂。

这因循守旧和变动不居、保守和进步两种力量，是一切存在的基本力量的核心。它们向我们说明了花开花落的原因，也给我们提供了一把理解各个最强大民族的发展的钥匙。

让我们赶快结束这些也许不太切题的抽象议论，转而谈谈另一些我们更习见的看法吧。

我们知道，莎士比亚的所有作品中，最为风行的作品恐怕就是——《哈姆雷特》。这个悲剧属于那种毫无疑问地堂堂上演堂堂满座的戏剧。根据我们观众现在的状况，在他们渴求认识自我和进行思考的情况下，在他们还怀疑自己和还青春年少的情况下——这种现象是可以理解的；然而，我们暂且不谈这部或许体现了现代精神的最出类拔萃的作品所满蕴的美，我们不能不惊服于作者的天才，他在许多方面与自己创造的哈姆雷特近似，但他通过创造力的自由挥洒使之与自己区分开来——并把他变成千秋万代研究的形象。创造了这一形象的精神——是北方人的精神，一种内省和分析的精神，这种精神沉重、忧郁，缺乏和谐、明亮的色彩，尚未打磨成优雅且常常是小巧的形式，但它深刻，有力，多种多样，富有独立性，具有指导意义。莎士比亚从灵魂深处提炼了哈姆雷特这一典型，以此表明，在文学创作方面，一如在人民生活的其他方面，他远远高于自己的产儿，因为他纤悉无遗地了解它。

南方人的精神酣睡在堂吉诃德这一形象中，这是一种开朗、欢快、天真、敏悟的精神，它不深入生活底层，不包罗生活万象，但却反映生活万象。我无法打消这个念头——把莎士比亚和塞万提斯比较一下，不过，只是指出他们之间某些相异和相同的地方。有人会想，莎士比亚和塞万提斯，他们之间又能进行什么比较呢？莎士比亚——是一个巨人，一个半人半神……的确如此；不过，在创作了《李尔王》的巨人面前，塞万提斯也并非侏儒，而是一个人，一个完完全全的人；而人有权挺身站立在即便是半人半神的人物面前。毋庸置疑，莎士比亚以其丰富而有力的想象、最高诗意境界的光辉、博大精深的智慧，盖过了塞万提斯——而且远不只盖过他一人；可是无论是生硬的俏皮话，还是牵强的比喻，或是甜腻腻的文体，你们在塞万提斯的小说里都无法找到；在他的小说里，你们也同样看不到砍下来的头颅、挖出来的眼睛，所有这类血淋淋的场景，这类凶残、愚蠢的暴行，这些中世纪和野蛮期的可怕遗产，在北方人僵化的性格中消失得较慢；不过，塞万提斯也像莎士比亚一样，都是圣巴托罗缪之夜[①]的同时代人；并且在他们之后很长时间里异教徒还惨遭火刑，还血流成河，究竟要到什么时候才会停止流血呢？在《堂吉诃德》中，中世纪通过普罗旺斯诗歌的余霞和塞万提斯善意嘲笑过的那些骑士小说童话般的优美显现出来，而且塞万提斯本人也在《贝西列斯和西格斯蒙达》[②]中为这些骑士小说做

① 1572年8月24日夜间，天主教徒在巴黎对新教徒进行大肆屠杀，这一流血事件史称“圣巴托罗缪之夜”。

② 众所周知，骑士小说《贝西列斯和西格斯蒙达》是在《堂吉诃德》第一部之后出现的。——作者原注

出了最后的贡献。莎士比亚从四面八方撷取自己的形象——上至天空下到大地——无所不包；任何东西都无法躲开他那洞察一切的目光；他以不可抗拒的力量，一种苍鹰猛扑猎物的力量，把它们抽取出来。塞万提斯则亲切地把自己为数不多的形象带到读者面前，就像父亲带着自己的孩子；他只撷取那些合乎自己心意的东西，不过这合乎心意的东西他是多么熟悉！人类的一切似乎都对这位英国诗人的强大天才从令如流；而塞万提斯则只是从自己的心灵中汲取丰富的材料，这颗心灵光风霁月，温顺柔和，富有生活经验，但并未因此而变得冷酷；塞万提斯在七年痛苦不堪的俘虏生活中，正像他自己说的那样，学会了忍耐这门学问，绝非徒劳无益；他能支配的范围，远远小于莎士比亚；但是在他身上，正如在每一个单独的活人身上一样，反映出人性的一切。塞万提斯不会用闪电般的语言照耀你们；他也不会用无往不胜的灵感的非凡力量震惊你们；他的创作并非莎士比亚式的——不是浑浊的大海，而是一条深沉的河流，在千姿百态的河岸之间静静流淌；它慢慢慢慢地使读者陶醉，它以明晶晶的水波从四面八方把读者团团围住，使他们兴致勃勃地沉浸在自己那真正史诗般静穆和平稳的水流里。两位同时代诗人的形象总是自然而然地浮现在人们的想象里，他们逝世于同一天，也就是1616年4月26日[①]。塞万提斯大概一点也不知道莎士比亚；但这位伟大的悲剧作家，在去世前三年隐居在斯特拉斯福幽静的住宅里时，有可能读到那部当时已经译成英文的著名小说……一幅值得画家兼

① 屠格涅夫此处有误，莎士比亚和塞万提斯都逝世于1616年4月23日。

思想家来画的图画：阅读《堂吉诃德》的莎士比亚！产生当代和后代的教师这样的人物的国家是幸福的！伟大人物所戴的万古流芳的桂冠，也同样戴在他所属的民族头上。

在结束我这篇远非全面的专论时，请允许我再向大家讲几点小小的意见。

一位英国勋爵（在这方面他是一位出色的评判者）曾在我面前称堂吉诃德是真正绅士的典范。的确，如果把待人接物的朴实大方和温文尔雅视为所谓高贵绅士的特征的话，那么堂吉诃德有充分的权利享有这一称呼。他是一位西班牙贵族，即便在公爵那群爱捉弄人的侍女把肥皂涂满了他整个脸面时，他仍然是一位西班牙贵族。他朴实大方的风度，源自他没有那种我称之为自尊而非自负的东西：堂吉诃德毫不关心自己，他尊重自己，也尊重别人，从没想到要自吹自擂；而哈姆雷特呢，尽管总是身处优雅的环境，但我觉得，恕我用一句法国话来形容吧：ayant des airs de parvenu[1]；他心神不宁，有时甚至粗鲁无礼，装腔作势，冷嘲热讽。但他那独具心裁和一针见血的话语很有力量，这种力量是每一个善于思考和剖析自己的人所特有的——因此是堂吉诃德完全望尘莫及的。哈姆雷特那种深刻而细致的分析，他所受的多方面的教育（不要忘记，他是在威登堡大学上学的），在他身上培养了一种几乎是毫发不爽的鉴赏力。他是一个极其出色的批评家；他给艺人的劝告惊人地正确和

① 法文，意为“像一个暴发户”。

睿智；他的美感几乎和堂吉诃德的责任感一样强烈。

堂吉诃德非常尊重一切现存的法规、宗教、君主、贵族，与此同时，他又自由无羁，并承认别人的自由。哈姆雷特痛骂国王和朝臣——可实际上，他压制别人，不容异见。

堂吉诃德粗通文墨，哈姆雷特大概是记日记的。堂吉诃德尽管胸无点墨，但对国家大事和行政事务有明确的想法；哈姆雷特没有时间，而且也没有必要关心这些事。

许多人反对塞万提斯使堂吉诃德遭受无穷无尽的毒打。我在上面已经指出，在小说的第二部里，这位可怜的骑士几乎已经不再挨打了；可我还要补充一句，没有这些挨打的事情，如饥似渴地阅读他的冒险经历的孩子们，还有我们这些成年人，喜爱他的程度就降低了，他似乎失去了自己的本来面目，而成为一个与其性格相矛盾的冷漠而傲慢的人了。我刚才说过，在第二部里他已经不再挨打了；但在小说的结尾，在堂吉诃德被那位学士改扮的白月骑士彻底打败以后，在他停止了骑士的游侠活动以后，在他逝世前不久，他还遭到一群猪的踩踏。我不止一次听到对塞万提斯的责怪——为什么要写这个呢，这似乎是又在重弹久已抛弃的闹剧的老调了；然而，就在这里，也是天才的本能在引导着塞万提斯——而且这件不成体统的离奇历险事件本身寓有深意。在堂吉诃德们的一生中——而且恰恰在去世之前，遭到猪踩的事情是常常可能遇到的；这是他们向那些粗暴蛮横的偶然性、冷漠无情的不理解、鲁莽冒失的不信任所付出的最后的代价……这是法利赛人[1]的一记耳光……然后他们可以去世了。他们熬过了熔炉里烈火的考验——赢得了自己的永生——而且，永生就展现在他们面前。

哈姆雷特有时诡计多端，甚至冷酷无情。请回忆一下他为国王派到英国去的两位朝臣所精心安排的死亡吧，请回忆一下他在杀死波洛涅斯后所说的那番话吧。不过，我们在这里看到的，正如我已说过的那样，是刚刚过去的中世纪的遗风。另一方面，在忠贞不渝、心口如一的堂吉诃德身上，我们也必须看到，有着某种对半自觉、半天真的欺骗的爱好，对自我欺骗的爱好——这种爱好几乎总是那些想入非非的热情者固有的。他讲述的自己在蒙特西诺斯洞穴的那些见闻，显然是他臆造的，没有骗过头脑简单但却机智灵活的桑丘·潘沙。

哈姆雷特遇到小小的失败就心灰意冷，怨天尤人，而堂吉诃德呢，被海船上的犯人打得遍体鳞伤，无法动弹，也丝毫不怀疑自己事业的成功。据说，傅立叶多年来每天都要去会见一个英国人，这个人是他登报招请的，为实现他的计划而提供给他一百万法郎的人——自然，这位英国人永远不会出现。毋容置疑，这是十分可笑

① 法利赛人是公元前2世纪至公元2世纪犹地阿（意为犹太的土地）社会宗教派别的代表，精通经文并擅长于解释经文，主要代表居民中中间阶层的利益，极力以符合新的社会经济条件的观点来解释《圣经》五经。福音书中把法利赛人称为伪善者，后来“法利赛人”便成为“伪善者”“伪君子”的代名词。

的；但我却由此想到：古人把自己的神叫做嫉妒者——认为在必要的时候自愿给他们献上贡品而使他们从其所欲是有益的（请回想一下波利克拉特斯投进海中的指环①）；为什么我们就不能认为，那些身负开创伟大的新事业使命的人们的行为和性格中，理所当然地掺杂着某些可笑的成分，以作为献给嫉妒的神的贡品，和安抚神的供奉呢？不管怎样，没有这些可笑的怪物发明家，人类就不能进步——哈姆雷特们也就没有什么可思考的了。

是的，我再重复一遍：堂吉诃德们在到处寻找——哈姆雷特们则在细致分析。然而，有人会问我：既然哈姆雷特们怀疑一切，对什么都不相信，那他们又怎么能进行分析呢？对此我要表示异议：依照大自然的巧妙安排，完完全全的哈姆雷特们，就像完完全全的堂吉诃德们一样，是不存在的，这只是两种倾向的极端表现，是诗人们安放在两条不同道路上的路标。它们是人生永远无法企及，却又竭力追求的目标。不应忘记，哈姆雷特身上的分析原则导致了悲剧，同样，堂吉诃德身上的热情原则导致了喜剧，可在生活中完全的喜剧和完全的悲剧是很少遇到的。

由于受到霍拉旭的爱戴，哈姆雷特在我们眼里身价倍增。霍拉旭是一个美好的人物，在我们当代相当常见，这是我们时代的荣

① 波利克拉特斯（？—公元前 523 或 522）是古希腊萨摩斯岛的僭主，非常富有，朋友阿马西斯劝他扔掉一些有价值的东西以免遭到神的嫉妒，于是他把一个指环投进海里。几天后，指环被渔夫从鱼腹中取获，送归主人。阿马西斯认为他定遭厄运，于是断绝了与他的友谊。

耀。我发现，霍拉旭堪称最好意义上的信徒和学生的典范。他生性淡泊，坦诚直爽，有一颗火热的心，智力稍显有限，他感觉到自己的不足因而谦虚谨慎，而这是智力有限的人们很难做到的；他渴望接受教诲和受到训诫，因此崇敬智珠在握的哈姆雷特，把自己忠贞心灵的全部力量奉献给哈姆雷特，并且不要求回报。他听命于哈姆雷特，不是因为他是一个王子，而是把他视为自己的首领。哈姆雷特们的最重要功绩之一在于：他们教育并造就了霍拉旭这类人，这类人从他们那里接受思想的种子，在自己心里开花结果，然后把它们播撒到全世界。哈姆雷特充分肯定霍拉旭的意义时的那番话，也是他自己的荣耀。这番话表达了他自己对人的崇高品质的理解，和他那不会被任何怀疑主义削弱的高尚追求。他对霍拉旭说：

“听着。自从我能够辨别是非、察择贤愚以后，你就是我灵魂里选中的一个人，因为你虽然经历一切的颠沛，却不曾受到一点伤害，命运的虐待和恩宠，你都是受之泰然；能够把感情和理智调整得那么适当，命运不能把他玩弄于指掌之间，那样的人是有福的。给我一个不为感情所奴役的人，我愿意把他珍藏在我的心坎，我的灵魂深处，正像我对你一样。”

诚实的怀疑主义者总是尊敬禁欲主义者。当古老的世界崩溃时——而且在类似那个时代的每个时代——优秀人物都纷纷躲进禁欲主义中，把它作为惟一的避难所，因为在那里还能保持人的尊严。怀疑主义者们如果没有慷慨一死的勇气——没有到“那从来不曾有一个旅人回来过的神秘之国”去的勇气，那就会变成享乐主义者。这种现象是一目了然的，也是令人悲哀的，我们是太熟悉了！

无论是哈姆雷特还是堂吉诃德，都死得感人肺腑；但是他们的结局却又多么不同啊！哈姆雷特最后的话说得非常好。他和解了，宁静了，吩咐霍拉旭好好活下去，临终前说出了有利于纯洁无瑕的王位继承人——年轻的福丁布拉斯的话……但是哈姆雷特的眼光并未朝前看……“此外……仅余沉默而已”——即将死去的怀疑主义者如是说，而他也真的永远沉默了。堂吉诃德之死让人产生一种难以言说的心潮澎湃。在这一瞬间，每个人对这个人物的全部伟大意义都了然于心了。当他过去的侍从试图安慰他，说他们马上又要去从事骑士的游侠活动时，这位奄奄一息的人回答道：“不，这一切永远过去了，而且我请求大家的宽恕；我已经不是堂吉诃德，我仍然是好人阿隆索，过去大家都这样叫我——Alonso el Bueno[①]。”

这句话出奇地好；他第一次也是最后一次提到这个外号——震撼了读者的心灵。是的，在死亡面前，只有这句话还有意义。一切都会过去，一切都会消逝，显赫的地位，无比的权力，无所不知的天才，一切都会灰飞烟灭……

尘世间一切伟大的东西，

① 法文，意为“好人阿隆索”。

都会像轻烟袅袅飞散……

但是好事善行不会像轻烟袅袅飞散；它们比闪闪发光的美更万古流芳。“一切都将过去，惟有爱永存。”一位圣徒如是说。

在这些话之后，我再也没有什么可以补充的了。如果我上面所说，指出人类精神的这两个根本方面，能引发你们的某些想法，也许甚至你们不同意我的观点，如果我——虽然只是大致地——完成我的任务而没有干扰视听使你们厌倦的话，那么我将感到不胜荣幸。

1860

果戈理

（茹科夫斯基，克雷洛夫，莱蒙托夫，扎戈斯金）

是已故的米哈伊尔·谢苗诺维奇·史迁普金[①]带着我去见果戈理的。我牢记着我们去拜访的日子：1851年10月20日。果戈理当时住在莫斯科尼基塔大街塔雷津公寓托尔斯泰[②]伯爵家。我们在下午一点到达，他立即接待了我们。他的房间在前厅的右侧。我们一走进房间——我就看见果戈理手里拿着笔，站在写字台前。他外穿一件黑色大衣，里面套着一件绿色天鹅绒背心，下面是一条棕色裤子。那天之前的一个星期，我曾在演出《钦差大臣》的剧院见过

① 史迁普金（一译谢普金，1788—1863），俄国演员，俄国现实主义舞台艺术的奠基人，戏剧改革家，是赫尔岑、果戈理、别林斯基的朋友。主张戏剧要有社会教育意义，要求全部创作过程服从于共同的理想，演员应掌握再体现的艺术。其精神原则培养出了好几代俄国舞台表演艺术的大师，其表演艺术和演员道德准则是后来斯坦尼斯拉夫斯基（1863—1938）体系的基础。

② 指亚历山大·彼得罗维奇·托尔斯泰（1801—1873），他是果戈理的朋友，曾任东正教最高会议检察官，对果戈理的思想有较大影响。

他；他坐在二楼紧挨门边的包厢里——伸长脖子，从两位健壮太太的肩膀中间，带着神经质的焦躁不安不时看看舞台，两位太太正好替他挡住了观众好奇的目光。坐在我邻座的Φ[①]，把他指给我看。我赶忙转过头来看他；他大概发现了我的动作，身体稍稍后退到角落里。我大吃一惊，他从1841年以来竟发生了这么大的变化。当时我曾在阿夫多季娅·彼得罗夫娜·叶拉金娜[②]家里见过他两三次。那时他看上去是个敦敦实实的小俄罗斯人；而今他却像一个被穷困潦倒的生活折磨得形销骨立的人。在他那常常是聪慧灵活的面部表情里，掺杂着某种隐秘的痛苦和忧虑，某种悲伤和不安。

他一看见我和史迁普金，就满面春风地朝我们走来，握了握我的手，低声说："咱们早就该认识了。"我们坐了下来。我和他并排坐在大沙发上，米哈伊尔·谢苗诺维奇坐在他旁边的一张安乐椅上。我更专注地端详他的面容。他那淡黄色的头发，像常见的哥萨克人那样，从鬓角一直披散下来，依然保持着青春的色泽，但已明显地变稀了；他那微微向上倾斜的光滑白皙的前额，仍像过去那样满蕴着智慧。那双褐色的小眼睛里，时常闪射出快乐的火花——闪射出的正是快乐，而非嘲笑；不过，总体看来，他的目光显得

① 指费奥克蒂斯托夫（1829—1892），俄国评论家和回忆录作家、历史学家、新闻工作者，曾任出版总局局长，屠格涅夫的朋友。

② 阿夫多季娅·彼得罗夫娜·叶拉金娜（1789—1877），著名诗人茹科夫斯基（1783—1852）的外甥女，俄国宗教哲学家、文艺批评家、政论作家伊·瓦·基列耶夫斯基（1806—1856）和俄国民俗学家、古文献学家、政论家彼·瓦·基列耶夫斯基（1808—1856）兄弟的母亲，是当时受过最好教育的妇女之一，在19世纪20—40年代，她的家庭沙龙足足有二十年是莫斯科作家和学者们聚会的地方，名闻遐迩。

有点疲惫。长长的鹰钩鼻子，为果戈理的外貌平添了某种狐狸般的狡猾；他那修剪整齐的胡子下面的浮肿、柔软的嘴唇，也给人以不良的印象；那两片嘴唇不太分明的轮廓，透露出他那性格中很坏的一面——至少我觉得是这样：当他说话的时候，它们就令人厌恶地张开，露出一排难看的牙齿；小小的下巴深藏在宽大的黑天鹅绒领结里。果戈理的神态、举止，不像大学教授，而像中学教师——让人想起外省的贵族女子中学和一般中学的教师。望着他，我不由自主地想到："你是一个多么聪明、多么怪异、多么病态的人啊！"我仿佛记得，我和米哈伊尔·谢苗诺维奇去他那里，是去拜访一个不同凡响、精神有点失常的天才人物……莫斯科全城都这样看他。米哈伊尔·谢苗诺维奇预先警告我，不要对他谈到《死魂灵》的续篇，这是该小说的第二部，他为此而持之以恒、勤勤恳恳地长期工作，众所周知，他在去世前已把它付之一炬了；还说他不喜欢这个话题。关于《与友人书简选》，我自己则不会主动提到它，因为我对它没有任何好话可说。何况，我也并未准备任何话题——而只是渴望见见那个人，他的作品我几乎都背得滚瓜烂熟了。当时果戈理盛名的魅力之大，对现在的年轻人甚至都很难解释清楚了；当前已没有任何人堪称众望所归的人物。

史迁普金事先对我说，果戈理不是一个爱说话的人；事实证明，并非如此。果戈理滔滔不绝，兴致勃勃，他从容不迫地斟字酌句，然后清楚地说出每一个字——这不仅没有显得不自然，反倒使他的谈话增添了某种令人愉快的分量和感染力。他说话时“O”音总是重读；我没有发现小俄罗斯人口音中对于大俄罗斯人来说其他不太悦耳的特征。一切都进行得和谐融洽，津津有味，恰到好处。他最初给我的那种疲惫、病态、神经质的焦躁不安的印象——无影无踪了。他谈到文学的意义，谈到作家的使命，谈到应该怎样对待自己的作品；对于创作过程本身，对于创作生理学——如果可以这样说的话——本身，他发表了几点精辟而确当的见解；而所有这一切——都是用形象而独特的语言表述的，而且就我所能发现的情况来看，他事先并未作丝毫准备，一如“名流”们通常做的那样。只是，当他谈到书刊审查制度时，用一种几乎是吹捧、近乎赞扬的口气，说它作为一种手段，能够使作家提高技巧，懂得保护自己惨淡经营的作品，培养他们的忍耐以及基督教和世俗的许多其他美德——只有在这个时候，我才觉得他启用了现成的储藏。况且，用这种方式来证明书刊审查制度的必要性——岂不意味着提倡、甚至是赞扬奴隶式的狡猾和奸诈吗？意大利诗人的诗句“Si，servi siam；ma servi ognor frementi”[①]，我还能接受；然而对沾沾自喜的奴隶般的驯服和奸诈……不！最好不谈这些。在果戈理诸如此类的胡言乱语和高谈阔论中，那些高高在上的大人物的影响真是一目了然，他的《与友人书简选》的大部分就是献给他们的；这种陈腐不堪、索然无味的气息，就来自他们那里。总之，我很快就感觉到，在果戈理和我的世界观之间——横亘着一条深深的鸿沟。我们热爱

① 意大利文，意为“我们是奴隶……的确如此；但永远是愤怒的奴隶”。——作者原注

的不是相同的对象，憎恨的也不是同一个东西；不过，在当时，在我眼里这一切都不重要。一位伟大的诗人，一位伟大的艺术家，就在我面前，我当面看着他，即便不同意他的观点，也满怀敬慕的心情聆听着他说的话。

果戈理大概知道我跟别林斯基、跟伊斯康杰尔[①]的关系；对于别林斯基，对于别林斯基写给他的信[②]，他只字不提；似乎这个名字会灼痛他的嘴唇。然而，在那个时候刚刚发表了——在国外出版的一家刊物上——伊斯康杰尔的一篇文章[③]，他在文章中依据声名狼藉的《与友人书简选》，指责果戈理背离了往日的信念。果戈理自己谈到了这篇文章。从他死后问世的信件中（唉，要是出版者删去其中的三分之二或者至少是所有那些写给上流社会太太们的信件，那真是为果戈理做了一件功德无量的大好事……这是傲慢和阿谀、伪善和虚荣、先知的口气和拍马奉承者的腔调的大杂烩——在文学界再也没有比这更让人恶心的东西了！），从果戈理的信件中，我们得知，他那《书简选》的彻底失败，给他的心灵造成了一

---

① 伊斯康杰尔是赫尔岑的笔名。赫尔岑（1812—1870），俄国革命家、作家、哲学家，重要文学作品有长篇小说《谁之罪》（1841—1846）、自传体散文巨著《往事与随想》（1852—1868）。

② 1847年果戈理的《与友人书信选》问世了，由于该书经过沙皇政府书刊检察官的修改和删节，一些尖刻抨击时弊的文字被处理掉了，原有的33篇也变成了28篇，这样，该书就招来一场真正的批评风暴。其中，他的好友别林斯基在当年更是发表了一封著名的《致果戈理》的公开信，对该书加以激烈、彻底的否定。现在，该书的中俄文完整版都已问世，人们对它有了全面而公正的评价。

③ 指赫尔岑的《论俄国革命思想的发展》，该文1851年在巴黎以小册子的形式用法文出版。

种多么难以愈合的创伤，而我们认为这次失败是当时社会舆论中为数不多的令人快慰的现象，值得庆贺。我和已故的米·谢·史迁普金曾亲眼目睹——在我们拜访的那一天——这个创伤是何等的痛心刻骨。果戈理突然一反常态，开始用急促的声音使我们相信——他无法理解，为什么某些人在他过去的作品中发现了某种立场，某种他后来背弃了的东西；而他一直都遵循同一种宗教的和保守的原则——并且，为了证明这一点，他准备向我们出示他久已出版的一本书中的某些段落……说完这些话，果戈理几乎像个身手灵活的年轻人，从沙发上一跃而起，跑入隔壁的房间。米哈伊尔·谢苗诺维奇只是向上扬了扬眉毛，并且竖起食指，悄悄对我耳语："从来不曾看见他这样利索……"

果戈理拿着一本《小品集》回来，接着就开始从充斥该书的幼稚而夸张、空洞而无聊的文章中摘段念诵。我记得，所说的是严格的制度的必要性，无条件地服从当局的必要性，等等。果戈理一再强调："瞧，从前我就一直是这样想的，确实表明过和现在完全一样的信仰！……那么，这些文章为什么指责我背弃信仰，离经叛道呢……为什么要这样对待我？"说这话的竟是《钦差大臣》的作者，而该剧是曾经在舞台上演出过的剧本之中最富于否定精神的喜剧！我和史迁普金默默不语。果戈理最后把书扔到桌子上，重又谈起艺术，谈起剧院；他声明，他对《钦差大臣》的演员们的演技很不满意，说他们"没把握好语调"，说他准备为他们从头至尾把整个剧本朗诵一遍。史迁普金抓住这句话，立即和他商定，什么时候在什么地方朗诵。一位年老的贵妇人来找果戈理；她给他带来一块小部分露在外面的圣饼。我们只好告辞。

大约过了两天，果戈理就在寓居的那栋房子的一个大厅里，朗诵了《钦差大臣》。我恳请允许我列席这次朗诵会。已故的谢维廖夫[①]教授也是听众之一——如果我没有记错的话——还有波戈金[②]。使我大吃一惊的是，远非所有参加《钦差大臣》演出的演员，都接受果戈理的邀请而出席了；他们感到屈辱，因为这就像要教导他们！同样，也没有一个女演员来。我依稀发现，见到自己的邀请得到如此冷淡和轻微的反响，果戈理暗暗伤心……众所周知，对于诸如此类的仁慈活动，他一向是相当吝啬、绝少参加的。他脸上挂着一副郁郁寡欢的表情；多疑的目光警觉地注视着。那一天他看上去就像一个货真价实的病人。他一开始朗诵——精神便跟着开始兴奋起来。双颊泛起淡淡的红晕，两眼睁得又圆又大，放射出炯炯的光芒。果戈理朗诵得非常好……当时我是第一次，也是最后一次听他朗诵。狄更斯也是同样出色的朗诵者，可以说，他是在表演自己的小说，他的朗诵——富有戏剧性，几乎就像在剧院里演出；他一个人身兼好几个一流的演员，能够让你不由自主地时而哈哈大笑，时而嘤嘤哭泣；果戈理则正好相反，他使我感到惊讶的，是那极其朴实和相当沉着的姿态，是一种既矜持又天真的诚挚，简直是

① 谢维廖夫（1806—1864），俄国评论家，文学史家，诗人，彼得堡科学院院士，莫斯科大学文学教授。

② 波戈金（1800—1875），俄国历史学家，作家，彼得堡科学院院士，莫斯科大学历史教授，主办和出版了《莫斯科通讯》《莫斯科人》杂志。

旁若无人——这里有没有听众，他们在想什么，都与他无关。看来，果戈理只是关心怎样深入到对他自己来说也很新的对象之中，怎样更正确地把自己的感受表现出来。效果非同寻常——特别是幽默、滑稽的地方；不可能不哈哈大笑——发出快乐的、健康的笑声；而给大家带来这场开心的那个人，却继续朗诵着，不受大家欢笑的干扰，还似乎在内心中对此感到奇怪，越来越专注地沉醉于自己的朗诵之中——只是偶尔在双唇上和眼角边，隐隐约约地掠过一丝大师那调皮的微笑。果戈理用多么困惑莫解、多么惊讶不已的语气，朗诵了市长关于两只老鼠的著名台词（在剧本的开头）：“它们爬过来，闻一闻，又走开了！”他甚至慢慢地环视我们，仿佛在请我们解释解释这件奇怪的事情。我只是此刻才明白，《钦差大臣》通常在舞台上演出时，那种只想尽快逗观众发笑的想法，总而言之，是完全错误的，也是十分浅薄的。我兴致勃勃、心潮澎湃地坐着：对我来说，这是真正的盛宴和佳节。可惜的是，好景不长。果戈理尚未来得及朗诵完第一幕的一半，门突然啪的一声打开了，一个还很年轻但已十分令人厌恶的文学家[①]，急慌慌地微笑着，点点头，飞跑过整个房间——并且，未向任何人打招呼，就忙忙乱乱地在角落里找了一个座位。果戈理停了下来；他挥手猛敲摇铃，怒气冲冲地责备走进来的看门人：“我不是吩咐你任何人都不能进来吗！”年轻的文学家在椅子上稍稍挪动了一下——但他竟不曾有丝毫羞愧。果戈理喝了点水，又开始朗诵；然而，这已完全不是刚才

① 指丹尼列夫斯基(1829—1890)，俄国和乌克兰作家，主要有长篇历史小说《米罗维奇》(1879)、《塔拉卡诺娃郡主》（1883）、《焚毁的莫斯科》（1886）。

那种感觉了。他朗诵得匆匆忙忙，声音又低字眼又不清楚，许多词都没有念完整；有时他漏掉了好几个句子——于是就挥挥手。不速之客文学家的出现破坏了他的情绪：他的神经，显然经受不住最微小的刺激。直到赫列斯达可夫漫天撒谎的那个著名场面，果戈理这才重又振奋起来，声音也高了起来：他想要给扮演伊万·阿列克山德罗维奇·赫列斯达可夫的演员示范，这个确实有相当难度的段落应该怎样表演。通过果戈理的朗诵，我觉得这个段落既真实自然又合情合理。赫列斯达可夫陶醉于自己所处的奇特地位，陶醉于周围的环境气氛，陶醉于自己轻浮的机敏；他明明知道自己在撒谎——并且相信自己的谎言：这是某种类似沉醉、灵感、创作的狂热的东西——这并非普通的谎言，也并非普通的吹牛。他自己也被“卷进去”了。“请求者在前厅嗡嗡喧嚷，三万五千名信使在往来飞奔——瞧，而那些傻瓜竖起了耳朵在细听，瞧，我是上流社会里一个多么机敏、多么灵活的年轻人！”果戈理朗诵的赫列斯达可夫的独白，给人留下的正是这样的印象。不过，总的来说，那天《钦差大臣》的朗诵——正如果戈理自己说的那样——只不过是一点预示，一份草图；而这一切全都拜那位不速之客文学家所赐，此人不拘礼节竟然到如此地步，大家都走了，他却还留在脸色苍白、疲惫不堪的果戈理那里，并且紧跟着挤进他的书房。我在前厅里同果戈理告别，从此就再也没有见过他；可是他这个人仍旧注定要对我的一生产生巨大影响。

翌年，即1852年2月底，我正在贵族会议大厅参加一个很快就要解散的访贫协会的上午例会，突然看见伊·伊·巴纳耶夫[1]焦急不安地匆匆进来，在人群中奔来跑去，显然是在告诉他们一个意外的、不幸的消息，因为每个人的脸上立即露出惊讶而悲伤的表情。巴纳耶夫终于也跑到了我身边——带着淡淡的微笑，淡若无事地低声说："你可知道，果戈理在莫斯科去世了。唉呀，唉呀……全部手稿都烧掉了——就死了。"说完，继续向前跑去。毋庸置疑，作为一个文学家，巴纳耶夫对如此重大的损失是内心悲痛的——何况，他是一个心地善良的人——但作为第一个告知别人这一令人震惊的新闻的人又使他感到快乐（淡若无事的声调只是用来进一步突显其神气），这种快乐，这份高兴，压倒了他心中其他所有感情。果戈理患病的坏消息在彼得堡已经传闻好几天了；但这样的结局却是谁也没有料到的。我根据这一噩耗引起的最初感触，写了下面这篇小文章：

《彼得堡来信[2]》

果戈理死了！哪一颗俄罗斯心灵能不被这句话震撼呢？他死了。我们的损失是如此触目惊心，如此突如其来，以至我们对此都还感到难以置信。正当我们大家期望他最终打破自己长期的沉默，超出我们急切的期待，使我们兴高采烈的时候——却传来了这一

---

① 伊·伊·巴纳耶夫（1812—1862），俄国作家，杂志编辑，1847年起和涅克拉索夫编辑出版著名杂志《现代人》，他和其夫人巴纳耶娃（1820—1893）各自创作的记载俄国文学家、艺术家等活动的回忆录，都很有史料价值和文学价值。

② 发表于《莫斯科公报》，1852年3月13日，第32期，第328—329页。——作者原注

噩耗！是的，他死了，现在死神赋予我们权利，赋予我们痛苦的权利，称这个人为伟大的人；这个人以自己的名字标志了我们文学史上的一个时代；我们把这个人作为我们的光荣之一而引以自豪！他死了，正值鼎盛之年，正当精力旺盛，留下了未竟的事业，像他的那些最高尚的前辈一样倒下了……这一损失重又引发了我们对那些永志不忘的损失的悲痛，一如新的伤痛引发旧的伤痛。现在谈论他的功绩，既不是时候，也不是地方——这是未来批评家的事情；可以期待，批评家们将会明白自己的任务，将会对他做出公正但又充满敬爱的评价，就像和他类似的人物在后代那里所受到的评价那样；现在我们对此还无暇顾及：我们只想对我们感觉到的那种弥漫于我们四周的巨大悲痛，有所反响；我们不打算评价他，而只想痛哭一场；我们现在无法安之若素地谈论果戈理……泪水充满的眼睛里，最亲爱、最熟悉的形象也会变得蒙眬不清……在莫斯科安葬他的那一天，我们真想从这里朝它伸出手去——和它连成一体，共同哀悼。我们无法最后一次瞻仰他那毫无生气的遗容；但我们要向他遥致诀别的敬礼——并且极其诚敬地把我们的悲痛和热爱作为祭品，献给他的新坟，因为我们无法像莫斯科人那样，为它添一把故乡的泥土！想到他的遗体将安息在莫斯科，我们心中便充满一种忧伤的满足。是啊，就让他在那里，在俄罗斯的心脏安息吧，他是如此深刻地了解俄罗斯，又如此深挚地热爱着俄罗斯。他是如此热烈地爱着俄罗斯，只有那些轻浮浅薄、目光短浅之辈，才不能在他的字里行间感觉到这种爱的火焰。然而，一想到他那天才最后、最成熟的果实已经无可挽回地毁掉了，我们便会感到痛心入骨——我们瞠目结舌地关注着它被毁掉的残酷传闻……

少数人会觉得我们的悼词是夸大其词，或者甚至认为是用词不当，对此，我们无须理会……死亡具有净化与和解的力量；诬蔑和嫉妒，仇视和误会——所有这一切在最普通的坟墓前都会悄然停息：它们也将在果戈理墓前哑默无声。不管历史在他身后最终将给他什么地位，我们都相信，现在谁也不会拒绝跟着我们说：

愿他安息吧，他的一生将万古不灭，他的英名将永垂不朽！

屠格涅夫[①]

我把这篇文章寄给彼得堡的一家刊物；但那时正好书刊审查制度已开始变得极其严格……类似的“crescendo[②]”日趋频繁，而且——对旁观者来说——真是无缘无故，比方说吧，就像瘟疫流行时死亡率的增加一样。寄出好几天后，我的文章都没有刊登出来。我在街上遇到书报发行人，就问他：这究竟是什么意思？他别有寓意地回答我：“您瞧，这是什么天气，连想都不用想。”我解释

① 这篇文章（当时就有人十分公正地说，任何一个富商的死，杂志上都会作出比这更热烈的反响）——使我想起了下面这件事：一位彼得堡的上层贵妇认为，我因为这篇文章而受到惩罚是冤枉的——无论如何是过于严厉、过于残酷了……总之，她热烈地为我辩护。有人向她通报：“可您还不知道，他在自己的文章中称果戈理为伟大人物！”“这不可能！”“我向您担保。”“啊！既然如此，我就无话可说了：je regrette, mais je comprens qu'on ait dû sevir.（法语，意为：我感到惋惜，但我明白，应该严惩他。）”——作者原注

② 意大利语，意为“渐强”，原为音乐中的术语，此处借指书刊审查制度渐趋严格。

道："可那文章没有丝毫问题呀。"书报发行人辩驳道："有问题也好，没有问题也好——问题不在这里；果戈理的名字根本就不允许提。扎克列夫斯基[1]挂着安德烈勋章绶带出席了葬礼：这里对此是绝不容许的。"不久，我接到莫斯科一位朋友充满指责的来信，他激动万分地写道："怎么搞的！果戈理死了，你们彼得堡竟然没有一家杂志对此作出反应！这种沉默是可耻的！"我在回信中向我的朋友解释了——我承认，措辞相当激烈——这种沉默的原因，并且为了证明这点，我随信附寄了那篇被禁的文章。他立即把文章呈交当时莫斯科区督学纳齐莫夫[2]将军审阅，并从将军那里获准在《莫斯科导报》上发表这篇文章。这事发生在三月中旬，而到四月十六日，我就因不服从甚至违反书刊检查制度而被捕，在区警察分局羁押了一个月（最初二十四个小时我是在牢房里度过的，并和一位文质彬彬、见多识广的警察士官交谈，他告诉我，他曾在夏园散步，闻到了"鸟儿的芳香"），随后被押送到乡下软禁[3]。我完全无意指责当时的政府：圣彼得堡区的督学、现已去世的穆辛—普希金[4]——出于某种莫名其妙的意图——竟把整个事情说成是我公然对抗命令；他毫不犹豫地向上级报告说，他亲自召见过我，并且亲口向我转述了书刊检查委员会关于禁止发表我的文章的禁令（根据政府现有的命令，一个审查官的禁令并不妨碍我把文章交给另一位

---

① 扎克列夫斯基（1783—1865），伯爵，俄国国务活动家，步兵上将，1828—1831 年任内务大臣，1848—1859 年任莫斯科总督。

② 纳齐莫夫（1802—1874），1849—1855 年任莫斯科区督学兼莫斯科书刊检查委员会主席。

③ 1852年5月18日，屠格涅夫被押送到自己的庄园斯帕斯科耶—卢托维诺沃居住，实际是软禁。

④ 穆辛—普希金（1795—1862），彼得堡区督学兼书刊检查委员会主席。

审查官去评判），然而，我根本就没有见过穆辛—普希金先生，也从未向他进行过任何解释。政府怎么会怀疑一个高官、一个代理人——竟会如此无中生有、歪曲真相呢！不过，任何事情都有好的一面；我的被捕和随后的被软禁乡下，给我带来了实实在在的益处：它使我和俄罗斯生活的某些方面建立了密切联系，在通常情况下，大概我会对它们视而不见的。

在写完上面那一行时，我才想起，我第一次见到果戈理，要比我在本文开头说的时间早得多。哦，正是这样：1835年，他在圣彼得堡大学讲授（！）历史时，我曾是听他课的学生之一。说实话，这种教书方式可谓独具一格。首先，果戈理三次课中必定会缺席两次；其次，即使他站在讲台上——他也不是正常说话，而是低声细语一些风马牛不相及的东西，给我们看一些描绘巴勒斯坦和其他东方国家风景的小型钢版画——而且整堂课总是那么忸怩不安。我们大家都坚信（而且我们未必会错），他根本不懂历史，我们的教授果戈理—亚诺夫斯基先生（课程表上这样称呼他），与作家果戈理，与我们那位名闻遐迩的《狄康卡近乡夜话》的作者，毫无共同之处。他在所教的历史课毕业考试时，仿佛牙疼一般包扎着一块头巾坐在那里，愁眉苦脸，闷声不响。伊·彼·舒利金[1]教授代他考问学生。他那头上包扎的黑丝巾的两端像两只耳朵一样高高翘起，长着长长的鼻子的瘦面影，至今仍历历如在眼前。毫无疑问，他自

① 伊·彼·舒利金（1795—1869），彼得堡大学历史教授。

己也清楚地知道自己处境的可笑和尴尬：就在当年，他辞职不干了。不过，这并不妨碍他大发感叹：“未得到公认，我就走上了讲台——并且，未得到公认，我又离开了讲台！”他生来就是为了当同时代人的导师的；只不过并非通过讲台。

在前面的（第一个）片段里，我提到了我和普希金的会见；顺便也想谈谈我所见过的、现已去世的其他文学名家。我首先谈谈茹科夫斯基[①]。1812年之后不久，他住在别列夫斯克县祖传的村子里时，曾多次拜访我母亲——当时她还未出嫁，住在姆岑斯克庄园；甚至有传说称他在一次家庭演出中扮演过魔法师的角色，我也仿佛在老家的储藏室里见过他戴过的那顶缀有一颗颗金星的尖顶帽子。然而，从那时起，漫长的岁月过去了——大概他已把那位萍水相逢的乡下姑娘忘得干干净净了。在我们家迁居彼得堡的那一年——当时我十六岁——我母亲突然想让瓦西里·安德列耶维奇记起她来。她在他的命名日以前，缝制了一个十分精致的天鹅绒枕头，并且派我送进冬宫里去给他。我必须说出自己的姓名，说明是谁的儿子，并且献上礼物。然而，当我置身于巍峨的、此前从未见过的宫殿里时；当我穿过长长的石头走廊，登上石头阶梯，不时遇到也像石头

---

① 瓦西里·安德列耶维奇·茹科夫斯基（1783—1852），俄国诗人、翻译家，彼得堡科学院院士，曾先后担任保罗一世皇后的伴读以及皇太子、未来的沙皇亚历山大二世的老师，善于运用感伤主义幻想和浪漫主义手法，从宗教哲学的高度，对民间故事进行再创造，主要作品有抒情诗《乡村墓地》《俄罗斯军营的歌手》，叙事诗《柳德米拉》《斯维特兰娜》，代表作是叙事长诗《十二个睡美人》。他翻译的荷马的《奥德赛》和拜伦、席勒等不少英德浪漫主义诗人的作品，是俄国文学翻译的精品。

一般一动不动的卫兵时；当我终于找到茹科夫斯基的住所，走到一个仆役——他身高三俄尺，穿着所有缝口上都镶着金银边饰、金银边饰上印着苍鹰的红色制服——面前时，我浑身颤抖，失魂落魄，以至当我走进穿红制服的仆役领我进去的那间书房，发现诗人本人那若有所思而和蔼可亲、雍容大雅又颇感惊讶的脸从长长的高办公桌后注视着我时，我却尽管竭尽全力，也说不出一句话来：就像人们常说的那样，舌头粘在喉咙里了。我窘得满面通红，几乎是噙着泪水呆呆地僵立在门槛边，只是向前伸出双手，捧着那个倒霉的枕头，就像洗礼时捧着一个婴儿——我现在还记得，那个枕头上绣着一个姑娘，身穿中世纪服装，肩上停着一只鹦鹉。看来，我的窘态唤起了善良的茹科夫斯基的怜悯；他走到我身边，轻轻轻轻地接过我手中的枕头，请我坐下，和颜悦色地和我谈起话来。最后，我终于向他说明了事情的来龙去脉——并且，一逮着机会，就马上溜之大吉。

就在当时，茹科夫斯基作为一个诗人，在我眼里早已失去了往昔的魅力；但我仍旧为我们那次虽说是不太成功的会见而喜逐颜开，回到家里，我怀着特殊的感情回想起他的微笑，他那温和亲切的声音，他那慢悠悠、优雅动人的动作。他本人与茹科夫斯基的肖像画几乎毫无二致；他的面部表情并非难以捕捉、变化无定的那一类。当然，到1834年，他身上已完全没有我们父辈想象中的“俄罗斯军营的歌手”那个羸弱多病的青年的痕迹；他变得身材魁梧，体型近乎富态。他那有点浮肿的乳白色的脸上，没有皱纹，气定神闲；他向前倾斜着头，仿佛在倾听，在沉思；稀疏的头发一绺一绺地朝上梳在几乎完全光秃的头顶上；他的眼睛黑亮亮的，眼角像中国人那样微微上翘，深沉的目光中，满蕴着宁静和仁慈；而在他那阔大但轮廓分明的嘴唇上，经常有一种依稀可见但却诚挚的微笑，闪射出好心好意与和蔼可亲。他的半东方血统（众所周知，他母亲是土耳其人），在他的整个外貌中显露无遗。

几个星期后，我们家的老朋友沃因·伊万诺维奇·古巴廖夫，一个出色的典型人物，再次带我去茹科夫斯基那里。古巴廖夫是奥尔洛夫省克罗姆县一个不太富裕的地主，青春年少时与茹科夫斯基、勃鲁多夫[1]、乌瓦罗夫[2]是莫逆之交；他在他们这个小组里，是法国哲学、怀疑主义、百科全书派以及唯理论的代表。简而言之，是十八世纪的代表。古巴廖夫法语说得流畅自如，把伏尔泰的著作读得滚瓜烂熟，对他崇拜得五体投地；其他人的著作，他则很少涉猎；他的思维方式是纯法国的，还得赶紧补充一句，是革命前的。我至今还记得他那几乎是绵绵不断的响亮的笑声，他那任达不拘、有点玩世不恭的议论和举动。光是他的外貌，就注定了他只能过孤寂、独立的生活。这是一个丑陋不堪的人，胖鼓鼓的身子，顶着一颗硕大的脑袋，满脸都是麻子。漫长的外省生活，毕竟给他留下了自己的烙印；但他自始至终是个“典型”，而且自始至终身穿一件

① 勃鲁多夫（1785—1864），俄国国务活动家，著名诗人杰尔查文（1743-1816）的外甥，曾任内务大臣、彼得堡科学院院长、国务会议主席。

② 乌瓦罗夫(1786—1855)，俄国国务活动家，曾任彼得堡科学院院长、国民教育大臣，提出了“正教、君主专制、民族性”的公式。

小贵族寒酸的上衣，在家也蹬上一双擦得铮亮的皮靴，保持着自由的思想甚至优雅的风度。我不知道是何缘故，为什么他没有步步高升、赢得功名，一如他的朋友们那样。也许是他缺乏应有的坚韧不拔，缺乏功名心吧：这种功名心与他从自己的榜样伏尔泰那里学来的半冷漠、半讥讽的享乐主义是很难同时并存的；而他并不认为自己有文学才能；命运之神也未对他微笑——于是，他就心灰意冷，变成一个孤苦伶仃的人。然而，如果考察一下这位根深蒂固的伏尔泰分子青年时代怎样与自己的好友、未来的“抒情叙事诗作者”和席勒作品的译者交往，那将是饶有趣味的！简直无法想出比这更矛盾的事情了；可生活本身不是别的，正是不断克服一个个矛盾。

茹科夫斯基在彼得堡想起了老朋友，他没有忘记用什么礼物能够让他心花怒放：他送给古巴廖夫一套装祯精美的新版《伏尔泰全集》。据说，临死前不久——而古巴廖夫又是高寿——邻居们还看见他坐在他那东倒西歪的茅屋中简陋的桌子前，桌上放着他那名闻天下的朋友的赠品。他小心翼翼地翻动着心爱读物的金边书页，在荒凉偏僻的草原深处，像青年时代那样真诚地以妙语警句自娱自乐，就像当年腓特烈大帝[①]在无忧宫[②]和叶卡捷琳娜二

① 腓特烈大帝（1712—1786），即腓特烈二世，普鲁士国王。在他统治期间，普鲁士的势力横跨德意志北部，经济、文化也迅速发展。他有一句名言广为流传：他自称是“国家的第一仆人”。

② 无忧宫（Sans—Souci），位于勃兰登堡州首府波茨坦市北郊，是腓特烈大帝的行宫，宫名取自法文，原意为“无忧”（或“莫愁”），完全仿照法国的凡尔赛宫建造在一座沙丘上，也称“沙丘上的宫殿”，是德国建筑艺术的精华。

世[1]在皇村那样。对他来说，别的智慧、别的诗歌和别的哲学都是不存在的。当然，这并不妨碍他在脖子上挂满一大串圣像和护身香囊——并且被毫无文化的女管家支使得团团转……矛盾的逻辑啊！

在这次拜访以后，我再也没有见到过茹科夫斯基。

克雷洛夫[2]我只见过一次——是在一个官气十足但平庸无能的彼得堡文学家举办的晚会上。他三个多钟头一动不动地坐在两扇窗户中间——并且一言不发！他身穿一件宽大的旧燕尾服，脖子上围着一条雪白的围巾；饰着流苏的靴子紧紧裹住他那对肥壮的脚。他用双手撑着膝盖——他那硕大、沉重、高傲的脑袋，也同样一动不动；只有他的眼睛在耷拉着的眉毛下不时转动一下。无法搞清：他是在倾听别人说话并且默记在心，还是只不过就这样坐着和“呆着”？在这张宽阔、地道的俄罗斯面孔上，既没有睡意沉沉，也未见专心致志的表情——而只有超群出众的智慧，和根深蒂固的慵懒，还有某种狡黠的东西，它有时似乎想要显露出来，却又不能——或者不愿——突破这老年人的厚厚脂肪……主人最后邀请他共进晚餐。“为您准备了乳猪拌洋姜，伊万·安德烈耶维奇。”主人说，仿佛是在履行一种习以为常的义务。克雷洛夫望了他一眼，

---

① 叶卡捷琳娜二世（1729—1796），俄国女皇，在她统治期间，俄国版图急剧扩大。

② 伊万·安德烈耶维奇·克雷洛夫（1769—1844），俄国寓言作家，与古希腊的伊索、法国的拉封丹并称为欧洲三大寓言家，创作了九卷诗体寓言，共205篇。作品富有生活气息，故事生动，语言简炼，戏剧性强，角色的社会属性鲜明而又有个性特点，在俄国文学史上第一次使书本语言和民间口语融合起来。

不知是感激，还是嘲讽……“果真一定要吃乳猪？”他似乎在心里这样说——于是沉重地站起身，沉重地两脚蹭着地挪走，来到餐桌旁自己的座位上入座。

莱蒙托夫我也只见过两次：一次是在彼得堡一位贵妇人沙霍夫斯卡娅公爵夫人家里，另一次是几天之后在贵族俱乐部举行的1840年元旦前夕的假面舞会上。我是一个很少参加并且很不习惯上流社会晚会的人，在沙霍夫斯卡娅公爵夫人家里，我隐藏到角落里，只是远远地观察这位很快就名噪一时的诗人。他坐在沙发前面的一张矮凳上，沙发上坐着一位身穿黑色衣裙、长着浅色头发的穆—普伯爵小姐[①]，她是当时首都的美女之一，堪称仪态万方的天生尤物，可惜很早就死了。莱蒙托夫身穿禁卫军骠骑兵团的制服；他既未摘下军刀，也未脱掉手套——而是拱起背，皱着眉，愁切切地望着伯爵小姐。她很少和他交谈，而主要和坐在他身边、也是骠骑兵的舒瓦洛夫伯爵[②]谈话。莱蒙托夫的外貌里，有某种不祥的、悲剧性的东西；他那黑黝黝的脸庞，他那呆滞滞的黑眼睛，散发出某种阴郁而凶恶的力量，某种深沉的蔑视和激情。他那深沉的目光与他那突出的、几乎是孩子般柔嫩的双唇上的表情极不协调。他矮墩墩的身材，罗圈腿，拱起来的宽肩膀上长着一个硕大的脑袋，整个外形使

① 指埃米莉娅·卡尔洛夫娜·穆辛娜—普希金娜（1810—1846），当时的著名美人，莱蒙托夫曾给她写诗《致埃·卡·穆辛娜—普希金娜》，称她“比百合花还白”，人世间看不到“比她更优美的体态”，意大利美丽的天空“在她的眼睛里闪耀”，只是她的心“好像巴士底城堡”，很难攻克。

② 舒瓦洛夫伯爵（1816—1876），莱蒙托夫骠骑兵团的战友。

人产生一种令人不快的感觉；然而，每个人都会立即意识到他那天赋的强大力量。众所周知，他在某种程度上通过毕巧林这一形象描绘了他自己。“当他笑的时候，他的眼睛并不笑”[①]等等——这些话对于他真是适得其所。我记得舒瓦洛夫伯爵和他那美丽的交谈者不知为何突然笑了起来，而且笑了很久；莱蒙托夫也跟着笑了，同时却带着某种令人气恼的讶异表情打量着他俩。尽管如此，我仍然感到，他热爱舒瓦洛夫伯爵，把他视为同志，而且他对伯爵小姐也满怀友善之情。毫无疑问，他仿效时髦的样式，故意扮出拜伦风格的著名做派，并且掺杂了其他一些更坏的花样和怪僻行径。他为此付出多么高昂的代价！莱蒙托夫的内心可能深感孤苦伶仃；命运之神把他投入狭小的圈子里，使他觉得窒闷不堪。在贵族俱乐部的舞会上，人们不让他安宁，接连不断地有人来纠缠他，拉他跳舞；一个个带着假面的人接踵而至，而他几乎只端坐在座位上，默默听着他们的尖声乱叫，用自己忧郁的眼睛依次望着他们。我当时似乎觉得，我在他脸上捕捉到了诗情涌动的迷人表情。也许，他脑海里涌现了这样的诗句：

当那些早已不再颤抖的纤手
以都市美女的放肆和大胆
触到我这双冷冰冰的手的时候……[②]

---

① 这句话出自莱蒙托夫的著名长篇小说《当代英雄》，毕巧林是该书的主人公。

② 这是莱蒙托夫 1840 年 1 月写的《我常常被花花绿绿的人群包围》一诗中的诗句。

顺便再简要说说一位已故的文学家，虽然他属于“diis minorum gentium”[①]一类，无论如何也无法和上面说到的几位相提并论，我要说的就是米·尼·扎戈斯金[②]。他和我父亲是莫逆之交，30年代，我们居住莫斯科期间，他几乎每天都来看望我们。他的《尤里·米洛斯拉夫斯基》是我一生中给我留下强烈印象的第一部文学作品。这部名闻遐迩的长篇小说问世的时候，我正在某位魏登哈默尔先生创办的寄宿中学里读书；俄语老师——他还兼任学监——在课间休息时给我的同学们和我讲述了小说的内容。我们十分贪婪地听着米洛斯拉夫斯基的仆人基尔沙、阿列克塞、强盗奥姆利亚什的各种奇遇！然而，真是咄咄怪事！我觉得《尤里·米洛斯拉夫斯基》是尽善尽美的神奇作品，但对它的作者，对米·尼·扎戈斯金，却很是等闲视之。这件事情不难解释：米哈伊尔·尼古拉耶维奇给人的印象，不仅没有强化他的小说所唤起的崇拜和狂喜，而是恰恰相反——反倒大大削弱了它们。扎戈斯金身上没有一丝庄严的、神秘的、能够激发年轻人的想象的东西；说实话，他甚至是十分可笑的，而他那罕见的仁善又无法得到我应有的评价：这种品质在轻浮的年轻人眼里分文不值。扎戈斯金自身的形象，他那奇怪的、仿佛是压扁了的脑袋，方方正正的脸庞，总是带着眼镜的、鼓出来的眼睛，近视又呆滞的目光，

---

① 拉丁文，意为“弱小的神灵”。

② 米哈伊尔·尼古拉耶维奇·扎戈斯金（1789—1852），俄国作家，彼得堡科学院名誉院士，主要有历史长篇小说《尤里·米洛斯拉夫斯基，或1612年的俄罗斯人》（1829）、《罗斯拉甫列夫，或1812年的俄罗斯人》（1831）等。

当他惊讶时或者甚至就是平时讲话时眉毛、嘴唇、鼻子异常的抽动，突如其来的惊叫，手的挥动，把他那短下巴分成两半的深深凹沟——他身上的所有这一切，我都觉得古里古怪、笨拙不堪、滑稽可笑。还得算上他身上同样相当滑稽可笑的弱点：首先，他把自己想象成非同寻常的大力士[①]；其次，他坚信，任何一位女性都会乖乖地被他诱惑；最后（而这在一个热情似火的爱国者身上尤其让人大吃一惊），他对法语有一种病态的癖好，他残酷地歪曲它，不断地使劲乱用数和性，以至我们家里送他一个绰号："Monsieur l'article"[②]。尽管如此，我们还是无法不爱米哈伊尔·尼古拉耶维奇，他有一颗金子般的心灵，他襟怀坦白，性格直爽，这些都表现在他的作品之中，令人惊叹。

我最后一次和他会面颇为忧伤。许多年后，我拜访了他——在莫斯科，在他去世前不久。他已经不能走出自己的书房了，并且抱怨老是生病，四肢酸痛。他未曾变瘦，不过他依旧丰满的双颊蒙上了一层惨白色，给他增添了一份凄凉。眉毛的抽动，眼睛的圆瞪，一如既往；这些动作产生的滑稽可笑，反倒更加深了对这位即将油枯灯尽的可怜作家的怜悯之情。我同他谈起他的文学生涯，谈

---

① 关于他力大无比的传说甚至流传到了国外。在德国的一次群众性的朗诵会上，我不胜惊讶地听到一首抒情叙事诗，它叙述大力士拉波来到莫斯科维亚（这是16—17世纪外国文献对俄罗斯国家的称谓——译者）的首都，在一家剧院里演出，向所有人挑战并大获全胜；突然，无法忍受同胞们所遭到的耻辱，从观众中站出了der russische Dichter; stehet auf der Zagoskin！（德语，意为"一位俄国作家，站出了扎戈斯金"）——他和拉波搏斗，并且打败了他，谦虚而庄重地离去了。——作者原注

② 法文，意为"冠词先生"。

起彼得堡的一些文学小组开始重又珍惜他的功绩，给予他公正的评价；提到《尤里·米洛斯拉夫斯基》作为普及性书籍的意义……米哈伊尔·尼古拉耶维奇的表情活跃起来。他对我说："唔，谢谢，谢谢，我还以为我早已被忘记，当代青年把我踩进污泥里，并且在我身上压上一根大原木呢。"（跟我谈话时，米哈伊尔·尼古拉耶维奇没有说法语，而在俄语中他喜欢使用生动有力的语言。）"谢谢，"他又不无激动地重复道，并且深情地握住我的手，似乎是我使他没有被人忘却。记得当时涌入我脑海的，是关于所谓文学声望的相当痛苦的想法。我在内心里几乎责怪扎戈斯金暮气沉沉，过于计较。我想，这个人有什么值得高兴的呢？然而，他又为什么不能高兴呢？他从我这里听到了，他还没有彻底死亡……而要知道对一个人来说，没有比死亡更悲哀的事了。有些文学名人也许连这种微不足道的欢乐都没尝到就长辞人世了。在一阵不关痛痒的交口称誉之后，接着就会是一阵同样言不及义的辱骂，而然后——就是无声无息的遗忘……何况我们之中谁又有权利不被遗忘——谁又有权利用自己的名字来增加后代记忆的负担呢？他们都有自己的需要，自己的烦恼，自己的企盼。

但我仍然感到欣慰，我完全偶然地在善良的米哈伊尔·尼古拉耶维奇的迟暮残年，带给他一份虽然是短暂的快乐。

1869年

第 二 辑

散文诗

致读者

我亲爱的读者，请你千万不要憋足劲一口气读完这些散文诗：也许，你会感到枯燥乏味——接着，书就从你的手中掉落。你倒是可以随意分开来读：今天读这一篇，明天读另一篇——兴许其中的某一篇会唤起你心灵的共鸣。

乡村

六月的最后一天；漫漫一千俄里之内，都是俄罗斯大地——我的故乡。

茫茫长空匀净地碧蓝；只有一片白云——仿佛是在轻轻飘浮，又似乎是在袅袅融散。微风敛迹，天气暖洋洋的……空气——就像刚挤出、还冒着热气的牛奶一样新鲜！

云雀在悠扬地歌唱；大嗉囊鸽子在咕咕叫唤；燕子在静静地飞来掠去；马儿在喷着响鼻，不停地嚼着草；狗儿一声不吠地站在那里，温顺地轻摇着尾巴。

空气中弥漫着烟火味和青草味——其中还夹杂着一丝焦油味，

一丝皮革味。大麻地里的大麻枝繁叶茂，郁郁青青，散发出一阵阵令人陶醉的气味。

一条坡度平缓的深深峡谷。两边的坡上长着几排爆竹柳，一棵棵树冠似盖，枝叶婆娑，下面的树干却都已龟裂了。一条小溪从谷底潺潺流过；波光粼粼，似乎可见水底的小石子在微微颤动。远处，天地合一的地方，一条大河就像连接天地的一道蓝色花边。

沿着峡谷——一面坡上是一个个整洁的小粮仓和一间间双门紧闭的小库房；另一面则是五六家木板铺顶的松木农舍。每一家的屋顶上都高高竖着一根挂着椋鸟笼的竿子；每一家的小门廊上都钉着一匹鬃毛直竖的小铁马。凹凸不平的窗玻璃闪射出霓虹的七彩。护窗板上信手涂画着一个个插满鲜花的带把高水罐。每一间农舍前都端端正正地摆着一条完好无损的小长凳；猫像线团那样蜷缩在墙根附近的土台上，警觉地竖起透明的耳朵在细听；高高的门槛里面，每一个穿堂都幽暗清凉。

我铺开一件披衣，躺在峡谷边沿；四周到处是刚刚割下的干草，清香扑鼻，让人心醉神迷。聪明的主人们把干草摊开在自己屋前：让它在太阳地里再晒干一点，然后收进草棚里！睡在这干草堆上，那真是美滋滋的！

孩子们那头发卷曲的小脑袋，纷纷从干草堆里钻出来；羽毛蓬松的母鸡在干草里翻寻小蚊蚋和小昆虫；一只白嘴唇的小狗崽在草堆里翻来滚去地自在嬉耍。

几个长着亚麻色头发的小伙子，穿着干净的、下摆上低低束着腰带的衬衣，蹬着笨重的镶边皮靴，胸脯靠在一辆卸了马的大车上，在伶牙俐舌地相互取笑。

一个圆脸庞少妇，从窗口探出头来张望；她笑盈盈的，不知是小伙子们的说笑让她忍俊不禁，还是乱草堆里孩子们的嬉闹使她笑逐颜开。

另一个少妇正用一双健壮有力的手，从井里提上来一只湿淋淋的大水桶……水桶在绳子上轻颤、摇晃，溢下一长串火红色的闪亮水珠。

一个年老的主妇站在我面前，她身穿一件崭新的家织方格呢裙子，脚蹬一双新的厚靴子。

空心大珠子串成的一条项链，在她那黑瘦的脖子上绕了三圈；斑斑白发上系着一条带红点的黄头巾；头巾一直耷拉到她那双黯淡失神的眼睛上。

然而，老人的眼睛却和蔼殷勤地微笑着；皱纹密布的脸上也堆满了笑容。嗨，这老人也许有七十岁了吧……不过，就是现在也依然看得出来：她当年是一个美人儿！

她把那被太阳晒得黝黑的右手五指大大张开，托着一罐直接从地窖里取出来的、未脱脂的冷牛奶；罐壁上凝着一层珍珠似的小小水珠。老人家把左手掌心里那一大块余温犹存的面包递给我，说："吃吧，随便吃点儿呀，过路的客人！"

一只公鸡突然咯咯地大叫起来，还起劲地不停扑扇着翅膀；作为回应，一头关在栏里的小牛犊慢慢悠悠地拖长调子"哞"了一声。

"啊，这燕麦长得多好呀！"我那马车夫的声音传了过来。

哦，自由自在的俄罗斯乡村生活，是多么富庶、安宁、丰饶啊！哦，它是多么的宁静和美满！

我不禁想到：皇城[①]圣索菲亚大教堂圆顶上的十字架，还有我们城里人费尽心血所追求的一切，在这里又算得了什么呢？

1878年2月

① 指君士坦丁堡，是东罗马帝国（又名拜占庭帝国）的首都，即今土耳其的伊斯坦布尔。城内圣索菲亚大教堂原为拜占庭帝国东正教的宫廷教堂，1453 年土耳其人占领后改为伊斯兰教清真寺。此处指 1878 年的俄土战争，当年 1 月，俄军占领阿德里安堡后又准备进军君士坦丁堡。

对话

无论是少女峰还是黑鹰峰，

都还没有印上人类的足迹[①]。

① 少女峰和黑鹰峰是瑞士阿尔卑斯山的两个著名高峰。少女峰海拔 4158 米，在瑞士南部伯尔尼州和瓦莱州交界处，如白衣少女亭亭玉立于云雾中，故名。黑鹰峰海拔 4274 米，是阿尔卑斯山的最高峰，山上有冰川。关于这句题词的来源，有三种说法。一说源于拜伦的著名诗剧《曼弗雷德》，第一幕第一场写到黑鹰峰，称它为“群山之王”，“坐在岩石的宝座上，穿着云袍，戴一顶白雪的王冠”；第一幕第二场、第二幕第三场的故事都发生在少女峰上，并提到“在凡人的脚从来没有践踏过的白雪上”。一说源于俄国著名作家和历史学家尼古拉·卡拉姆津（1766—1826）的《俄国旅行家书简》，在 1789 年 8 月 29 日的书简里这样写道：“银亮的月光照耀在少女峰的峰顶，它是阿尔卑斯山的最高峰之一，千百年来都是雪盖冰封。两座白雪皑皑的山峰，就像少女的乳房，这是它的王冠。任何凡人的东西都不曾触及过它们；就连风暴也无法搅扰它的宁静；只有明媚的阳光和柔丽的月光亲吻着它们温柔的圆顶；永恒的静谧笼罩着它们的四周——这里是凡俗之人的止境。”一说还受到俄国诗人莱蒙托夫的诗《争辩》、法国作家塞南古的小说《奥贝曼》、缪塞的诗《致少女峰》、意大利作家莱奥帕尔迪的对话体散文《赫拉克勒斯与阿特拉斯》《宅神与守护神》等的影响。

阿尔卑斯山的群峰……连绵起伏的重峦叠嶂……崇山峻岭的最中心。

群山上面，是晶蓝宁静的天空。凉风刺骨，酷寒难耐；硬邦邦的积雪闪闪发光；冰封雪盖、狂风劲吹的峭崖上，一块块险峻威严的巨石破冰而出，直插云霄。

两座极天际地的大山，两位摩天巨人，巍然耸立在天宇的两旁：少女峰和黑鹰峰。

少女峰对邻居说：

“你能讲点什么新闻吗？你看得比我清楚些。你那下边有些什么？”

几千年过去了——俯仰之间。黑鹰峰用雷鸣般的隆隆声回答：

“绵绵不断的浓云遮住了大地……你等一会儿吧！”

又是几千年过去了——俯仰之间。

“唔，现在呢？”少女峰问。

“现在，我看见了；下面那儿一切依旧：五光十色，支离破碎。海水是碧溶溶的，森林是黑郁郁的，石堆是灰扑扑的。石堆附近，依旧有许多小虫子在蠕动不休，你知道，这就是那些两足动物，无论是你，还是我，他们都还没有一次能亵渎咱们的身体呢。”

“那是人吗？”

“对，是人。”

几千年过去了——俯仰之间。

“唔，那么现在呢？”少女峰问道。

“小虫子看上去似乎少了一些，”黑鹰峰用雷鸣般的隆隆声回答，“下面现在看起来清晰多了；水面变窄了；森林也变得稀疏了。”

又是几千年过去了——俯仰之间。

“你看见什么了？”少女峰说。

“我们旁边，紧靠我们跟前，似乎干净、明亮多了，”黑鹰峰回答，“哦，可是在那边，远远的山谷里还有一些斑斑点点，还有什么东西在爬来爬去。”

“那么，现在呢？”少女峰问道，又过了几千年——俯仰之间。

“现在好了，”黑鹰峰回答，“到处都清清爽爽，无论你往哪里看，全都是白茫茫的一片……到处都是我们的雪，万古不变的冰天雪地。一切都凝固了。现在好了，安静了。”

“好啊，”少女峰轻声说，“不过，我们俩也唠叨够了，老头儿。现在也该打个盹儿了。”

“是打盹的时候了。”

两座极天际地的大山睡着了；绿得发亮的天空，在永远沉寂的大地上空，也睡着了。

1878年2月

老太婆

我行走在广阔的田野里，形单影只。

突然，我似乎感到背后有小心翼翼、蹑手蹑脚的脚步声……有人在跟踪我。

我回头一望——看见一个矮小、驼背的老太婆，全身裹在一件破烂不堪的灰衣衫里。只有她的一张脸从破衣烂衫中显露出来：黄蜡蜡的面孔皱纹密布，鼻子尖尖的，满嘴的牙齿都脱光了。

我走到她身边……她停住脚步。

“你是谁？你需要些什么？你是要饭的吗？你在等人施舍吗？”

老太婆没有回答。我低下头细看她，只见她的一双眼睛蒙着一层白色的云翳，或是像某些鸟类眼睛里特有的那种薄膜：它们就是用它来保护自己的眼睛，抵挡太强光线的照射。

不过，老太婆眼里的这层薄膜却是固定不动的，它把眼珠遮得严严实实的……因此，我断定，她是个瞎子。

“你是想要施舍吗？”我又问了一次，“你为什么跟着我呢？”可是老太婆仍旧不答话，只是稍稍蜷缩了一下身子。

我转身离开她，继续走自己的路。

于是，我又听到背后传来那种蹑手蹑脚、不紧不慢、仿佛偷偷摸摸的脚步声。

“又是这个女人！”我心想，“她为何缠着我不放呢？”但我马上又想到：“也许，她是因为双目失明而迷了路，这时听到我的脚步声，就跟在身后走，以便跟我一起走出这地方，到有人家的地方去。对啊，对啊，就是这么回事。”

然而，一种怪异的不安渐渐左右了我的思绪：我开始感到，这个老太婆不只是跟在我身后走，而且还在控制着我的方向，她把我时而往左推，时而向右送，而我身不由己地任凭她摆布。

然而，我还是继续往前走……可是突然间，就在我前方的路上，冒出了一个又黑又宽的东西……似乎是个什么坑……“坟墓！”我脑子里电光一闪，“原来她是要把我往这里推啊！”

我陡然向后转过身子……老太婆又站在我面前……只是她居然看得见了！她用一双圆睁睁、恶狠狠、阴森森的大眼睛瞪着我……一双兀鹫的眼睛……我凑过去细看她的面孔，她的眼睛……又是那层黯淡无光的薄膜，又是那张双目失明、神情呆滞的脸庞……

“啊呀！”我思量着……“这个老太婆——就是我的命运呀。这是人无法逃脱的命运啊！”

“无法逃脱！无法逃脱！这不是太荒唐了吗？……应该试它一试。”于是，我拔腿奔向一旁，朝另一个方向飞跑。

我大步流星地往前走……然而，轻巧的脚步声一如既往地在我身后沙沙地响着，很近，很近……于是，在前方又出现了那个黑坑。

我又转身跑向另一个方向……可是身后又响起了同样的沙沙声，前面又出现了那个让人毛骨悚然的同样的黑窟窿。

我像一只被追捕的兔子没命地东奔西突，但无论跑向哪里……结果都是一样，完全一样！

“停一下！”我沉思着。“让我来骗一骗她。我任何地方都不去了！”于是我猛地一屁股坐到地上。

老太婆站在我后面，离我两步远。我听不见她的声音，但我感觉到她就在那里。

突然，我看见：远处那个黑窟窿竟然漂浮起来，正主动向我飞爬过来。

上帝啊！我回头一看……老太婆正盯着我——并且歪着牙齿脱尽了的嘴在狞笑……

“你逃脱不了！”

1878年2月

狗

房间里就我们俩：我的狗和我。屋外，狂风怒号，暴雨如注，摇天撼地。

狗儿蹲坐在我的面前——直端端地望着我的眼睛。

于是我也望着它的眼睛。

它似乎想对我说些什么。它默然无言，它不会说话，它不了解自己——然而，我却了解它。

我知道，此时此刻，无论是它的心里还是我的心里，都有同样的一种感觉，我们之间毫无二致。我们两者一模一样；我们两个心里都有同一星闪烁不定的火花在燃烧，在发亮。

死神飞扑过来，向这星火花拍动它那一双奇寒彻骨、硕大无朋的翅膀……

于是一切都灰飞烟灭！

以后谁会去弄清楚，我们每一个的心里燃起的究竟是一星怎样的火花？

不！这决不是兽与人在互相交换目光……

这是两双同样的眼睛在彼此凝视。

在其中的每一双眼睛里，不论是兽的或者是人的——两个相同的生命正在怯生生地互相靠近。

1878年2月

对 手

我曾经有过一个同学——一个对手；不是在学业上分出高低，也不是在工作上一决胜负，更不是在爱情上击败对方；而是无论在任何问题上，我们都各执己见，因此，每次见面，我们都会相互没完没了地争论不休。

我们争论一切问题：艺术，宗教，科学，尘世，阴间——关于阴间的生活尤其是争论的焦点。

他是一个虔信宗教、满怀激情的人。有一次，他对我说：

“什么东西你都要嘲笑一番；不过，假如我死得比你早，那我一定会从阴间来找你……咱们瞧瞧，那时候你还能笑得出来吗？”

结果，他果然英年早逝，先我而去；然而，一晃几年过去了——我早已忘记了他的约言，他的恫吓。

一天深夜，我躺在床上——辗转难眠，也不想入眠。

房间里说黑不黑，说亮不亮；我开始凝望着那灰蒙蒙的一片朦蒙胧胧。

突然，我似乎感到，在两扇窗户之间站着我的对手——而且正无声无息、悲悲戚戚地一上一下点着头。

我并未惊慌失措——甚至没感到惊讶……只是微微抬起身子，用一只胳膊肘支撑着，开始更聚精会神地凝视这突如其来的幽灵。

他继续一上一下地点着头。

“怎么啦？”我终于低声说道，“你是洋洋自得呢，还是后悔莫及？你这是什么意思：是警告我呢，还是责备我？……要么，你是想让我明白，过去是你错了？或者我们俩都错了？你体验到了些什么？是地狱的痛苦呢，还是天堂的欢乐？你哪怕说一句话也好啊！”

然而，我的对手却一声不吭——只是照旧悲悲戚戚、恭恭敬敬地点着头——一上一下。

我笑了起来……他失去了踪影。

1878年2月

乞 丐

我走在大街上……一个乞丐——一个年老体衰的老头迎面把我拦住。

一双红肿、含泪的眼睛，两片青乌的嘴唇，一身烂兮兮的粗糙衣服，几处脏乎乎的伤口……唉，贫穷把这个不幸的生命噬咬得遍体鳞伤，丑陋不堪！

他向我伸出一只红肿、肮脏的手……他呻吟着，含含糊糊地乞求施舍。

我开始搜寻身上所有的口袋……既没有钱包，也没有怀表，连手绢也没有一块……我身上什么东西都没带。

而乞丐仍在等待着……他伸出的那只手软塌塌地晃动着，颤抖着。

我张皇失措，窘困不堪，于是紧紧握住这只脏兮兮、抖颤颤的手……

“请别见怪，兄弟；我身上什么也没带，兄弟。”

乞丐用他那双红肿的眼睛凝望着我；他咧开青乌的嘴唇微微一笑——接着便同样握住我凉冰冰的手指。

“没关系，兄弟，”他喃喃地说，“就这样也该感谢你啊。这也是一种施舍啊，兄弟。”

我恍然大悟，我也得到了这位老哥的施舍。

1878年2月

“你会听到蠢货的指责……”①

我们伟大的歌手，你总是说出真理；这一回，你又说出了真理。

“你会听到蠢货的指责、群氓的嘲笑”……谁不曾领教过前者和后者？

这一切都是可以——而且必须忍受的；要是有谁精明强干——那就让他一笑置之吧。

① 这首散文诗的标题出自普希金的《致诗人》（1830）一诗。该诗第一节为：“诗人！切莫看重时人的癖好，/狂热捧场的片刻喧闹即将平静；/你会听到蠢货的指责、群氓的嘲笑，/但是，你要镇静，你要沉着、坚定。”（丘琴译，详见《普希金文集》第二卷，人民文学出版社，1995年，第254页。）

然而有一些打击却让人痛心入骨，它们直接伤害到你的心灵[1]……一个人尽力而为，作了他力所能及的一切；他孜孜不倦、津津有味、踏踏实实地工作着……而那些正人君子们却视如敝屣，掉头而去；一听到他的名字，那一张张一本正经的面孔便勃然变色，七窍生烟。

“躲远点！滚开！”年轻的正人君子们高声吼叫着。“我们既不需要你，也不需要你的工作；你玷污了我们的住处——你不了解更不理解我们……你是我们的敌人！”

面对这种情形，这个人该怎么办呢？照旧工作，不要试图替自己辩护——甚至也不要奢望得到稍许公正一些的评价。

以前，庄稼汉曾经诅咒一个旅行者，他给他们带来土豆，以作为穷人的日常食品——面包的代用品。他们从奉献给他们的双手中把这珍贵的礼物打落在地，扔进烂泥里，再狠狠踩它几脚[2]。

而今，他们以土豆为主食——却连恩人的名字都不知道。

---

① 这首散文诗反映的是作者的长篇小说《处女地》（1877）出版后，社会各阶层的敌对态度。屠格涅夫的长篇小说以善于迅速反映时代的新动向新思想著称，但也因此招来不理解者的许多恶意的批评。他曾说过，因为《父与子》，人们用棍子打他，因为《处女地》，则会用大棒子揍他了。

② 据记载，1584 年，土豆从美洲传入欧洲（最先到爱尔兰，然后到英国、瑞士），18 世纪中叶（1756—1763）进入俄国，但受到抵制，19 世纪初以后才渐渐为人们接受。

算啦！他的名字，对他们又有什么作用？他虽然默默无名，却救了他们，使他们免受饥火烧肠之苦。

我们竭尽全力而奋斗的只是一件事：让我们带来的东西成为真正有益的食物。

从你所爱的人嘴里传出的不公正的指责让你心如刀割……不过，就是这也是可以忍受的……

“打我吧！但是得听我把话说完！”[①]雅典的首领对斯巴达的首领说。

“打我吧——但愿你身体健康，饱食暖衣！”我们应该这样说。

1878年2月

---

① 公元前480年，在波斯希腊战争中，为抗击波斯舰队，雅典统帅泰米斯托克利与斯巴达首领欧里比亚德发生分歧，后者拿起棍子要打他，他说了这句话。最后，这场战争按照他的筹划在萨拉米海峡获胜。

一个志得意满的人

在京城的一条大街上，一个年纪轻轻的人连蹦带跳地飞跑着。他欢天喜地，生龙活虎；两眼光彩熠熠，嘴角挂着得意的微笑，激动的脸上红光焕发，眉飞色舞……他浑身上上下下——都洋溢着洋洋得意和欣喜若狂。

他这是怎么啦？是得到了一笔遗产？是加了官进了爵？是匆匆赶去与情人幽会？或者他只是吃了一顿美味可口的早餐——因此感到有一种身强力壮、精力过人的感觉在四肢澎湃激荡？噢，波兰国王斯坦尼斯拉夫啊，莫不是你叫人把你那漂亮的八角形十字勋章挂到了他的脖子上[①]？

都不是。是他杜撰了一个谎言中伤一个熟人，并且精心安排，巧加扩散，又从另一位熟人的嘴里听到了这一谎言——而且连他自己也信以为真了。

哦，此时此刻，这个可爱的、前程万里的年轻人，是多么志得意满，甚至多么善良啊！

1878年2月

① 此处指圣斯坦尼斯拉夫三级勋章，是亲俄的波兰末代国王（1764—1795年在位）斯坦尼斯拉夫·奥古斯特·波尼亚托夫斯基（1732—1798）为纪念11世纪被国王杀害的克拉科夫主教斯坦尼斯拉夫（约1030—1079）而设立的。

处世准则

“假如您想痛快淋漓地把您的敌人整得心乱如麻，甚至使他创巨痛深，”一个诡计多端的老家伙对我说，“那么，您就用自己身上存在的那些缺点和恶习去责难他。您疾言厉色……对他痛加指摘！”

“首先——这将使别人认为，您本人并无这些恶习。

“其次——您的疾言厉色甚至也可能出于一片真诚……您还可以利用您本人良心上的自责。

“譬如说，如果您是个背叛之徒——那您就指责您的敌人，说他缺乏信仰！

“如果您本人是个天生的奴才——那您就责骂他是个奴才……文明的奴才，欧洲的奴才，社会主义的奴才！”

“甚至可以说：没有奴性的奴才！”我补了一句。

“也可以这样说嘛。”诡计多端者应声答道。

1878年2月

世界的末日

（一个梦）

我觉得好像来到了俄罗斯某地一个偏僻的荒野，置身于一所蓬门荜户的农舍里。

屋子很大，屋顶很低，有三个窗户；四壁刷了一层白粉；没有一件家具。房屋前面是一片光秃秃的平野；它缓缓向下低斜，一直延伸到远方；灰色的单调天空，仿如一顶帐幕，笼罩在原野上。

我并非独自一人；有十来个人跟我一同在屋子里。他们都是些平民百姓，穿着也很朴素；他们前前后后、左左右右地走来走去，一声不吭，显得神秘兮兮的。他们互相回避——却又一刻不停地交换着惊恐不安的目光。

没有一个人知道：他为什么会落到这间屋子里，同他在一起的又是些什么人？每个人都是一副惴惴不安、垂头丧气的神态……大家一个接一个轮流走到窗前，聚精会神地四处张望，仿佛在等待窗外的什么东西。

然后，大家又开始前后、左右地走来走去。我们中间，有一个个子不高的小男孩在转来转去；他不时用尖细、单调的声音哭喊着：“爹啊，我怕呀！”这尖叫声让我打心底里感到难受——于是，我也害怕起来……害怕什么呢？自己却全然不知。我只是感到：一场很大、很大的灾难正在渐渐临近。

而小男孩偶尔还会尖叫着哭喊一声。唉，要是能离开这里多好啊！多么窒闷哪！多么难受哪！多么忧郁哪！……然而，没有任何可能离开这里。

这天空——就像一件白色殓衣。而且连一丝风都没有……难道连空气都死了吗？

突然，小男孩连蹦带跳飞跑到窗前，用原来那种凄惨的声音大喊道：

“你们看！你们看！地塌下去了！”

“怎么？塌下去了？！”

一点不假：屋子前面原先是一片平野，可是现在，屋子却兀立在一座摩天高山的险峰顶上了！地平线松塌了，直往下陷，就在屋子脚下，一堵几乎直立的、仿佛被劈开的黑色峭壁正在下沉。

我们大家一窝蜂挤到窗前……恐惧使我们浑身冰冷，魂飞魄散。

“看呀，它来了……它来了！”我身边的一个人低声说。

只见远处果然有什么东西，沿着整条地平线在移动，一些小圆山丘开始一起一落。

“这是——大海！”就在同一瞬间，我们大家都不约而同地这样想。“它马上会把我们全都吞没……只是它怎么会漫涨起来，涌升上来，淹没这峭壁呢？”

可是，它却在不断漫涨，漫涨成一片汪洋……这早已不是一个个四分五散的小山丘在远处起伏奔涌了……一片铺天盖地、汹涌澎湃的巨浪吞没了整个苍穹。

巨浪飞扑过来，朝我们飞扑过来！仿如寒飕飕的龙卷风那样席卷而来，翻卷出昏天黑地的漫漫一片黑暗。周围的一切都在瑟瑟战栗——而在那边，在这飞卷而来的一片汪洋中，既有噼噼啪啪的断裂声，又有轰轰隆隆的倒塌声，还有成千上万个喉咙里发出的凄厉的哭号声……

啊！这是多么可怕的咆哮和哭号声啊！这是大地因为害怕而发出的怒吼……

大地的末日来到了！万物的末日来到了！

小男孩又一次尖叫着哭喊了一声……我试图抓住同伴，然而我们全都被那墨黑、冰冷、轰隆的巨浪所压倒、掩埋、吞没、卷走了！

黑暗……永恒的黑暗！

我几乎喘不过气来，于是就醒来了。

1878年3月

玛莎

那是许多年以前的事了，当时我住在彼得堡，每次雇了出租马车后，都要跟马车夫聊上一阵子。

我特别喜欢同那些夜间赶车的车夫们闲谈，他们都是近郊的穷苦农民，驾着一辆漆成红褐色的小雪橇，套上一匹瘦骨嶙峋的驽马，来到京城——满心希望以此养家糊口，同时还能攒几个钱向主人交租。

于是，有一次，我就雇了一个这样的马车夫……这是一个二十岁左右的小伙子，身材高大，体格匀称，那模样真是帅呆了；蓝色的眼睛，红扑扑的脸颊；淡褐色的卷发，从那顶压到眉毛上的打补丁的帽子下，一圈圈钻出来。而那件破烂不堪的粗呢上衣，紧绷绷地套在他那大力士般宽阔强壮的双肩上！

可是，马车夫那没有胡须、眉清目秀的俊脸，看上去却愁云密布，郁郁寡欢。

我跟他闲聊起来。他的声音里，也透露出哀伤。

“怎么啦，老弟？”我问他。“你为什么闷闷不乐呢？莫非有什么伤心事？”

小伙子没有立刻回答我。

“有啊，老爷，有啊，”他终于开口了，“而且是一件伤心透顶的事啊。我妻子死了。”

“你爱她……爱你的妻子吗？”

小伙子没有回过头来看我；只是稍稍把头低下去一点。

“我爱她，老爷。已经快八个月了……可我老是忘不了。我心里痛啊……真是的！她怎么就会死呢？年纪那么轻！身体那么棒！才一天工夫，霍乱就要了她的命。”

“她对你一定很好吧？”

“那还用说，老爷，”这个可怜的人深深叹了一口气，“我和她一块儿过得别提多和睦了！她死的时候，我不在家。我在这儿刚一得到消息，说是她已经给埋了——我就风风火火地赶回村子，赶回家去。回到家里——都早已是下半夜了。我跨进自家的小木屋，站在屋子当中，就这样轻轻轻轻地呼唤着：‘玛莎！啊，玛莎呀！’只听到蟋蟀在嚯嚯唧唧地叫。这时我就哭了起来，一屁股坐在木屋的地板上——还用手掌使劲地啪啪拍打着地面！我喊着：‘你这永远填不满的大肚汉……你把她吞掉了……那就把我也吞掉吧！啊呀，玛莎呀！’”

“玛莎呀！”突然，他又如泣如诉地低唤一声。接着，他一边握住手中的缰绳，一边抬起手来用手套擦去眼里的泪水，又把它摘下来，往旁边一扔，耸一耸肩——就再也没吭一声了。

从雪橇上下来时，我多给了他十五戈比。他双手捧着帽子，向我深深地鞠了一躬——随后便踏着细碎的步子，沿着白雪覆盖的空荡荡的街道，迎着一月寒冷的白色的浓雾，踉踉跄跄地慢慢远去了。

1878年4月

傻 瓜

从前，有一个傻瓜。

很长一段时间里，他过得舒舒服服，无忧无虑；可是慢慢地他开始听到一些流言蜚语，说普天下都认为他是一个浑浑噩噩、庸庸碌碌的人。

傻瓜顿时感到无地自容，开始忧心忡忡地寻思：怎样才能消除这些可恶的风言风语？

终于，一个突如其来的妙计，让他那榆木脑袋如梦初醒……于是，他毫不犹豫，马上付诸行动。

他在街上偶然遇到一位熟人——而且，那熟人向他提起一位闻名遐迩的画家，赞不绝口……

“拉倒吧！”傻瓜大声叫道，“这个画家早已成为历史，无人问津了……您连这一点也不知道？我真没想到你竟会这样孤陋寡闻……您呀——真是一个落伍者。”

熟人瞠目结舌——于是，立即认同了傻瓜的见解。

“我今天读了一本妙不可言的书！”另一位熟人告诉他。

“拉倒吧！”傻瓜大声叫道，“您怎么不感到羞愧呢？这本书分文不值；大家早已弃之如敝屣了。您连这一点都不知道？您呀——真是一个落伍者。”

于是，这个熟人也瞠目结舌——而且，也认同了傻瓜的见解。

“我的朋友N. N. 可真是一个超群出众的人啊！”第三个熟人对傻瓜说，“他是一个货真价实的高尚人物！”

“拉倒吧！”傻瓜大声叫道，“N. N. ——是个有名的卑鄙小人！他把所有的亲戚洗劫一空。这件事谁不知道？您呀——真是一个落伍者。”

第三个熟人也瞠目结舌——于是，也认同了傻瓜的见解，并且，与自己的朋友分道扬镳了。

无论是谁，只要他在傻瓜面前称道什么人，赞扬什么事——他总是旧调重弹，一律加以贬斥。

不过，有时候，他还会补上一句责备的话：

“难道您还在迷信权威？”

“一个专横跋扈的人！一个丧心病狂的人！”熟人们开始对傻瓜议论纷纷，“不过，他的脑瓜子是多么聪明啊！”

“还伶牙俐齿，巧舌如簧呢！”另一些人补充道，“噢，他真是个天才啊！”

最后，一家报纸的出版商约请傻瓜主持该报的评论专栏。

于是，傻瓜开始对一切人和一切事都指手画脚，横加指责，手法风格一如从前，连感叹的语气也一成不变。

曾几何时，他大声疾呼反对权威——而今，他自己也成了权威——年轻人既对他顶礼膜拜，同时又对他侧目而视。

而他们，这些可怜的年轻人，又能怎么样呢？尽管一般说来，不应该顶礼膜拜……然而，这个时候，你当心点儿！如果不顶礼膜拜——你就会掉进落伍者的行列中！

只有在胆小的人们中间，傻瓜才能如鱼得水，怡然自得。

1878年4月

东方的传说

在巴格达，有谁不知道伟大的伽法尔[1]，这宇宙的太阳神呢？

很多年以前，伽法尔还是翩翩少年的时候，有一天，他在巴格达郊外漫步。

忽然，一声嘶哑的号叫传入耳中：有人在绝望地大呼救命。

伽法尔在同龄人中素以多谋善断、胆大心细而声远远播；但他

① 巴格达是古代伊斯兰教国王哈里发王朝的首都（现为伊拉克首都）。伽法尔是伊斯兰教的太阳神。

极富慈爱悲悯情怀——而且对自己的力量满怀信心。

他朝呼救的地方飞奔，看见一个头童齿豁的老头儿被两个强盗紧按在城墙边，他们正在抢他的钱财。

伽法尔拔出马刀，向两个强盗扑去：一个在他的刀下一命呜呼，另一个则逃之夭夭。

获救的老头儿跪倒在自己的救命恩人面前，吻了吻他的衣角，高声说道：

“见义勇为的年轻人啊，你这种助人为乐的豪侠行为决不会没有报答的。表面上看，我——是个一无所有的叫化子；但这只不过是外表而已。我这个人其实非同寻常。明天清早你到大市场来；我会在喷水池边等你——那时候你就会知道我所言不虚了。”

伽法尔寻思：“看外表，这个人的的确确是个乞丐；然而——大千世界无奇不有。为何不试一试呢？”于是，他回答道：

“好的，老爹，我一定来。”

老头儿望了一望他的眼睛——便走了。

第二天早晨，东方欲晓的时候，伽法尔便起身去市场。老头儿一只胳膊靠在喷水池的大理石盘上，早已在等他了。

他一言不发地抓住伽法尔的一只手，把他带进一个四面围着高墙的小花园里。

在这个花园的正中，绿色的草地上，长着一棵形状奇特非凡的树。

它像柏树；不过，它的叶子是蓝色的。

三个果子——三只苹果——悬挂在朝上弯曲的细枝上：一只中等大小，椭圆形，乳白色；另一只很大，圆溜溜，红艳艳；第三只很小，又黄又皱。

整棵树都在轻轻地瑟瑟作响，虽然没有一丝风。它简直就是一棵玻璃树，声音纤细凄惨；似乎感觉到伽法尔正在走向它身边。

“年轻人！”老头儿开口了，“这三颗果子中你可以随意摘取一个，不过你得明白：摘下白的吃了——你会智珠在握，超群绝伦；摘下红的吃了——你会富甲天下，一如犹太人洛希尔德[①]；摘

① 洛希尔德（1743—1812），欧洲最著名的银行家，世界知名的大富翁。曾在德国的法兰克福城开设兑换所，后发展成一个拥有许多分支的财政寡头家族。

下黄的吃了——你会博得老太太们的欢心。你打定主意吧！……别耽误时间！一个小时后，果子就会变得干瘪，连这棵树也会沉入哑然无语的地心深处！”

伽法尔低下头去——沉思起来。

“现在该怎么办呢？”他低声说道，似乎在和自己商量。“变得聪明盖世——也许就不想脚踏实地地过日子了；变得富甲天下——那么所有的人都会嫉妒你；我最好还是摘下第三个果子——皱巴巴的苹果吃了吧！”

他果真这样做了；而老头儿张开牙齿脱尽的嘴大笑起来，并且说：

“哦，绝顶聪明的年轻人！你作出了最好的选择！白苹果对你有什么用呢？你早就比所罗门[②]还聪明了。红苹果你也不需要……即便没有它，你也会金玉满堂[③]的。只不过你这金玉满堂，是任何人都不会嫉妒的。”

“请您告诉我，老人家，”伽法尔心潮澎湃，问道，“神灵庇

---

② 所罗门，公元前约960—935年以色列和犹太联合王国的国王，以聪明智慧著称。

③ “金玉满堂”在中文中有两重意思：一指财富极多，一指富有才学。这一段中，老头儿的话正好包含这两种意思。

佑的哈里发[①]的那位尊贵的母亲住在哪里？”

老头儿深深地鞠躬到地——并且为年轻人指明了道路。

在巴格达，有谁不知道伟大的、赫赫有名的伽法尔，这宇宙的太阳神？

1878年4月

① 哈里发是伊斯兰教穆斯林国家国王的称呼。

两首四行诗

很久以前，有一座城市，城里的居民们爱诗如命，如果一连几个星期没有不同凡响的新作——他们就会把这种诗歌创作方面的歉收，看作社会的灾难。

那时，他们就会穿上自己最破烂的衣裳，把灰洒到头上[①]——成群结队地聚集在每一个广场上，痛哭流涕，并且愁肠百结地抱怨缪斯抛弃了他们。

就在一个类似的倒霉日子里，青年诗人尤尼乌斯出现在广场上的广众中间。

① 大家一起往头上洒灰是古代犹太人的一种习俗，借此表示共同的悲痛。

他健步如飞，登上专门搭建的一个高台——然后，做了个手势，示意他想朗诵诗歌。

卫士们立刻挥动权杖。

“肃静！注意了！”他们声若洪钟地大叫——于是人群慢慢安静下来，等待着朗诵。

“朋友们！伙伴们！”尤尼乌斯开始朗诵，他的声音虽然洪亮，然而不十分坚定：

朋友们！伙伴们！爱好诗歌的人们！
所有和谐与优美的崇拜者们！
别让瞬间阴郁的悲伤搅得心烦意乱！
期盼的时刻即将来临……光明必定驱散黑暗！

尤尼乌斯朗诵完了……然而，回答他的，却是从广场的四面八方响起的阵阵吵嚷、口哨和大笑。

每一张望着他的面孔都腾炽着怒火，每一双眼睛都逼射出怨恨，每一双手都高高举起，紧攥成拳头，向他示威！

“竟想用这种东西来哗众取宠！”怒气冲冲的声音吼叫起来。

“把这个平庸不堪的蹩脚诗人赶下台去！让这傻瓜滚蛋！让这个跳梁小丑吃烂的苹果、臭的鸡蛋！拿石头来！把石头拿到这里来！”

尤尼乌斯一个倒栽葱从高台上滚了下来……然而没等他回到家里，就听到一阵阵雷鸣般热烈的鼓掌声、赞叹声和叫喊声。

尤尼乌斯如堕云里雾中，赶忙回到广场上，不过，他极力不让别人发现他（因为激怒一头已经发狂的野兽是危险的）。

那么，他究竟看到了什么呢？

他的竞争对手，青年诗人尤利乌斯，身上披着一件紫红色的厚呢斗篷，飘动的卷发上戴着一顶月桂花冠，站在一面扁平的金色盾牌上，被人们高高地举过肩头，耸立在熙熙攘攘的人群上空……而周围的人群却在狂喊大叫：

“光荣啊！光荣！光荣属于千古流芳的尤利乌斯！在我们垂头丧气的时候，在我们痛心入骨的时候，是他安慰了我们！他送给我们的诗，比蜂蜜还香甜，比锣鼓还响亮，比玫瑰还芬芳，比蓝天还明净！隆重地把他抬起来吧，让神香的轻烟在他那灵思泉涌的头顶萦绕吧，让棕榈枝节奏分明地轻轻扇动，清凉清凉他的前额吧，让所有的阿拉伯没药在他脚下，弥漫成芳香的云雾吧！光荣啊！”

尤尼乌斯走到一位赞颂者跟前。

“请你告诉我，啊，我的同胞！尤利乌斯究竟朗诵了一首什么诗，竟使你们这样如醉如痴？唉！他刚才朗诵的时候，我不在广场上！如果你还记得的话，请你费神把它们再念一遍！”

“这么好的诗——怎么会记不得呢？”被问者满腔热情地答道，“你把我当成什么人啦？请听吧——你也欢呼吧，同我们一起欢呼吧！

“‘爱好诗歌的人们！’被人们敬若神明的尤利乌斯的诗，是这样开头的……

爱好诗歌的人们！伙伴们！朋友们！
所有和谐、悦耳与柔美的崇拜者们！
别让瞬间沉重的悲伤搅得心烦志懈！
期盼的时刻即将来临……白昼必定驱散黑夜！

“怎么样？”

“请原谅！”尤尼乌斯大叫起来，“这可是我的诗啊！当我朗诵这首诗时，尤利乌斯一定就在人群里——他听了之后，稍稍改动了几个地方，就把它们复述了出来——而且，当然啦，诗改得比较糟糕——尽管只改动了几个词！”

“啊哈！现在我认出你是谁了……你是尤尼乌斯，”被他叫住问话的那位公民皱紧眉头反驳他，“你这是嫉妒，要不便是愚蠢！……你只要想上一想，倒霉蛋！尤利乌斯可真是大笔如椽，硬语盘空啊：‘白昼必定驱散黑夜！……’可你呢——简直是胡说八道：‘光明必定驱散黑暗’？！什么样的光明？！驱散什么样的黑暗？！”

“这难道不是一回事吗……”尤尼乌斯刚一开口……

“你要是再啰嗦一句，”那个公民打断他的话，“我就喊大家来……他们会把你撕成碎片！”

尤尼乌斯因时制宜地保持沉默，而一位两鬓斑白的老者，听见了他和那位公民的谈话，走到可怜的诗人面前，伸出一只手拍拍他的肩膀，说道：

“尤尼乌斯啊！你朗诵的是自己的诗——可惜时机不对；而那一位朗诵的不是自己的诗——但却适逢其会。所以，他一举成名——而你只能以于心无愧安慰自己的良心了。”

然而，正当黄钟毁弃的尤尼乌斯以无愧于心安慰自己良心的时候——说实话，这种安慰虽然竭尽全力……效果却微乎其微——远处，在雷鸣般的鼓掌声和浪涛般的欢呼声中，在普照万物的太阳那金灿灿的光辉里，尤利乌斯神气活现，傲然挺立，仿若一位凯旋的皇帝，气宇轩昂、从容不迫地昂首挺胸缓缓前行，身上的紫红色厚呢斗篷熠熠闪光，头上的桂冠在神香那波翻浪涌般的阵阵烟雾中忽隐忽现……长长的棕榈枝依次向他鞠躬，仿佛要用它们轻悠悠的上扬和软款款的下落——来表达为他心醉神迷的同胞们心中那源源不断、汹涌澎湃的崇拜之情！

1878年4月

麻 雀

我打猎回来，走在花园的林荫小路上。猎狗在我前面跑着。

突然，它放慢了脚步，开始轻轻悄悄地往前走，仿佛嗅到了前面有什么野物。

我顺着林荫小路往前望去，于是看见一只小麻雀，嘴角嫩黄，头上长着细细的绒毛。它是从鸟窝里掉下来的（大风吹得林荫小路上的白桦树剧烈地左摇右晃），一动也不动地蹲着，软弱无力地撑开一双羽毛未丰的小翅膀。

我的猎狗正慢慢逼近它。忽然，一只黑胸脯的老麻雀，从附近的一棵树上，像块石头似的直冲下来，正好落在猎狗的嘴前——它全身羽毛倒竖，完全改变了形状，绝望而凄厉地尖叫着，接连两次朝着猎狗那锐牙利齿的血盆大口飞扑过去。

它俯冲下来救护幼鸟，它用自己的身躯遮挡住自己的孩子……然而，它整个小小的身躯由于恐惧而瑟瑟颤抖，细小的声音变得狂野而嘶哑。它兀立不动，它准备牺牲自己！

对它来说，猎狗简直是个硕大无朋的怪物！然而，它仍然不愿稳坐在高高的、安然无恙的树枝上……一种比它的意志更强大的力量，使它从树枝上飞扑下来。

我的特列佐尔[①]茫然站住，开始后退……显而易见，就连它也承认了这种力量。

我赶忙唤回窘态十足的猎狗——满怀敬意地走开了。

是啊，请别见笑。我崇敬那只英勇的小鸟，崇敬它那奋不顾身的爱的激情。

在我看来，爱比死亡和对死亡的恐惧更强大。只是因为它，只是因为爱，生命才得以保存和发展。

1878年4月

① 特列佐尔是猎狗的名字。

骷 髅

一间富丽堂皇、灯火辉煌的大厅：绅士淑女，济济一堂。

每一个人都神采奕奕，谈笑风生……大家七嘴八舌，正绘声绘色地谈论一位名噪一时的女歌手。大家交口称誉她貌若天仙，歌声妙不可言，必定万古流芳……噢，昨天她最后那一段颤音唱得真让人拍案叫绝！

然而，突然间——仿佛魔术师的魔杖一挥——所有人头上和脸上的那层细嫩的皮肤全都脱身飞去，霎时间，每一个人都变成了死白的骷髅，牙床和颧骨裸露在外，像锡一般闪烁着蓝幽幽的磷光。

我毛骨悚然地观望着，这些牙床和颧骨怎样轻轻移动、微微颤抖——这些疙瘩状的骨球怎样在灯光和烛光下转来转去，隐隐发光，它们中另一些更小的球儿——毫无意义的眼球怎样来回滚动。

我不敢伸手摸一摸自己的脸，也不敢往镜子里瞧一瞧自己。

而骷髅依然如故地在不停转动……一条条灵巧的不烂之舌，仿若一块块小小的红碎布，在龇露的牙齿后面绕来绕去，它们一如既往叽叽喳喳、喋喋不休称赞着那位必定万古流芳的……对！必定万古流芳的女歌手，她最后唱出的那一段颤音是多么匪夷所思，多么无与伦比！

1878年4月

干体力活的人和干脑力活的人

（对话）

干体力活的人：你钻到我们这儿来干什么？你想要什么？我们不是一条道上的人……滚开吧！

干脑力活的人：我们是一家人，弟兄们！

干体力活的人：怎么可能呢！我们是一家人？亏你想得出来！你就看看我这双手吧。你看见了吗？它们有多脏！上面又是大粪味儿，又是柏油味儿——而你的那一双手却白白净净的。它们到底会发出什么气味呢？

干脑力活的人：（伸去自己的一双手）你闻闻看。

干体力活的人：（闻了闻那双手）真是怪事一桩！好像有一股铁腥味儿。

干脑力活的人：正是铁腥味儿。整整六年，我这双手都戴着手铐。

干体力活的人：那么，这到底是为了什么呢？

干脑力活的人：这是因为，我十分关心你们的利益，想要解放你们——这些默默无闻、目不识丁的人们，我挺身反对压迫你们的人，奋起造反……唔，于是他们便把我关进了牢房。

干体力活的人：关进了牢房？你又何苦去造反呢！

两年以后

同一个干体力活的人：（向另一个）喂，彼特拉！……你还记得吗，前年夏天有那么一个干脑力活的人和你谈过话吗？

另一个干体力活的人：记得啊……怎么啦？

第一个干体力活的人：我告诉你吧，今天他就要被绞死了；已经下了命令了。

第二个干体力活的人：他一直在造反吗？

第一个干体力活的人：一直在造反。

第二个干体力活的人：是的……唔，有这么件事，米特利亚伊兄弟，咱们能不能把那根绳子，那根绞死他的绳子弄到手呢？听说，这东西会使家里人鸿运临头呢！

第一个干体力活的人：这你说得很对。应该试试，彼特拉兄弟。

1878年4月

玫　瑰

八月的最后几天……秋天已经来临。

夕阳西沉。既无一声轻雷，也无一道闪电，一阵突如其来的瓢泼大雨，刚刚从我们一望无际的平原上空疾驰而过。

屋子前的花园全身沐浴着红艳的晚霞，树上树下万道泉水潺潺竞流，红光闪闪，烟雾蒙蒙。

她坐在客厅的一张桌子旁，透过半开半掩的门望着花园，凝神沉思。

我知道她这时的所思所想；我知道，此时此刻，经过一番短暂而痛苦的斗争，她已不由自主地沉浸在一种再也无法控制的感情之中了。

忽然，她站了起来，急乎乎地走进花园，便无影无踪了。

时钟敲过了一小时……又敲过了一小时；她还没有回来。

这时我站起身来，走到屋外，沿着她刚走过的那条林荫小路——对此，我确信无疑——向前走去。

四周的一切都已变得黑；夜幕降临了。然而在小路湿乎乎的沙土上，透过迷茫的夜色，一件圆形的东西发着红光。

我俯下身子……这是一朵娇嫩欲滴、蓓蕾初放的玫瑰。两个小时前我看见，缀在她胸前的，正是这朵玫瑰。

我小心翼翼地捡起这朵掉在泥泞里的小花，便回到客厅，把它放在她坐的安乐椅旁边的桌子上。

瞧，她终于回来了——迈着轻巧的步子，穿过客厅，在桌子边坐了下来。

她面色苍白然而喜气洋洋；那双睫毛低垂、似乎变小了的眼睛，快乐而害羞地迅速扫视着四周。

她看见了那朵玫瑰，便一把抓在手里，望一望它那皱巴巴的带着泥点的花瓣，又望了望我——于是，那双眼睛突然间木然不动了，绽开了一颗颗晶莹的泪花。

“您哭什么呢？”我问她。

“啊，就哭这朵玫瑰。您看，它变成什么样子了。”

这时，我想出了一句富有深意的警句。

“您的眼泪将会洗净这些污垢。”我意味深长地说。

“眼泪不会清洗，眼泪会熊熊燃烧。”她回答道，接着便转身面向壁炉，把那朵小花扔进渐渐暗淡的火焰里。

“熊熊火焰比滴滴泪珠燃烧得更加纯净。”她大声说道，——同时，她那双清亮秀美的含泪的眼睛、幸福无比地笑了起来。

我明白，她也在火焰中熊熊燃烧起来了。

1878年4月

纪念尤·彼·弗列夫斯卡娅[1]

她躺在泥泞地里一堆潮湿的臭烘烘的麦秸上，在仓促改作战地流动医院的一间破草棚的屋檐下，在保加利亚一个被战火毁坏的小村子里——她染上伤寒已经两个多星期了，很快就要死去。

她已经不省人事——甚至没有一个医生看她一眼；那些在她还能行走时护理过的伤兵们，接二连三地从自己带菌的麦秸窝里站起来，把盛在破瓦罐碎片上的水，送到她那干裂的嘴唇边，滴上几滴。

她原本年轻美丽；名满整个上流社会；就连达官显宦都关注她

① 尤莉娅·彼得罗芙娜·弗列夫斯卡娅（1841—1878），屠格涅夫的朋友，他们1873年起开始通信联系。其丈夫弗列夫斯基将军，1858年死于高加索前线。她于1877年5月志愿前往俄土战争前线当护士，1878年1月病逝于保加利亚别拉城的一所军医院里。

的一举一动。女士们暗暗嫉妒她，男人们拼命追求她……有两三个人誓死不二地偷偷爱着她。生活曾经向她展开一片灿烂的微笑；然而，微笑往往比眼泪更糟糕。

一颗温顺、娇柔的心……却有如此舍生忘死的力量，如此渴望献身的精神！帮助那些需要帮助的人……她不知道别的幸福……全然不知——也未曾体验过。别的任何幸福都已擦身而过。然而，她对此早已安之若素——她浑身燃烧着不灭的信仰之火，只想一心一意为他人服务。

在她的灵魂深处，在她的心灵最隐秘的地方，秘密地收藏着多少奇珍异宝，从来没有人知道——而今，更是没有人知晓了。

而且，又何必知道呢？牺牲已经做出……事业也已完成。

可是，每当想到甚至没有一个人向她的遗体说一声谢谢，就令人感到痛心入骨——尽管她本人对任何感谢都羞于接受，并且避之唯恐不及。

那就请让我斗胆把这朵迟开的小花，祭献在她的墓前，但愿她那可爱的灵魂不会因此而受到亵渎！

1878年9月

最后一次会晤①

我们曾是亲若兄弟、视为知己的朋友……然而，不幸的时刻降临了——我们分道扬镳，仿如仇敌。

许多年过去了……一天，我顺道来到他居住的城市，获悉他已重病缠身，危在旦夕——很想见我一面。

我立即前去看望他，走进他的房间……我们的目光相遇了。

我几乎认不出他来了。上帝啊！疾病竟然把他折磨成这个样

① 本篇写的是作者与俄国大诗人涅克拉索夫（1821—1878）的事情。19 世纪 60 年代初，屠格涅夫与时任《现代人》杂志主编的涅克拉索夫因故断交。1877 年 5 月 25 日，从巴黎回到彼得堡的屠格涅夫探望了病危的诗人，本篇的“最后一次会晤”写的就是这次会面。诗人的妻子齐娜伊塔·尼古拉耶芙娜·涅克拉索娃在 1915 年写的回忆录《为大家而生活》里，也写到这次会面。

子了！

他脸色枯黄，身体消瘦，头顶光秃秃的，留着稀稀疏疏一小撮花白的胡子，穿着一件故意剪开的衬衣……他已衰弱得连一件最轻薄的外衣的重量都承受不起了。他颤巍巍地向我伸出一只瘦骨嶙峋的手，吃力地喃喃说出了几个含糊不清的字——是问好呢，还是责备，谁知道？骨瘦如柴的胸脯徐徐起伏着——红红的眼睛里，那对缩小的瞳仁上面，滚动着两颗痛苦的小小泪珠。

我心如刀割……我坐到他身边的一把椅子上——看着他这副触目惊心、不成人样的惨相，我不由自主地垂下眼帘，也向他伸出手去。

然而，我似乎觉得，握住我的手的那只手，不是他的手。

我似乎觉得，在我们两人中间，安静地坐着一位身材高桃的白衣女人。她从头到脚裹着一件长长的罩衣。她那深幽的白眼睛从不斜睨旁视；她那惨白冰冷的嘴唇从不说一句话……

这个女人把我们两人的手连接起来……她使我们永远和解了。

是的……死神使我们和解了。

1878年4月

门 槛①

我看见一座高大的楼房。

正面墙上一扇狭小的门大敞着；门里面——阴森、昏暗。高高的门槛前，站着一位姑娘……一位俄罗斯姑娘。

那黑色的浓雾里散发出森森寒气；随着这寒气，从楼房深处传出一个慢条斯理、低沉喑哑的声音。

---

① 这首散文诗在作者生前未曾发表。它曾经有一个副标题《梦》，是当时《欧洲通报》编辑斯塔修列维奇未经作者同意所加。这篇作品的创作，受到19世纪70年代俄国发生的“50人审判案”“193人审判案”、民粹党女革命家薇拉·扎苏里奇（1851—1919）刺伤彼得堡市长特列波夫等历史事件的影响。

“哦，你想跨进这道门槛——你可知道，是什么在等着你吗？”

“知道。”姑娘回答道。

“那可是寒冷、饥饿、憎恨、讥笑、蔑视、屈辱、监狱、疾病甚至死亡啊，你知道吗？”

“知道。”

“与人世完全隔绝，孤独寂寞呢？”

“知道。我早已做好准备。我能忍受一切苦难，一切打击。”

“不仅是来自敌人的打击——而且还有来自亲人和朋友的打击呢？”

“对……也包括来自他们的打击。”

“好。你甘愿牺牲自己吗？”

“是的。”

“无声无息地牺牲吗？你英年早逝——却没有任何人……甚至没有任何人知道，应该悼念谁！”

“我既不需要感激，也不需要怜悯。我不需要留名后世。”

“你准备犯罪吗？”

姑娘垂下头……

“对于犯罪，我也作了准备。”

那声音停顿了一会，没有接着提问。

“你知道，”那声音终于问了起来，“你将来可能会放弃现在的信仰，可能会发现自己受了骗上了当，枉自牺牲了自己青春妙龄的生命？”

“就是这，我也知道。无论如何我要进去。”

“进来吧！”

姑娘跨进了门槛——于是，一道重坠坠的门帘在她背后落了下来。

“傻瓜！”有人在后面咬牙切齿地骂道。

“圣女！”不知从哪里传来一声回答。

1878年5月

探　访

我坐在敞开的窗前……一天清晨，五月一日的凌晨。

朝霞还没燃红东方；但幽黑温暖的夜已经开始发白，变凉。

没有晨雾袅袅升起，也没有微风轻轻吹拂，万物都浑然一色，悄然无声……不过，感觉得到，万物苏醒的时刻近在弹指之间——渐渐疏朗的空中，弥漫着清凉、滋润的露水味。

突然，一只大鸟穿过洞开的窗户，飞进我的房间，微微拍动翅膀，发出轻轻的沙沙声。

我打了个冷战，定睛望去……那不是一只鸟，那是一个长着翅膀的细小女子，穿着一件长长的紧身连衣裙，下摆是波浪形花纹。

她全身是灰白的珠母色；只有一双小小翅膀的内侧，像盛开的玫瑰花一样，闪耀着娇柔的嫩红；圆圆的小脑袋上，一个用铃兰花编织的花环，紧束着披散的卷发——而在那美丽饱满的小小前额上，两根孔雀毛就像蝴蝶的两根触须，饶有趣味地晃来晃去。

她在天花板下飞舞了两三圈；小脸上笑盈盈的；那双乌亮的大眼睛也笑盈盈的。

这恣意顽皮的飞翔，就像其乐无穷的游戏，让她的眼睛发出钻石般的璀璨光芒。

她手里拿着草原小花的一枝长茎：俄罗斯人称它为“沙皇的权杖”——它也的确像一根权杖。

她快如闪电地从我头上飞掠而过，用那朵小花轻轻触了一下我的头顶。

我奋力朝她追去……可她已经风一样轻盈地飞到窗外——然后疾飞而去。

在花园里，在丁香花丛的深处，一只斑鸠用它的第一声咕咕啼鸣向她表示欢迎——而在那边，她失去踪影的地方，乳白色的天空悄悄地燃起了一片红霞。

我认出你了，幻想女神！你驾临寒舍，纯属偶然——你是飞去探访年轻的诗人们的。

哦，诗歌啊！青春啊！女性的纯真之美啊！你们只能在我面前闪耀电光石火般短暂的光辉——在这个早春时节的清晨！

1878年5月

NECESSITAS，VIS，LIBERTAS[1]

（一幅浅浮雕）

一个高瘦的老太婆，面色僵硬如泥塑木雕，目光迟钝呆滞，正大步如飞地往前走，并且，伸出一只像棍子一样干硬的手，推着自己前面的另一个女人。

这个女人身材魁梧，腰圆体胖，孔武有力，肌肉像赫剌克勒斯[2]那样发达，细尖的脑袋，长在公牛一般圆粗的脖子上——而且双目失明——她也推着一个精瘦的女孩子。

只有这个小姑娘有一双亮晶晶的眼睛；她顽强抵抗，一再转过

① 拉丁语，意为必然、力量、自由。

② 希腊神话中的英雄，又名阿尔客得斯，是著名的大力士，曾立下十二件大功。

身来，高举起一双纤细美丽的小手；她那生气勃勃的脸上，露出怒火中烧、无所畏惧的神色……她不愿俯仰由人，不想去她们推她去的地方……然而，她仍然得身不由己地听命于人，并且一步步走向前。

Necessitas，Vis，Libertas.

谁愿意翻译——就让他把这三个词翻译出来吧。

1878年5月

施 舍

一座大城市近郊，宽阔的大路上走着一个病恹恹的老人。

他趔趔趄趄地走着；骨瘦如柴的双腿拖着沉重、虚怯的步子，步履蹒跚，跌跌撞撞，磕磕绊绊，仿佛两条腿不是自己的；一身衣服就像挂在身上的破布片，没戴帽子的脑袋，低垂在胸前……他已经精疲力竭了。

他在路边的一块石头上坐了下来，向前俯下身子，两只胳膊撑在膝上，双手捂住脸——滴滴泪珠流过弯曲的手指缝，滴进干燥的灰色尘土里。

他在回忆历历往事……

他想起了，他曾经是怎样的铜筋铁骨，富甲一方——又怎样损害了健康，把钱财家产分送给别人，分送给朋友和敌人……而如今，他连一块面包也没有——而且，所有的人都弃他不顾，朋友们更是抢在敌人的前面……难道他竟然沦落到要乞求施舍的地步了？他满怀忧郁，羞愧万分。

而泪珠仍在一串串地滴呀，滴呀，在灰色的尘土上滴出一片斑斑点点。

突然，他听到有人在叫他的名字；他抬起疲惫不堪的头——看见一个陌生人站在自己面前。

那人神态安详而庄重，不过并不严厉；眼睛并不炯炯发光，但明亮如水；目光洞微察隐，但并不凶恶。

“你把自己的家财分送得干干净净，”那人平心静气地说，“可是，你却并不后悔你以前的善行义举吧？”

“不后悔，”老人长叹一声，答道，“只不过现在我已快要死了。”

“假若世上没有那些向你伸手求怜的乞丐，”陌生人继续说，“那你还能在谁的身上表现你的美德，实施你的善行呢？”

老人哑然无语——他开始沉思。

“既然如此，那么现在你也就别再心高气傲了，可怜的人，”陌生人又开口说道，“去吧，把你的手伸出来吧，你也给别的好心人一个机会，让他们用行动来表现自己的善心吧。”

老人全身猛地一震，不禁抬起眼睛……然而陌生人已经失去了踪影；而远处的大路上走来了一个行人。

老人走到他跟前——并且向他伸出一只手。这个行人冷若冰霜地转过身子，什么东西都没有给。

但是，另一个人接着走过来了——这个人给了老人一点点施舍。

老人便用这几戈比铜币给自己买了一块面包——而且，他还觉得这块乞讨得来的面包香甜无比——他心里并没有丝毫羞愧的感觉，相反，他的脸上洋溢着一种宁静的欢乐。

1878年5月

昆虫

我梦见，我们二十来个人坐在一个所有窗户都敞开着的大房间里。

我们中间有妇女、儿童、老人……我们大家正在谈论一件众所周知的事情——七嘴八舌，人声鼎沸，根本无法听清说的是什么。

忽然，随着一阵刺耳的啪啪声，房间里飞进了一只大昆虫，足足有两俄寸①长……它飞进来后绕屋子转了一圈，便落在墙上。

它那样子，像只苍蝇，或者黄蜂。身体是灰扑扑的土褐色；

① 1俄寸等于4.4厘米。

扁平、坚硬的翅膀也是同样的颜色；向四方叉开的几只爪子毛蓬蓬的，大而凸的脑袋，活像一只蜻蜓；无论是这脑袋，还是这爪子——都是红的，就像鲜血的颜色。

这只稀奇古怪的昆虫上下左右不停地转动着脑袋，挪动着爪子……然后，突然间猛地飞离墙壁，啪啪啪啪地满屋子乱撞——接着又落在墙壁上，又开始可怕而讨厌的蠕动，但并不离开原地。

它使我们大家感到深恶痛绝，心慌意乱，甚至惴惴不安……我们当中没有一个人见过任何类似的东西，大家众口同声高喊："把这只怪物赶出去！"大家都远远地使劲挥动着手帕……因为谁也不敢走近它……于是，当这只昆虫又飞起来时——大家都不由自主地躲到一边去了。

在我们这一群谈话者中，只有一个正当英年、面色白净的人，大惑不解地扫视着大家。他耸耸肩膀，哑然失笑，他一点都弄不明白，我们到底发生了什么事情，我们为何这样惊慌不安？他本人没有看见任何一只昆虫——也没有听见它翅膀发出的不祥的啪啪声。

忽然，那昆虫似乎盯住了他这个目标，它展翅飞了起来，紧贴在他头上，朝着眼睛上方的前额叮了一口……年轻人轻轻地叫了一声"哎哟"，便倒在地上死去了。

这只可怕的苍蝇立即飞走了……直到这时，我们才恍然大悟，这位不速之客到底是什么东西。

1878年5月

菜 汤

一个农家寡妇的独生子死了，他刚二十岁，是村子里顶呱呱的干活能手。

女主人，也就是这个村的女地主，听说农妇的不幸遭遇后，就在送葬的那天去看望她。

女东家在农妇的家里见到了她。

农妇站在小屋中间的一张桌子前面，不慌不忙、安安静静地用右手（左手像一根干藤垂在腰间）从一只熏得黑糊糊的瓦罐底里舀着清水似的菜汤，并且一勺一勺喝进肚里。

农妇的那张脸黑瘦；一双眼睛红肿……但她却恭敬、笔直地站着，就像在教堂里一样。

“天哪！”女主人心想，“在这个时候，她竟然还吃得下东西……不过，他们所有的人全都一个样，都是铁石心肠！”

女主人于是想起了，几年前她的那个才九个月的女儿不幸夭折，她心如刀割，拒绝租住彼得堡近郊的一所漂亮别墅避暑，竟在城里度过了整个夏天！

然而，这个农妇却还在继续一勺一勺地喝着清水菜汤。

女主人终于按捺不住了：

“达吉亚娜！”她说，“哎呀呀！我真感到奇怪！难道你不爱自己的儿子？你的胃口怎么还这么好呢？你怎么就喝得下这些菜汤呢！”

“我的瓦夏死了，”农妇低声说道，伤心的眼泪又沿着她那深陷的脸颊唰唰滚落，“就是说，我也活到尽头了：我的脑袋就像被活活地砍掉了一样。可这菜汤不能糟蹋呀：里面可是放了盐的啊。”

女主人只好耸一耸肩膀——随后就离开了。对她来说，盐是唾手可得的便宜东西。

1878年5月

蔚蓝的王国

啊，蔚蓝的王国！啊，蔚蓝、光明、青春和幸福的王国！我见到你了……在梦里。

我们几个人坐着装饰华丽、精美好看的一叶轻舟。猎猎招展的三角桅旗下面，鼓满了风的白帆，好似天鹅的胸脯。

我不知道，自己的同伴是些什么人；但我身上的每一个器官都感觉到，就像我一样，他们也是如此的年轻、快乐和幸福！

不错，我并不怎么注意他们。我放眼四望，只见一片无边无际的蓝色大海，海面上铺展着金色的鳞片似的万顷细浪，而头顶也是同样碧蓝一片无边无际的天空——就在那里，滚动着一轮和蔼可亲的太阳，它欢天喜地，笑容可掬。

我们中间不时飞出清朗欢乐的笑声，这简直就是众神的欢笑！

有时，突然有人说几句连珠妙语，有人吟几行妙不可言、灵思动人的诗……似乎，天空也以阵阵天籁与之应答——就连周围的大海，也深有同感地发出颤鸣……接着，又是令人心醉神迷的宁静。

我们的轻舟，随着温柔的波浪轻轻起伏，飞驰向前。并没有风推送它；是我们自己那朝气蓬勃的心驱使它向前。我们想去哪里，它就可心如意地飞驰向哪里，就像一个心有灵犀的活东西。

有时，我们会遇到一些岛屿，这是一些半透明的仙岛，岛上到处是红色、蓝色、绿色的各种珍贵宝石，五光十色，灿烂耀眼。从圆形的海岸边飘来令人心旷神怡的芳香；其中的一些岛屿上，白玫瑰和铃兰落英缤纷，阵阵花雨飘洒到我们身上；另一些岛屿上，一群群七彩夺目的长翼海鸟蓦地腾空飞起。

这些海鸟在我们的头顶盘旋飞舞，铃兰和玫瑰的落英与珍珠般的泡沫融为一体，从我们光滑的船舷外漂流而去。

伴随着花雨和群鸟，飘来一阵阵甜蜜的声音……其中似乎还有女性的声音……于是，四周的一切：蔚蓝的天空，碧绿的大海，头顶哗哗飘动的白帆，船尾潺潺流淌的碧水——这一切都在诉说着爱，诉说着怡然自得、幸福无比的爱！

而她，我们每个人都深爱着的那位女子——她就在这里……虽然不见芳踪丽影，但却近在身边。再过一瞬间——瞧吧，她的双眼就会秋波闪闪，她的脸上就会绽开一朵朵微笑……她的手就会拉住你的手——并且把你引进鲜花常开、青春永驻的天堂！

啊，蔚蓝的王国！我见到了你……在梦里。

1878年6月

两个富翁

每当人们在我面前交口称誉大富翁洛希尔德，说他从自己的巨额收入中拨出成千上万的钱来，教育儿童、治疗病人、周济老人——我总是赞不绝口，并且深受感动。

然而，在称赞和感动之余，我不禁想起一个一贫如洗的农民家庭，他们把父母双亡、孤苦伶仃的侄女儿，收养到自己那瓮牖绳枢的小屋里。

“要是我们收下卡吉卡，”老太婆说，“那咱们最后几个铜板都得为她花光——就会连盐都没钱买了，汤里也没法放盐了……”

“可我们就得收下她……没盐就没盐呗。”那个农夫——她的丈夫——回答道。

比起这个农夫来，洛希尔德还差十万八千里呢！

1878年7月

老　人

昏天黑地、沉重难熬的日子来临了……

自身的病痛，亲人的疾病，暮年的凄凉与悲苦……你曾经热爱过的一切，你曾无私地为之献身的一切——正在风流云散，灰飞烟灭。眼前，是一条下坡路。

究竟怎么办呢？哭泣？忧愁？你这样做，无论于人于己都毫无助益。

那渐趋枯萎的虬曲树干上，枝头的树叶越来越小，也越来越稀——但绿意一如从前。

你也紧缩起来，躲进自己的内心，沉湎到自己的回忆里吧——在那里，在灵魂幽深的隐秘之处，在凝神沉思的心灵的最底层，你那往日的生活，只有你一个人才能接近的生活，仍将在你的面前散发自己的芬芳，展现清新的绿意和春天的明媚与力量！

不过，你可得当心……千万别朝前看啊，可怜的老人！

1878年7月

记 者

两个朋友围桌对坐，一起喝茶。

街上突然沸反盈天。有人在呻吟，有人在咒骂，有人在哄笑。

“他们在打人呢。”一个朋友朝窗外望了一眼说。

“打的是一般犯人，还是杀人凶手？”另一个问道，“请听我说，无论他是什么人，决不容许未经法庭审判就任意责罚。走吧，咱们去为他讨个公道。”

“不过，他们打的不是杀人凶手。”

“不是杀人凶手？那么是个小偷了？反正一样，咱们去把他从人群里救出来。”

“也不是小偷。”

“不是小偷？那么是个售票员？铁路工人？军需官？俄罗斯学术和文艺的保护者？律师？与人为善的编辑？乐善好施的慈善家？……无论如何，咱们得去帮他一把。”

“不……这个挨打的是个记者。”

“记者？唔，那么你听我说：咱们先喝完这杯茶再说。”

1878年7月

两兄弟

那是一个幻影……

两个天使……两个精灵飞临我身边。

我之所以说他们是天使……精灵——是因为两人都赤身裸体，一丝不挂，并且肩膀后面都长着一对劲鼓鼓的长长的翅膀。

两个都是青年。一个——稍显丰满，光滑的皮肤，乌油的卷发。浓密的睫毛下一双褐色的眼睛，满蕴着深情；目光温情脉脉，快快乐乐，充满渴望。面孔如出水芙蓉，清丽可爱，只是稍稍有点儿粗豪，微微带点儿凶悍。鲜红而丰满的嘴唇，轻轻地颤动着。青年微笑着，就像一位大权在握的人那样——自信又慵懒；一顶华丽的花冠，轻轻罩在他那油亮的头发上，几乎遮住天鹅绒般的双眉。丰满的肩膀上，挂着一张用金箭别住的色彩斑斓的豹皮，轻轻地一直垂到弯成弓形的大腿上。翅膀上的羽毛是醒目的玫瑰红；翅尖则是一片鲜红，仿佛浸染过殷红的鲜血。这对翅膀不时快速扇动，发出银铃一般清脆悦耳的玲玲声，春雨一般柔美动听的沙沙声。

另一个身材瘦削，肤色偏黄。每次呼吸时，肋骨隐约可见。淡黄色的头发，稀疏而粗直；一双圆溜溜的浅灰色大眼睛……目光惊惶不安，而且出奇地明亮。整个脸型是尖的；微微张开的小嘴里露出鱼一般尖细的牙齿；短短的鹰钩鼻子；前翘的下巴，上面蒙着一层白茸茸的细毛。两片干瘪的嘴唇，从来不曾挂上过一丝微笑。

那是一张端端正正然而冷酷无情令人望而生畏的脸！（其实，那第一个眉目如画的青年——他的脸虽然温柔可爱，但同样没有怜悯之情。）第二个人的头上插着几根空瘪的断麦穗，用一根干枯的草茎编在一起。背后的一双灰蓝翅膀淡然无光，缓缓地威严地扇动着。

两位青年就像是形影不离的双飞蛱蝶。

他们彼此肩膀紧靠着肩膀。第一位软温的手像一串葡萄似的，搭在第二位瘦巴巴的锁骨上；第二位瘦小的手臂连同细长的五指，像蛇一样贴在第一位那女人一般的胸口上。

这时，我听到一个声音……这声音这样说：

“站在你面前的，是爱情和饥饿——这是一对亲兄弟，它们是一切生命的两大根基。

“所有的生物——都在四出活动，为的是觅食；而觅食，又是为了繁殖。

“爱情和饥饿——它们的目标毫无二致：必须使生命绵绵延续下去，无论是自己的生命，还是他人的生命——毕竟都属于那个宇宙的总生命。”

1878年8月

利己主义者

他身上具有一切必需的条件，使他成为家庭的灾星。

他生来身强体壮；生来钱多财广——而且，在自己那漫长的一生中，他自始至终身强体壮，钱多财广，不曾有过一次过失，不曾犯过一次错误，不曾说错一句话，也不曾有过一次失算。

他诚实正直，尽善尽美……并且以意识到自己的诚实正直而得意洋洋，借此压制所有的人：亲人，朋友，熟人。

诚实正直成了他的资本……于是他借此掠取高额利息。

诚实正直使他有权利做一个冷酷无情的人，不去做法律上没规定的任何一件好事；于是，他也就真的变成冷酷无情的人——不做一件好事……因为法律规定的好事——那也便不是什么好事。

他从来不关心任何人，除了他自己——真该奉为楷模啊！假如别人也同样对他这位人中狮子漠不关心，那他就会理直气壮地勃然大怒！

与此同时，他并不认为自己是个利己主义者——而且，他对利己主义者和利己主义，谴责得比谁都严厉，抨击得比谁都猛烈！还用得着说吗！别人的利己主义损害了他自己的利己主义。

他在自己身上看不到一丁点最微小的弱点，因此就无法理解也决不容忍任何人的弱点。总之，他对任何人和任何事都一无所知，因为他方方面面，上上下下，前前后后，整个儿都被自己纤悉无遗地包裹起来了。

他甚至从不知道：宽恕意味着什么？他根本不需要宽恕自己……他又凭什么要宽恕别人呢？

面对自己良心的审判，面对自己的上帝——他，这个怪物，这个披着美德外衣的恶魔，举目望天，振振有词、字字清晰地说：“对啊，我是一个当之无愧的道德君子！”

在行将就木之前，他还会重复这句话——即便到那个时候，他那颗顽石一般的心，那颗毫无瑕疵、毫无裂痕的心，也决不会有丝毫颤抖。

啊，自命不凡、刚愎自用、廉价沽来的美德，比起赤裸裸的恶德败行来，你的丑陋不堪恐怕更叫人憎恶！

1878年12月

天神的盛宴

有一天，天神心血来潮，想在他那蓝色的宫殿里，举行一次盛大的宴会。

所有的美德都被列为赴宴的嘉宾。仅仅邀请美德……男士一个不邀，单单只请女宾。

嘉宾云集，门庭若市——大大小小的美德女神聚会在一起。小的美德女神们比起大的美德们更娇媚迷人，更温柔可爱；不过，所有的宾客似乎都显得心满意足，而且彬彬有礼地相互交谈着，就像至亲好友在娓娓叙谈。

然而，就在这时，天神发现了两位如花似玉的女士，看上去她们彼此还素不相识。

主人便拉着其中一位女士的手，把她引到另一位面前。

“行善女神！”他指着第一位女士说。

“感恩女神！”他又指着第二位女士说。

两位美德女神惊讶得说不出话来：自从世界存在以来——而这个世界早就存在了——她们相互会面，还是破天荒头一回呢！

1878年12月

斯芬克斯①

一片灰中透黄、表面松散、底层坚实、吱吱作响的沙漠……举目四望，到处都是茫茫无边的沙漠！

就在这片渺无人迹的沙漠上，就在这片死灰堆积的海洋上，巍然耸立着埃及斯芬克斯的巨大头像。

① 斯芬克斯源自古埃及传说，开罗至今尚存其巨型狮身人面雕像。后传入古希腊。在希腊神话中，斯芬克斯变成女首狮身并长有翅膀的怪物，在生与死搏斗时她就被请出来，传说她抢劫儿童和青年。她曾被天父宙斯之妻天后赫拉派往忒拜城，居住在城外的一个山岩上，向过往的行人出一个谜语："有一物早晨用四条腿，中午用两条腿，晚上用三条腿走路，腿最多的时候，也是它最弱的时候。"猜中者可以安全通过，猜不中者均被杀死。最后，由青年王子俄狄浦斯猜出谜底为"人：孩提时代他手脚并用爬着走，成年以后直立行走，到了晚年拄着拐杖走"，她羞愧得跳下山崖自杀，而俄狄浦斯被忒拜人拥戴为国王。

它们想说些什么呢，这两片噘起的宽阔的厚嘴唇，这两个一动不动地大张着的朝天鼻孔——还有这两只眼睛，这两只在两道弓形的高高眉毛下似睡非睡似醒非醒、半开半闭似看非看的眼睛？

而它们确实想说些什么！它们甚至正念念有词——但只有俄狄浦斯一个人能猜透谜底，领悟它们那无声的话语。

哦！我也认识这副面容……它已经没有一丝埃及的影子了。白皙的低前额，高高凸起的颧骨，又短又直的鼻子，洁白的牙齿，漂亮的嘴巴，柔软的短髭，卷曲的胡须——还有这双相距颇远的小小眼睛……梳着分头的浓密头发……这就是你呀，卡尔普，西多尔，谢苗，雅罗斯拉夫省、梁赞省的庄稼汉，我的同胞，俄罗斯的亲骨肉！你是不是早已变成斯芬克斯了呢？

莫非你也想说些什么？是啊，你也是——斯芬克斯。

你的眼睛——这一双没有色彩然而深邃的眼睛也在说着……它们的话语也是同样无声的，并且像谜语一样神秘隐晦的。

只是你的俄狄浦斯在哪里呢？

唉！全俄罗斯的斯芬克斯啊，要想成为你的俄狄浦斯，光是戴上一顶穆尔莫尔卡帽[1]，那是远远不够的！

1878年12月

① 18世纪以前俄国贵族男子所戴的一种平顶卷檐皮帽。

女　神

我站在一片美丽的群山面前，群山连绵起伏，像一把扇子伸展开去；从山顶到山麓，到处覆盖着绿色的幼树林。

群山上面，是清湛碧蓝的南国天空；太阳当空，金光万道；群山下面，一条条湍急的小溪，在片片绿草丛中时隐时现，淙淙流淌。

我不禁想起了一个古老的传说，说的是公元一世纪，有一艘希腊船在爱琴海上航行。

时间已到中午……风和日丽，波平浪静。蓦然间，在舵手头上的高空中，有人清晰地说道：

“当你驶过海岛的时候，你要大喊一声：‘大神潘[1]死啦！’”

舵手吓得目瞪口呆……魂不附体。然而，当船只从海岛旁驶过时，他终于奉令承教，大叫了一声：

“大神潘死啦！”

于是，他的叫喊立即有了回应，海岛沿岸各处（而该岛荒无人烟）响起了号啕大哭声、呻吟声以及拖得长长的哀号声：

“死了！大神潘死啦！”

我想起了这个传说……同时，一个奇怪的念头袭上心头：“如

① 潘是希腊神话中的山林之神、畜牧之神，长着人的身子，羊的腿和角，后成为酒神的随从。美国学者查尔斯·米尔斯·盖雷在其《英美文学和艺术中的古典神话》一书中有一段话可解释这首散文诗的主题：“潘是山林田野之神，这个名字的意思似乎是‘一切’，所以他被认为是宇宙的象征、自然的化身。……后来，潘被认为是所有希腊天神和异教天神的代表。确实，根据早期基督教的传统说法，当天国的主人向牧羊的人们宣布基督诞生的消息时，整个希腊群岛都可以听到深沉的叹息。因为那喻示着潘死了，奥林匹斯众神也被废黜了，有些天神甚至被流徙到了阴冷黑暗的地带。”（北塔译，世纪出版集团　上海人民出版社，2005 年，第 236—237 页）屠格涅夫这首散文诗似取材于早期基督教的传说，主题也与此相关甚至相同，表现的是重视人的精神的基督教对重视自然的希腊异教的胜利。

果我也大叫一声，那会怎样呢？”

可是，由于我置身在一片盎然生机、融融欢乐之中，我不曾考虑死的问题——于是集中全身力气高喊：

“复活啦！大神潘复活啦！”

于是，立即——真是咄咄怪事！——我的叫喊得到了回应，扇子般展开的青翠欲滴的辽阔群山，轰滚着友好的大笑声，飘腾起快乐的说话声和鼓掌声。“他复活啦！潘复活了！”一片青春的声音在喧腾。前面的一切突然都喜笑颜开，比高空的太阳更灿烂，比草丛中淙淙流淌的小溪更欢快。我听见一阵轻快的脚步声，透过绿色的密林，隐隐闪现出大理石一般白色的波浪形衣裙，鲜活红润的裸露躯体……那是一群女神，一群女神啊，一群森林女神，这些酒神的女祭司正从山顶跑向平原……

她们一下子站满了所有的林间空地。一绺绺卷发盘绕在她们那美丽无比的头上，匀称优美的素手高举着花环和铃鼓——于是，笑声，响亮动听的奥林匹斯的笑声，便随着她们在山林间飞荡，飘舞……

一位女神飞跑在最前边。她比所有女神更高，更美丽——她肩上挂着箭袋，手里拿着弯弓，飘逸的卷发上插着一弯银光灿灿的新月……

狄安娜[1]，这——可是你？

然而，这位女神突然止步不前了……于是，顷刻间，紧跟在她身后的所有女神也都停住了脚步。银铃般的笑声云消雾散了。我看见，猛然间一声不吭的女神脸上，罩上了一层死人般的惨白，她的双手绵软无力地垂了下来，她的双脚像石头那样僵硬，不可言状的恐惧使她嘴巴大张，眼睛圆睁，紧瞪着远方……她看见了什么？她紧瞪着哪里？

我转身朝着她紧瞪着的那个方向……

在远远的天边，在地平线上，一个金色的十字架像小小火球闪闪发光，它高高地挂在一座基督教教堂的白色钟楼上……女神看见的正是这个十字架。

我听见身后传来一声飘忽不定的长长叹息，好似琴弦绷断时发出的颤音——而当我再度转过身来，女神们早已无影无踪了……辽阔的树林依旧翠意盈盈——只是有好几个地方，透过茂密的枝叶，隐隐可见几片白色的云片在袅袅消散。那到底是女神的衣裙，还是

① 狄安娜是罗马神话中的月亮和狩猎女神，在希腊神话中叫阿尔忒弥斯，是太阳神阿波罗的孪生姐姐，她终生未嫁，也是纯洁的处女之神。

从谷底升上来的雾气——我不得而知。

然而，女神们昙花一现便销声匿迹，使我万般惆怅，惋惜不已！

1878年12月

仇敌和朋友

一个被判终生监禁的犯人越狱逃出，拼命地向前狂奔……追捕者们跟随其踪迹，紧追不放。

他竭尽全力，向前飞跑……追捕者们渐渐被甩在后面。

然而，就在这时，一条河流横挡在他的面前，一条两岸壁陡的河流，一条狭窄——但深不见底的河流……而他却不会游泳！

一块朽烂的薄木板，接通了两岸。逃亡者已经抬起一只脚就要踏上去……可是正在这个时候，发生了这样一件事情：河岸边站着他的刎颈之交和生死仇敌。

仇敌缄口不语，只是交叉着双手冷眼观望；而朋友却在放开喉咙高喊：

“得了吧！你在干什么呀？头脑清醒点，疯子！难道你没有看见，木板已经完全腐烂了吗？你这么重的人一压上去，它马上就断了——那你可真是自取灭亡了！”

“可是，再没有别的渡口呀……而你没听见他们已经追上来了吗？”不幸的逃犯绝望地说，说着便踏上了木板。

“我决不允许！……不，我决不允许你白白送命！”满腔热忱的朋友高声叫道，接着便把木板从逃亡者脚下抽走了。那个逃亡者立即扑通一声掉进了白浪滚滚的急流——沉入水底去了。

仇敌踌躇满志地哈哈一笑——便悄然离去；而朋友却坐在河岸上——开始涕泪交集地痛哭他那位可怜的……可怜的朋友！

可是，他没有意识到朋友的死自己是有责任的……压根儿就没有意识到。

“他没听我的话！没听话呀！”他泣不成声地说。

“不过，话又说回来！”他最后说，“要知道他本该一辈子呆在可怕的监狱里饱受折磨的！可现在他至少不再受苦受难了！现在他倒是轻轻松松了！看来，这一切都是命运的安排啊！

“不过，从人道的角度来看，这毕竟还是惨不忍睹的一幕啊！”

于是，这个善良的人继续无从安慰地为自己倒霉的朋友痛哭流涕。

1878年12月

基督

我梦见自己变成了一个少年，几乎就是一个孩子，置身于乡村一座低矮的教堂里。古老的圣像前，燃着一支支细蜡烛，红色的微光在点点闪烁。

每一朵小小的火焰，都围着一圈彩虹般的光环。教堂里幽静，黑暗……可是，我的前面却站着很多的人。

清一色淡褐的庄稼汉脑袋。它们不时轻轻摇动，缓缓低下去，又慢慢抬起来，就像一片成熟的麦穗，在轻拂的夏风中，荡起起起伏伏的波浪。

忽然，有一个人从后面走到我身边，跟我并排站着。

我并没有转过头去看他——但我立刻感觉到，这个人——就是基督。

我顿时心潮澎湃，好奇心切，但又心慌意乱。我极力保持镇静……然后，看了看自己身边的那个人。

这张脸，跟所有人的脸一样——是一张与所有人的脸毫无二致的脸庞。两只眼睛稍稍朝上望着，专心致志，神态安详。一双嘴唇闭着，但闭得不是太紧：上唇似乎是在下唇上休憩。颏下一小撮胡子分成两撇。两手交叉放在一起，一动也不动。就连身上的衣服，也和所有的人一模一样。

“这究竟是什么样的基督啊！”我不禁暗暗思量，“一个如此平淡无奇的人！这绝不可能！”

我扭头望向别处。然而，我还没来得及把目光从这个平常的人身上挪开，就又立刻觉得与我并排而立的正是基督。

我又极力控制住自己的情绪……于是，我又看见了那张跟所有人毫无二致的脸，看见了那尽管还不熟悉但平凡的相貌。

突然，我感到胸口闷得慌——于是，就醒过来了。直到这个时候，我才明白，正是这样的一张脸——与所有的人一模一样的脸，才是基督的脸啊。

1878年12月

岩 石

你们可曾见过海边那块古老的灰色岩石，在涨潮的时候，在阳光明媚、喜气洋洋的日子里，生龙活虎的浪涛从四面八方向它扑来——拍打它，戏弄它，爱抚它——并且，把珍珠般亮闪闪的水沫，倾泻到它那长满青苔的头上？

岩石依然还是那块岩石——可是，它那暗淡的表面却显出了一些明亮的色彩。

这些色彩表明，在地老天荒的时候，这块熔化的花岗岩刚刚开始凝固，它通体的颜色就像熊熊燃烧的一片红色火焰。

我这颗衰老的心也正是这样，不久以前，妙龄女郎的心从四面八方向它汹涌而来——于是，在它们那柔情的抚摸下，我心灵中那早已黯淡无光的颜色重又焕发光彩，再现当年的红艳！

海潮消退了……然而，色彩却依旧红艳——尽管寒凛的海风使劲吹刮、剥蚀着它们。

1879年5月

鸽　子

我站在一个坡势平缓的山丘顶上；在我面前——铺展着一大片成熟的黑麦田，就像五色缤纷的海洋，时而是一片金灿灿，时而是一片银晃晃。

然而，这片海洋上却没有泛起一丝涟漪；沉闷的空气凝滞不动：一场大雷雨已近在咫尺。

在我附近依旧是一片阳光——火热，让人发昏；然而，在黑麦田那边不太远的地方，蓝色的浓云仿若一个笨重的庞然大物，遮住了整整半个天空。

万物都纷纷匿影藏形……在阴郁不祥的残阳的照耀下，万物都变得疲惫不堪。听不见一只鸟儿的啼叫，也看不见一只鸟儿的踪影；就连麻雀也销声匿迹了。只在附近的某个地方，孤零零的一大片牛蒡叶在顽强地细语，啪啪作响。

田埂上艾蒿的气味是多么浓烈！我望着那一大堆蓝色的浓云……心里感到忐忑不安。“那就快点儿来吧，快点儿吧！”我心想，“闪烁吧，金蛇啊，轰鸣吧，雷霆啊！飘移吧，翻滚吧，化作滂沱大雨吧，凶恶的乌云，结束这让人痛苦不堪的折磨吧！”

可是，乌云纹丝不动。它依旧压迫着无言的大地……而且，似乎在一个劲地膨胀，变得更黑。

然而，就在乌云清一色的暗蓝色背景上，有个什么东西平稳、从容地闪现；像一块白手帕或一个小雪球。这是从村子那边飞来的一只白鸽。

它飞呀，飞呀——一直笔直地飞，笔直地飞……随后在树林后面消失了。

过了不多一会——仍旧是一片可怕的寂静……可是，看啊！竟然有两块白手帕在闪闪发光，两个小雪球在往回疾飞：那是两只白鸽，在平稳地飞回家去。

现在，暴风雨终于猛扑过来了——铺天盖地，热闹非凡啊！

我总算勉强赶回到家里。狂风怒号，像个疯子似的到处乱窜；一团团火红色的浓云，好像被撕成了丝丝缕缕的碎片，低压着大地在飞驰；一切都在旋转，混成昏黑的一片；瓢泼大雨噼里啪啦地抽打下来了，像垂直的水柱一样摇晃着猛砸到地面上；一道道闪电迸亮得发绿；断断续续的雷声，仿如大炮的轰鸣；空气里弥漫着硫磺的气味……

然而，在屋檐底下，在天窗的边缘上，两只白鸽在紧紧依偎着——一只曾飞出去寻找同伴，另一只则被它领回家，或许，是被它救回家。

两只鸽子都竖起羽毛——它们彼此都感觉到自己的翅膀依偎着对方的翅膀……

它们是多么幸福美满！望着它们，我也感到幸福美满……虽然我一个人……像往常一样形单影只。

1879年5月

明天！明天！

逝去的每一个日子，几乎都是那么空洞，乏味，微不足道！它在自己身后留下的痕迹真是少得可怜！一小时又一小时，时光飞逝，可它竟是如此一无可取，如此愚不可及！

然而，人仍然希望生存下去；他珍爱生命，他寄希望于生命，寄希望于自身，寄希望于未来……啊，他有不计其数的幸福期待于未来！

可是，他究竟凭什么认为，其他的日子，那些未来的日子会与刚刚逝去的这一天截然不同呢？

其实，他并未这样认为。他根本不爱思考——这样反倒做得对极了。

“等到明天吧，明天！”他就这样自我安慰着，一直到这个“明天”把他送进坟墓。

唔，一旦进了坟墓——你就不得不停止思考了。

1879年5月

大自然

我梦见，我走进一座地下神殿，它气势雄伟，有着许多高大的拱顶。整座神殿里浮漫着那种地下的、匀和的光线。

神殿的正中坐着一位端庄威严的女人，身穿一件绿色的波纹布衣裳。她俯首垂靠在一只上托的手上，似乎正沉浸在深思之中。

我立刻明白了，这个女人——就是大自然本身——一种虔敬的恐惧像一股寒气骤然袭过我的心灵。

我走到这位端坐着的女人面前——并且，毕恭毕敬地鞠躬行礼：

“啊，我们万物的母亲！”我高声说道，“你在沉思什么呢？你可是在思考人类未来的命运？你是不是在思考，人类怎样才能实现尽善尽美和至高幸福？”

女人慢慢地转过那双乌黑凛寒的眼睛望着我。她的一双嘴唇微微动了一下——于是，便响起了铁器相撞一般的铿锵声音。

“我正在思考的是，怎样增强跳蚤腿部肌肉的力量，好让它更容易逃脱敌人的攻击。进攻和反击的均衡已经被破坏了……应该恢复过来。”

“怎么？”我轻声嘀咕着，“你想的竟是这个问题？难道我们人类不是你喜爱的孩子吗？”

女人微微皱了一下眉头。

“一切造物都是我的孩子，”她说，“因此，我一视同仁地爱护他们，也一视同仁地毁灭他们。”

“然而善良……理性……正义呢……”我又轻声嘀咕道。

“这是人类的话语，”铿锵的声音轰响着，“我既不知道什么是善，也不知道什么是恶……在我看来，理性也并非法则——而且，正义又是什么东西呢？我给了你生命——我又夺回它，交给别的生物，交给蛆虫，还是交给人……对我来说完全一个样……你现在还是先保护自己吧——不要再打扰我！”

我本想反驳几句……然而，周围的大地却发出一声沉闷的呻吟，并且抖动了一下——于是，我就醒来了。

1879年8月

“绞死他！”

“这件事发生在1805年，”我的一位老熟人开始说，“在奥斯特里茨战役[1]前不久。我们团驻扎在摩拉维亚[2]，当时我是团里的一名军官。

“那时，严禁我们骚扰和欺压居民；即使这样，他们还是对我们疑神疑鬼，虽然我们也算是盟军。

“我有一个勤务兵，过去是我母亲的农奴，名叫叶戈尔。他

① 奥斯特里茨，今捷克斯拉夫科夫市，1805 年 12 月 2 日，拿破仑率 7.3 万法军在此击败 8.6 万俄奥联军，创造了以少胜多的成功战例，使第三次反法联盟宣告瓦解。

② 摩拉维亚是捷克东部的一个地区，屠格涅夫写作这篇文章时，该地区归奥地利管辖。

是一个忠厚老实、温和柔顺的人，我从小就了解他，对他像朋友一样。

“可是，有一天，我住的那家屋子里吵骂声和哭号声闹翻了天：女房东丢了两只鸡，而她一口咬定这是我的勤务兵偷的。他竭力辩白，还把我请去作证……‘他怎么会偷东西呢，他，叶戈尔·阿夫达莫诺夫！’我请女房东相信叶戈尔的忠诚老实，但她什么话都听不进去。

“突然街上传来了匀整的马蹄声：总司令本人带着司令部的人员一起过来了。

“他骑着马一步步慢慢走着，他身宽体胖，脸上皮肉松弛，低垂着脑袋，两块带穗的肩章直落到胸前。

“女房东一见到他——就立刻冲上前去拦住他，扑通一声跪在他的马前——她披头散发，衣履不整，连头巾都没戴，开始大声控诉我的勤务兵，还用手指着他。

“‘将军先生’！她大喊道，‘大人啊！请您明断！请您帮帮我！请您救救我！这个大兵抢了我的东西！’

“叶戈尔站在屋门口，身体挺直双手下垂，一只手拿着帽子，甚至挺起胸膛，双脚立正，俨然一个哨兵——可就是一言不发！也许是站在街道当中的这群将官们让他不知所措，也许是这飞来横祸使他呆若木鸡——我的叶戈尔只是站着，一个劲儿眨巴眼睛——而他那张脸就像粘土那样煞白的。

“总司令漫不经心地瞥了他一眼，哼了一声：

“‘嗯？……’

“叶戈尔像个木偶一动不动地站着，还龇着牙齿！从侧面一看：这家伙好像在笑呢。

“这时总司令丢下一句话：

“‘绞死他！’然后，双腿往马的两侧一夹，继续前进——开始依旧一步一步慢慢走着，后来便快步奔跑起来。司令部的全体人员都跟着他飞马而去；只有一位副官在马鞍上转过头来，朝叶戈尔望了一眼。

“不服从命令是不行的……叶戈尔立即被抓了起来，送去绞死。

“这时，他已完全麻木不仁了——只是吃力地叫了两声：

“‘老天爷啊！老天爷！’接着又轻声说道，‘老天有眼——不是我呀！’

“他伤心欲绝地哭着跟我诀别。我感到绝望至极。

“‘叶戈尔！叶戈尔！’我大叫着，‘你为什么就一句话也不对将军说呢！’

“‘老天有眼，不是我呀！’这个不幸的人抽泣着又说了一遍。

“女房东本人也吓蒙了。她怎么也没想到会有如此可怕的处置，也情不自禁地放声大哭起来。她开始哀求所有的人，请他们每个人都宽恕她，一口咬定她的两只鸡已经找到，还说她自己愿意把一切都说清楚……

“当然，这一切都已完全于事无补。先生，那是军规啊！铁的纪律啊！女房东的号啕大哭声越来越响了。

“叶戈尔已经向神父作了忏悔，并且领了圣餐，他对我说：

“‘老爷，请您告诉她，叫她别太伤心了……我早已原谅她了。’”

我的老熟人把他仆人最后的这几句话重复了一遍，接着又轻轻说道：“叶戈鲁什卡，好兄弟，您真是一个大好人啊！”——泪水沿着他那苍老的面颊流下。

1879年8月

我会想些什么呢？……

当我即将钟鸣漏尽的时候，我会想些什么呢？——如果我那时还能够思考的话。

我是否会想，我没有好好利用自己的一生，昏昏沉沉、浑浑噩噩地虚度了光阴，不懂得享受生命的赠予？

“怎么？马上就要与世长辞了？这么快？不可能！可是我还什么都没来得及做呀……我只是刚刚准备动手啊！”

我是否会回忆过去，让我所度过的为数不多的几个辉煌瞬间一一浮现在脑海里，让那些亲爱的形象和面容历历如在眼前？

我做过的那些蠢事是否会出现在我的记忆里——那姗姗来迟的悔恨是否会使我忧愁，气恼？

我是否会想，死后等着我的是什么……而且那里是否真有什么东西在等着我？

不……我觉得，我会尽力不去思考——并且强迫自己信口开河，胡言乱语，为的只是让自己的视线避开前面那片令人毛骨悚然、越来越浓的黑暗。

曾经有一个临死的人当着我的面，一直抱怨别人不给他吃炒过的核桃……只是在那里，只是在他那渐渐暗淡无光的眼睛深处，有个什么东西在扑腾，在抖动，好像一只受了致命重伤的鸟儿在扑腾、抖动折断的翅膀。

1879年8月

“玫瑰花，多么美丽，多么鲜艳……”

很久很久以前，在某个地方，某个时候，我读过一首诗。它很快就被我遗忘了……但是第一行诗却至今依然留在我的记忆里：

玫瑰花，多么美丽，多么鲜艳……[①]

现在是冬天；严寒给窗玻璃蒙上一层毛茸茸的薄薄霜花；黑昏的房间里点着一支蜡烛。我躲在房间的一个角落里坐着；可脑子里却一个劲地回响着：

玫瑰花，多么美丽，多么鲜艳……

① 这是俄国诗人伊凡·彼得罗维奇·米亚特列夫（1796—1844）的诗《玫瑰》（1835）的首句。

于是，我发现自己站在城郊一座俄罗斯房子低矮的窗户前。夏日的黄昏正在静静消溶，融入漫漫黑夜，暖和的空气里弥漫着木犀草和椴树花的芳香；而在窗台上坐着一位少女，她伸直一只手臂托住脸颊，头儿斜靠在一个肩膀上——她安静地直望着天空，似乎是在等待第一批星星的出现。她那沉思的眼睛是多么纯真无邪，多么热情洋溢，那张开的、似在询问的嘴唇是多么动人，多么天真；那发育还不充分、尚未经受过任何激动的胸脯，呼吸得多么均匀平稳；那青春妙龄的面容，是多么纯洁，多么温柔！我不敢跟她说话——可是，她使我感到多么可亲可爱，我的心跳得多么剧烈！

玫瑰花，多么美丽，多么鲜艳……

然而，房间里黑暗越来越浓，越来越浓……结了烛花的蜡烛发出噼啪的响声，跳荡的影子在低矮的天花板上摇来晃去，风雪在屋外狂呼怒吼，轧轧作响——就像老年人乏味的絮语声……

玫瑰花，多么美丽，多么鲜艳……

我的眼前又浮现出另外一些景象……我听见了乡村家庭生活欢乐的喧哗。两个长着淡褐色头发的小脑袋紧紧挨在一起，两双亮汪汪的眼睛机敏地望着我，两张红嘟嘟的脸颊因为强忍住笑而微微颤动，两双手亲热地互相勾在一起，两个稚嫩、友好的声音争先恐后，互相打断对方的话；而在稍远的地方，在那间舒适的房间深处，也有一双年轻的手，十指交错，在快速敲击一架老式钢琴的琴键——而兰纳[1]的圆舞曲都不能压住祖传茶炊的咕嘟咕嘟……

玫瑰花，多么美丽，多么鲜艳……

蜡烛渐渐暗淡，正在熄灭……是谁在那边咳嗽，咳得如此嘶哑、低沉？我的老狗，我惟一的伴侣，身子蜷缩成一团，紧靠在我脚边，瑟瑟发抖……我感到寒冷的……我快冻僵了……而他们都死了……死了……

玫瑰花，多么美丽，多么鲜艳……

1879年9月

---

① 约瑟夫·弗朗兹·卡尔·兰纳（1801—1843），奥地利作曲家、指挥家、小提琴家，一生创作有200多首圆舞曲、波尔卡，他的圆舞曲在约翰·施特劳斯（1825—1899）的圆舞曲出现以前，已享有很高的声誉，被称为维也纳圆舞曲的创始人。

海上之行

我乘坐一艘小轮船从汉堡到伦敦去。乘客就我们两个：我和一只小猴子，一只绢毛猴类的小母猴，这是一位汉堡商人赠送给他英国股东的一件礼物。

猴子被一条细细的锁链拴在甲板上的一条长凳上，烦躁不安地窜来跳去，像鸟儿似的吱吱哀叫。

每次，当我从它身旁经过，它都会向我伸出自己那只又黑又凉的小手——并且用它那双愁戚戚的、几乎像人一样的小小眼睛望着我。我拉住它的手——于是，它便不再吱吱哀叫，也不再窜来跳去了。

海上风平浪静。海面就像一块向四面铺开的铅灰色桌布，纹丝不动。大海看起来似乎并不辽阔；浓雾茫茫，笼罩着海面，遮蔽了桅杆顶端，蒙眬粘住了目光，使人感到神疲目眩。在这一片软溶溶的蒙眬里，太阳仿若一个红色的晕圈悬挂在空中；而快到傍晚时分，那片蒙眬却燃成红彤彤的一片，熠熠闪耀着神秘莫测、奇妙无比的红光。

直而长的波纹，好似厚重的丝绸上的皱褶，一个紧接一个，从船头滚滚奔流而来，不断扩大变宽、卷缩起皱，再扩大变宽，最后平铺开来，轻轻摇晃几下，便失去了踪影。螺旋桨发出单调的哗哗声，翻卷起一团团泡沫四溅的浪花；浪花像牛奶一样白亮亮的，轻轻发出咝咝的响声，碎散成一道道蛇一般的水流——随后又在那边汇合起来，也无影无踪了，被茫茫浓雾吞噬了。

船尾的一只小钟连续不断、如怨如诉地叮叮当当着，同猴子的哀叫声一样凄凉。

有时，一只海豹浮上海面——尔后又猛一翻身，消失在涟漪频荡的海平面下。

而船长，一个沉默寡言的人，脸上晒得黑黝黝的，一副郁郁寡欢的样子，叼着一管短烟斗，气狠狠地朝一平如镜的海面吐着唾沫。

我每次问他，他总是以支支吾吾的嘟囔加以回答；我无可奈何，只好去找我那惟一的旅伴——猴子。

我在它身边坐了下来；它不再吱吱哀叫——而且，再次向我伸出一只手。

呆滞的浓雾湿蒙蒙地围裹住我们俩，使人昏昏欲睡；我们都沉浸在同样无意识的默想中，像亲人一样并排坐着，互依互靠。

现在，我哑然失笑……可是当时我却是别有一番滋味在心头。

我们都是同一个母亲的孩子——而且，令我感到极其欣慰的是，这只可怜的小动物竟然如此信任我，安安静静的，并且偎靠着我，就像偎靠着亲人一样。

1879年11月

H. H.[①]

你端庄雅静地走在人生的道路上，从不曾珠泪盈盈，也不曾笑生双靥，只有他人冷冰冰的眼光才能激发你的一丝生气。

你善良而聪明……你置身于一切事外——你也不需要任何人。

你仪态万方——而且，没有人会问：你是否珍惜自己的美丽？你自己冷若冰霜——你也不需要别人的关心。

你目光深沉——但并非在深思；在这亮晶晶的目光深处，只有一片空虚。

① 意即某某人。

因此，在极乐世界里，在格鲁克[①]庄严乐曲的旋律伴奏中——一群端庄的幽灵既无忧伤也无欢欣地缓缓飘过。

1879年11月

① 克里斯托夫·维利巴尔德·冯·格鲁克（1714—1787），德国作曲家，欧洲18世纪歌剧的改革者之一，主要作品有歌剧《俄耳甫斯与欧律狄刻》《帕里斯与海伦》《伊菲革尼亚在阿弗利德》等。此处指其歌剧《俄耳甫斯与欧律狄刻》第二幕，故事在阴间极乐世界展开。

停　住!

停住！让我现在看到的你这种动人仪态，永远存留在我的记忆里吧！

最后一个灵气四溢的音符脱口飞出——双眼既不放射光芒，也不闪耀异彩——它们黯然失色，因为沉醉于幸福之中，沉醉于你成功地表达出来的那种美之中，你似乎伸出你那双庄重而疲乏的手去追寻过的那种美！

是什么样的一种光辉，比阳光更柔和、更明媚，洒遍了你的四肢，洒进了你衣裙的每一个最细小的褶皱里？

是什么样的一位天神，爱抚似的吹拂，使你那披散的卷发向脑后飘逸？

这就是它——一个公开的秘密，诗歌、生活、爱情的秘密！这就是它，这就是它，这就是永恒！再没有别的永恒——也不需要别的永恒。在这一瞬间，你就是永恒。

这一瞬间终将消逝——于是，你又将成为一撮尘土，一个女人，一个孩子……但这丝毫无损于你！在这一瞬间——你变成崇高本身，你超越于一切昙花一现的速朽事物之上。你的这一瞬间天长地久，永不终结。

停住！而且请让我也加入你的永恒，让你那永恒之光深入我的灵魂！

1879年11月

修士

我认识一位修士，他是一位隐士，一位圣徒。他生活的惟一乐趣就是祈祷——而且，由于他全身心地沉浸在这种乐趣之中，长时间长时间地站在教堂冰冷的地板上，以致膝盖以下的小腿都浮肿着，两条腿麻木得就像两根木桩。他虽然已感觉不到自己的两条腿，但依然站着——而且照旧祈祷。

我理解他——也许，我还羡慕他——不过，但愿他也能够理解我，不要责怪我——我实在无法分享他这份快乐。

他已经达到了如此高远的境界，他消灭了自己，消灭了自己那个可恶的我；可是要知道，我不去祈祷，却并不是由于自爱自负。

我的我对于我来说，也许比他的我对于他，更是一个重负，也更令人厌恶。

他找到了忘却自我的诀窍……须知我也在寻找，虽然并不那么持之以恒。

他不撒谎……可是，要知道，我也决不说假话。

1878年11月

我们还要奋战！

有时，一件多么微不足道的小事竟会使人整个儿改弦易辙！

有一次，我心事重重地走在一条大路上。

一连串不祥的预感使我心里憋闷得慌；我不禁忧心忡忡。

我抬起头……在我前方，在两排高高的白杨树中间，大路像箭一般直射远方。

在离我十步远的地方，整整一大窝麻雀正蹦跳着，一只紧跟一只横越它，横越这条大路，它们全身沐浴着亮亮的夏日阳光，活泼麻利、欢天喜地、充满自信地跳跃向前！

特别是其中的一只，就这样一直侧着身子，一个劲地向前猛跳，小胸脯挺得高高的，放肆地叽叽喳喳叫着，一派天不怕地不怕的神气！一个十足的征服者！

而与此同时，天空中一只鹞鹰正在高高盘旋，也许，正是这个征服者命定要成为它的一顿美餐。

我瞧着瞧着，不禁大笑起来，顿时感到精神焕发——于是，一切忧思愁绪立刻云消雾散：我重新获得了勇气、胆量和对生活的渴望。

但愿我的鹞鹰也盘旋在我的头顶上……

“我们还要奋战，你就见鬼去吧！”

1879年11月

祈 祷

一个人无论祈祷什么——他祈求的总是奇迹。任何一种祈祷都可以概括为这样一句话："伟大的上帝啊，请您保佑二乘二——别再等于四吧！"

只有这样的祈祷，才是真正的祈祷——一个人向另一个人的祈祷。向宇宙的灵魂，向最高的存在，向康德、黑格尔那种纯粹的、抽象的上帝祈祷——这既不可能，也不可思议。

然而，即便存在一个个性鲜明、生气勃勃的有形上帝，他能做到使二乘二不等于四吗？

任何一个信徒都必须义不容辞地回答：能——而且必须义不容辞地使自己对此坚信不疑。

可是，如果他的理智起来反对这种无稽之谈呢？

这时，莎士比亚就会前来帮他解围："朋友霍拉旭啊，大千世界，无奇不有啊……"[①]等等。

但是假如有人以真理的名义奋起反驳他呢——那他只需重复一遍那个著名的问题："什么是真理？"[②]

因此，还是让我们开怀畅饮，尽情作乐——并且虔诚祈祷吧。

1881年6月

---

① 这句话出自莎士比亚四大悲剧之首《哈姆雷特》第一幕第五场。朱生豪的译文为："霍拉旭，天地之间有许多事情，是你们的哲学里所没有梦想到的呢。"

② 据《圣经·新约》中的《约翰福音》记载，当耶稣被捕时，罗马总督比拉多审问他时，耶稣说："我是为真理作证而诞生，来到世上的。凡拥护真理的人都听从我的话。"比拉多对他说："什么是真理？"（详见《牧灵圣经·新约》第254页）

俄罗斯语言

在疑虑重重的日子里，在对祖国的命运牵肠挂肚、焦虑不安的日子里——你是我惟一的支柱和依靠，啊，伟大、雄健、真实、自由的俄罗斯语言！如果没有你——目睹故乡发生的一切事情，怎能不回肠九转、心如死灰呢？然而，如果说有幸使用这种语言的不是一个伟大的民族，那真是难以置信！

1882年6月

偶　遇

（梦）

我梦见：我走在一片光秃秃的辽阔草原上，遍地布满了棱角突兀的巨石，头顶是黑压压的低沉天空。

一条小路，蛇行穿过巨石之间……我沿着小路往前走，不知道自己去向何方，为何而来……

突然，在我前面细窄的小路上，出现了一个什么东西，仿佛是一片薄薄的云彩……我定睛细看：那片薄云竟变成了一个女子，身材匀称，亭亭玉立，穿着一身雪白的连衣裙，腰间束着一根亮亮的细带子。她脚步灵巧，行走快捷，急匆匆离我而去。

我没有看见她的面容，甚至连她的头发都没有看见：一块波浪形花纹的薄纱头巾遮住了它们；但我整个灵魂已紧随她飞飘而去。

我觉得她如花似玉、冰清玉洁、温情脉脉……我一定要追上她，看一看她那张脸……那双眼睛……哦，对啊！我希望看见，并且必须看见那双眼睛。

然而，不管我怎样快步紧赶，她总是走得比我更迅捷——于是，我始终没有追上她。

可是，就在这时，小路当中横亘着一块扁平的巨石……它挡住了她的去路。

女子在巨石面前停住了脚步……于是我抢步上前，浑身发抖，由于喜出望外和望眼欲穿，也多多少少由于不安。

我什么话都没有说……但她却静静地朝我转过身来……

不过我仍旧没有看见她的眼睛。它们正紧闭着呢。

她的脸是白的……像她身上的衣裙一样白；裸露在外的两只手臂，一动不动地垂着。她从头到脚仿佛变成了一块石头；这个女子的整个身躯，脸上的每一根线条，都煞像一尊大理石雕像。

她缓缓地直挺挺向后仰下去，倒在石板上。

于是我也马上和她并排躺着，仰面朝天，全身挺直，宛如墓石上的雕像。我的一双手祈祷一般叠在胸前，而且，我感到，我也变成了一块石头。

过了不多一会儿……那女子突然站起身来，然后离我而去。

我想飞跑去追她，但我却丝毫不能动弹，叠在胸前的一双手怎么也无法分开，只能眼睁睁望着她远去的背影，心海里升腾起懊恼和惆怅。

这时，她突然回过头来——于是我看见了她神采奕奕、表情丰富的脸上那双光芒四射的眼睛。她用那双眼睛凝望着我，并且，张口嫣然一笑……不过是无声的。似乎在说："起来，上我这里来！"

可是，我却依然丝毫不能动弹。

这时，她再次嫣然一笑，然后摇着脑袋，匆匆地远去了，突然间，她的头上出现了一顶用小玫瑰花编成的红色的花冠。

可我还是一动不动、有口难言地躺在我的墓石上。

1878年2月

我怜悯……

我怜悯自己，怜悯他人，怜悯所有的人，怜悯走兽，怜悯飞禽……怜悯一切有生命的东西。

我怜悯儿童和老人、不幸者和幸运者……怜悯幸运者远胜于怜悯不幸者。

我怜悯那些无往不胜、踌躇满志的领袖，怜悯那些伟大的艺术家、思想家、诗人。

我怜悯杀人凶手及其受害者，怜悯丑与美，怜悯被压迫者和压迫者。

我该怎样从这弥天漫地的怜悯中解放出来呢？它已搞得我没法生活了……它——还得加上一个寂寞。

啊，寂寞，寂寞，它已与怜悯水乳交融了！至此，一个人的愁苦已无以复加了！

我倒不如去羡慕吧……真的！

于是，我就羡慕——石头。

1878年2月

诅 咒

我读过拜伦的《曼弗雷德》……

当我读到被曼弗雷德毁了的那个女人的阴魂在他头顶念着她那神秘的咒语时——我感到不寒而栗。

请记住这段话："愿你每夜都无法入眠，愿你那恶毒的心灵永远感觉到我不露形迹无法摆脱的存在，愿你的心灵成为你自己的地狱。"①

---

① 拜伦的诗剧《曼弗雷德》中原文似为："由于你那冷酷的心与阴险的微笑，/由于你那不可测度的欺诈的深渊，/由于你那双好像善良的眼睛，/由于你那被关闭着的灵魂的伪善，/由于你那使人把你的心当作/是人心的那种完美无缺的鬼伎俩，/由于你那幸灾乐祸的本性，/由于你跟该隐的兄弟的情分，/我要求你啊！强迫你自己/成为自己的地狱吧！//在你的头上，我泼下这瓶魔水，/它注定着你要去受这灾难；/不能睡眠，也不能死去，/那就是你未来的命运……"（详见刘让言译《曼弗雷德》，新文艺出版社，1957年，第21—22页）。屠格涅夫要么记忆有误（他青年时代曾全文翻译过《曼弗雷德》，并曾模仿《曼弗雷德》写过一个诗剧），要么对拜伦的原文进行了压缩和加工。

然而，此时此刻，我想起了另一件事情……有一次，在俄罗斯，我亲眼见到一场触目惊心的纠纷，这场纠纷发生在两个农民——父亲和儿子之间。

这场纠纷的结果是，儿子使父亲蒙受了无法忍受的侮辱。

“诅咒他，瓦西里伊奇，诅咒这个天打雷劈的！”老头的妻子高声喊道。

“好吧，彼得罗芙娜，”老头瓮声瓮气地答道，同时画了一个大十字，“愿他也有那么一天，让他的儿子当着他娘的面朝他老子的白胡子上吐口水吧！”

儿子顿时目瞪口呆，双脚发软，身子摇晃，脸色铁青——接着，便离开了家门。

我觉得，这个诅咒比曼弗雷德所受到的诅咒更加可怕。

1878年2月

孪生兄弟

我看见过一对孪生兄弟吵架。他们两人从头到脚就像两滴水一样相像：面部的特征、脸上的表情、头发的颜色乃至身材和体态，都一模一样，但却势若水火，视如寇仇。

他们同样因怒火中烧而浑身抽搐。两张凑得很近且又出奇地相似的脸同样涨得很红；两双一模一样的眼睛同样放着凶光、虎视眈眈地望着对方；同样不堪入耳的恶言秽语，用毫无二致的声音，从同样气歪了的嘴唇里喷吐出来。

我再也无法忍受，抓住其中一个人的手，把他拉到镜子跟前，对他说：

“你最好还是在这里，对着这面镜子骂吧……对你来说，这是没有任何差别的……可是我却不会感到那么毛骨悚然。”

1878年2月

鸫鸟（一）

我躺在床上——但我无法入睡。忧虑啃啮着我的心；串串郁郁寡欢、单调得令人厌倦的思绪，缓缓地飘过我的脑海，好似细雨蒙蒙的日子里绵绵不断的云雾，接二连三地飘过湿漉漉的山顶。

唉！那时我正在热恋之中，那是一种无望的、悲伤的爱情，这种爱情只有饱经岁月的风刀霜剑之后才会产生。那时，我的心虽然未曾受到生活的伤害，但却变得……暮气沉沉！不……即便外表上显得年轻，也是毫无助益、全然徒劳的。

模糊的窗影，像一个灰白的斑块，呈现在我眼前；房间里的所有家具已依稀可见：在这夏日清晨轻烟淡雾般的晨曦中，它们显得更加寂静。我看了看钟：三点差一刻。屋外，也同样是静悄悄的……连同露珠，那整整一片露珠的海洋！

而就在这片露珠的海洋中，在花园里，紧挨我窗户下面，一只黑羽毛的鸫鸟已经在悠悠歌唱，吱吱鸣叫，啾啾啼啭——不肯停歇、声音嘹亮、充满自信。悠扬动听的歌声漫进我安静的房间，溢满了整个房间，溢满了我的耳朵，溢满了我那被无聊的失眠和病态的思虑之苦折磨得昏昏沉沉的头脑。

它们，这些歌声唱出了永恒——唱出了永恒的全部清新、永恒的全部超然和永恒的全部力量。我从这歌声中听到了大自然本身的声音，一种美妙、本能的声音，这声音从来没有开始之时——也永远没有终结之日。

它歌唱着，充满自信地赞颂着，这只黑羽毛的鸫鸟；它知道，过不多久，万古常新的太阳就会照常升起，放射出万道金光；它的歌声中没有任何它自己的、独特的东西；它就是那只黑羽毛的鸫鸟，一千年以前曾礼赞过同一轮太阳，几千年以后仍将礼赞这一轮太阳，那时，我身后的一切遗物，也许早已化作看不见的尘埃，在它那歌声嘹亮、生气勃勃的躯体四周，在它的歌声冲出的气流里飞转。

因此，我，一个可怜可笑、深陷情网、富有个性的人，要对你说：谢谢，小鸟儿，谢谢你在这愁眉不展的时刻，突然在我的窗下唱出洪亮、自由的歌声。

它并非在安慰我——而且，我也并未寻求安慰……可是我的双眼噙满了泪花，胸中腾起热浪，心中那死气沉沉的重负顿时有所松动。啊！就连那个生物[1]——不也同样如此青春焕发、精神抖擞，一如你兴会淋漓的歌声，黎明前的歌手！

而当寒冷的波涛从四面八方汹涌而来，不是今天——就是明天，将要把我卷入浩瀚无垠的汪洋大海时，还值得忧伤、苦闷和考虑自己吗？

眼泪潸潸而下……可我那黑羽毛的可爱鸫鸟，却依旧若无其事地引吭高歌，继续唱着它那超然、幸福、永恒的歌！

哦，终于一跃升上天空的太阳，在我那红扑扑的脸颊上照亮的，是怎样的一种泪珠啊！

然而，我依旧笑容满面。

1877年7月8日

① 指作家本人。

鸫鸟（二）

我又躺在床上……我又无法入睡。同样的夏日清晨，从四面八方包围着我；同样在我的窗下，一只黑羽毛的鸫鸟又在歌唱——而那个同样的创伤又在烧灼我的心。

可是，鸟儿的歌声并没有给我带来轻松——我也没有考虑自己的创伤。折磨我的，是不可胜数、裂口大开的别的创伤；亲人们宝贵的鲜血从这些大裂的创伤中，像一股股红色的水流哗哗流淌，无尽无休、毫无意义地流淌，好似一股股雨水从高高的屋顶流泻到泥泞遍地、污秽不堪的街道上。

在那边，在远方，在一座座固若金汤的要塞的高墙下面，我的成千上万的兄弟、同胞死于非命[1]；成千上万的兄弟被那些庸碌无能的指挥官们投入了死神张开的血盆大口。

他们战死的时候，毫无怨言；葬送他们的人也从未悔悟；他们从不怜惜自己；那些庸碌无能的指挥官们也不懂得怜惜他们。

这里既没有无辜者，也没有有罪者：这就像脱粒机在为一捆捆麦穗脱粒，是空瘪的麦穗呢，还是饱重的麦穗——时间将会证明。

我个人的创伤究竟算得了什么？我个人的痛苦又算得了什么？我甚至不好意思为它哭泣。然而，我的脑袋在发烧，心儿在紧缩——于是我像个罪犯，把头藏到可恶的枕头下面。

一滴滴又热又苦的液体不断涌出，流过我的脸颊……滑到我的嘴唇上……这是什么？是眼泪……还是鲜血？

1878年8月

---

① 指1877—1878年的俄国与土耳其的战争，俄军曾多次遭受重大伤亡，尤其是在保加利亚境内围攻普列文一役，由于指挥失误，更是伤亡惨重。

无 巢

我到何处安身？我该如何是好？我恰似一只无巢可栖的孤零零的小鸟……它扎煞着羽毛，垂头丧气地站在一根光秃秃的干树枝上。留下来吧，实在腻烦……可又能飞往何处呢？

于是，它张开自己的翅膀——箭一般飞速直射远方，宛若一只被鹞鹰惊起的鸽子。能否在什么地方找到一个绿荫覆盖的栖身角落，能否在什么地方构筑一个哪怕是临时性的小巢呢？

小鸟飞呀，飞呀，聚精会神地注视着下方。

它的下面，是一片苍黄的荒漠，无声无息，毫无动静，死气沉沉。

小鸟匆匆地加速飞行，飞过了荒漠——仍旧注视着下方，全神贯注而又愁眉不展。

它的下面，是一片黄色的汪洋大海，了无生气，像荒漠一样。不错，它在起劲喧哗，澎湃汹涌——但在它那永无休止的隆隆轰鸣声中，在它那千篇一律的澎湃汹涌中，仍然没有生命，也找不到栖身之所。

可怜的小鸟已经精疲力竭……翅膀的扇动渐渐无力；它已经飞得忽高忽低。它真想直冲云霄……但在这茫无边际的空虚中又怎能筑巢！

它终于收拢了翅膀……然后，长长地哀鸣了一声，便坠入大海。

浪涛吞没了它……又滚滚向前，依旧毫无意义地喧嚣着。

我究竟该到何方去栖身呢？莫非我也到了——该坠海的时候？

1878年1月

高脚大酒杯

我觉得可笑……而且，我对自己感到惊异。

我的忧伤绝非故弄玄虚，我的确活得很沉重，我忧心忡忡，愁肠百结。然而，我却极力给我的感情增添一点亮丽的光彩，披上一件华美的外衣，我寻找着形象和比喻；我精心推敲、反复修饰自己的语言，陶醉在音调铿锵、字字珠玑之中。

我，就像一个雕刻家，就像一个首饰匠，成天不停地精雕细刻，千方百计地修饰美化那只高脚大酒杯，而我正是用这只酒杯给自己端上满杯的毒药。

1878年1月

谁的过错?

她向我伸出一只绵软温暖白嫩的手……而我却冷冰冰地将它一把推开。

那张年轻而可爱的脸上露出大惑不解的神情；一双年轻而善良的眼睛带着责备的意味凝望着我；那颗年轻而纯洁的心灵无法理解我的举动。

“我错在哪里？”她轻轻启唇，喃喃地说。

“你错在哪里？可以说那些住在最金碧辉煌的天堂深处的最光辉灿烂的天使犯了错，也不能说你有过错啊。

“然而，你在我面前所犯的过错仍然十分重大。

“你想要了解它吗，这个重大的过错，这个你无法理解而我又无力给你说清的过错？

“这个过错就是：你——正当青春妙龄；我——已是风烛残年。”

1878年1月

生活法则

你想得到安宁吗？那么，你就去和人们交往吧，但要孤身独居，对任何事都应该不闻不问，对任何人都不要有恻隐之心。

你想得到幸福吗？首先得学会吃苦。

1878年4月

爬　虫

我看见过一条被砍成两段的爬虫。

它浑身泡在自己喷出的血水和黏液里，却还要颤颤微微地抬起头来，吐着信子……它还在威胁……外强中干地威胁。

我读过一个臭名远扬的下流作家[①]的一篇讽刺小品。

他被自己的口水呛得喘不过气来，瘫倒在自己污言秽语的脓水

① 指俄国作家鲍·米·马尔克维奇（1822—1884），他曾纠集一批人在报纸上恶毒攻击屠格涅夫，屠格涅夫在长篇小说《处女地》中称他为“叛徒的走狗”，因此，他提出要跟屠格涅夫决斗。

里，也在抽抽搐搐地装腔作势……他提到什么“界线”[1]——他提出用决斗来清洗自己的名誉……自己的名誉！！！

我想起了那条被砍成两段的爬虫，和它那外强中干的信子。

1878年5月

① 指决斗时划出的设定双方距离的界线。

作家与批评家

作家坐在自己书房的书桌边。一位批评家[①]突然进来找他。

“怎么！”他高叫一声，“您还一个劲地涂涂写写，吟风弄月，在我写了那么多长篇大论、短评小品、札记、通讯，抨击你以后？在那些文章里，我像二二得四那样清楚地证明了，您现在没有——过去也从未有过——任何才能，您甚至连本国的语言都忘得一干二净了，胸无点墨一向是您的特点，而现在您已经完全才思枯竭，老朽不堪，变成一个废物啦！”

作家泰然自若地转身面向批评家。

① 指评论家、政论家维·彼·布列宁（1841—1926），他曾攻击屠格涅夫的创作尽是法国味，说他“忘记了本国语言”。

“您写了许多的论文和小品文来攻击我，”他回答道，“这千真万确；不过，您可知道一篇关于狐狸和小猫的寓言[1]？狐狸尽管费尽心机——但它终究束手被擒；小猫只会一招：上树……狗就是逮不到它。我也是这样：对于您的全部文章，我只需一个答复——我只消在一本书里让您原形毕露，给您那聪明的脑袋瓜戴上一顶小丑的尖顶帽——那您就会在子孙后代面前大出风头了。”

“在子孙后代面前！”批评家哈哈大笑起来，“好像您的书还能成为必传之作似的！再过四十年，充其量五十年，就谁也不会再读这些书了。”

“我赞同您的高见，”作家回答说，“不过，我对此已心满意足了。荷马使他笔下的忒耳西忒斯[2]流芳千古；而像您老兄这种人，有半个世纪也就谢天谢地了。您甚至连小丑那种不朽都不佩得到呢。再见吧，先生……您希望我道出您的大名？恐怕没有这个必要吧……我不明说，大家也都叫得出来呢。”

1878年6月

---

① 指法国著名寓言家拉封丹的一则寓言《猫和狐狸》。

② 荷马史诗《伊利亚特》中的一个人物。丑陋无比（瞎了一只眼，瘸了一条腿，山一样的肩膀只有胸脯一半宽，长着畸形的尖脑袋），喜欢夸夸其谈，搬弄是非，吵吵闹闹，心怀嫉妒，爱嘲弄、诽谤、攻击人，曾遭到俄底修斯的鞭打，最后因嘲弄阿喀琉斯悼惜阿玛宗女王，被阿喀琉斯杀死。

和谁争论……

和比你聪明的人争论：他定会战胜你……然而，你正好可以从你的失败中吸取对自己有益的东西。

和智力相当的人争论：无论哪一方获胜——你至少体会到了斗争的乐趣。

和智力极差的人争论……这种争论绝非出于获胜的愿望；但你却可以使他大获裨益。

你甚至可以去和傻瓜争论；尽管你得不到荣誉，也没什么好处；但为什么不偶尔寻点开心呢？

然而，你千万别和弗拉基米尔·斯塔索夫[①]争论！

1878年6月

① 弗·瓦·斯塔索夫（1824—1906），俄国艺术和音乐评论家、艺术史家，彼得堡科学院名誉院士。1869年与屠格涅夫相识，友谊长达14年（至1883年屠格涅夫去世），两人经常因艺术观点各异而进行争论。

“哦，我的青春！哦，我的蓬勃的朝气！”

——果戈理①

“哦，我的青春！哦，我的蓬勃的朝气！”我也曾经这样感叹过。

只是当我发出这样的感叹时——我自己还青春年少，朝气蓬勃。

那时我只不过是故作愁态强说愁，并以此自娱自乐——表面上自怜自叹，暗地里却心花怒放。

而今我哑然无语，甚至不再为失去的东西而大放悲声……尽管

① 这句话引自果戈理的《死魂灵》第六章，详见满涛、许庆道译《死魂灵》，人民文学出版社，1995年版，第135页。

它们长年累月啃啮着我的心，一声不响地啃啮。

“唉！最好别去想它！”男子汉们劝解道。

1878年6月

致×××

那不是呢喃软语的乳燕，也不是活泼顽皮的家燕，用尖细、结实的嘴，在坚硬的山岩上，为自己啄出一个小窝……

那是你渐渐适应了别人那个冷若冰霜的家庭，并且做到了和他们亲密无间，我的坚忍的小聪明[①]！

1878年7月

---

① 这首散文诗是作家写给女儿波琳娜的，她从小寄养在屠格涅夫一生深爱的法国女歌唱家波琳娜·维亚尔多家里，直到1865年2月嫁给法国人加斯东·布吕埃尔。第一行化用了俄罗斯民歌歌词。

我在崇山峻岭之间徜徉……

我在崇山峻岭之间徜徉，
沿着清溪，沿着山谷……
不管我的双眼望向何方，
万物都把同一件事向我讲述：
我曾被爱过，我曾被爱过！
其余的一切全都在记忆中湮没！

头顶的天空放射出万道金光，
树叶沙沙作响，鸟儿啾啾鸣唱……
连乌云也顽皮地排列成行
兴高采烈地飞向他方……

周围的一切都幸福洋溢，
但幸福却并非心灵所希冀。

卷我飞驰，卷我飞驰的是波翻浪腾，
像海涛一样无边的汪洋！
心灵却氤氲着一片宁静
飘升在欢乐和痛苦之上……
我几乎认不清我自己：
整个世界都与我合而为一！

为什么我不在那时死去？
为什么我俩后来还要活在人世？
急景流年……日复一日——
岁月没有给我们留下任何赠与，
较之那些逝去的愚蠢安闲的日子，
我们应生活得更加幸福更加甜蜜。[①]

1878年11月

① 这是屠格涅夫散文诗集中惟一具有抒情诗形式的一篇，是作家自己把它编入散文诗集的，大概是因为全文写得颇为散文化的缘故吧。据俄罗斯学者指出，“崇山峻岭”可能指瑞士的风景，与作家青年时代的生活有关，此诗表达了作家的某种怀旧之情。

当我不在人世的时候……

当我不在人世的时候，当曾经属于我的一切云消雾散的时候——哦，你，我惟一的朋友，哦，你，我曾一往情深、柔情似水地爱过的友人，你，也许比我活得长久——请千万别到我的墓地去……你在那里无事可做。

请别忘了我……但也别在每天的操劳、欢乐和困苦中怀念我……我不想打扰你的生活，不想扰乱它那平静的水流。

不过，在孤身一人的时候，当两颗善良的心灵都那么熟悉的那种羞羞答答而又毫无来由的忧伤，袭上你心头的时候，请你拿起我们喜爱的那堆书籍中的一本，找到那几页、那几行、那几句吧——

你还记得吗？——我俩常常读了之后，一同默默地洒下甜蜜的眼泪。

请你读完它，闭上双眼，然后把一只手伸给我……把你的一只手伸给一位魂归天国的朋友。

我将无法再用自己的手去握住它——我的手将一动不动地安卧在九泉之下……但我现在快慰地想到，也许，你会在你的手上感觉到轻柔的抚摸。

于是，我的形象就会浮现在你眼前——随后你那双紧闭的双眼就将热泪滚滚，一如我们从前被美所感动而洒下的热泪。哦，你，我惟一的朋友啊，哦，你，我曾一往情深、柔情似水地爱过的友人[①]！

1878年12月

① 俄罗斯学者认为，这首散文诗是献给作家的红颜知己法国女歌唱家波琳娜·维亚尔多的。

沙漏[1]

时光一天天不留痕迹地流逝了，单调乏味，风驰电掣。

生命星流影集一般向前飞驰——转眼即逝，无声无息，宛如落为瀑布之前的那一段湍急的河流。

它均匀而平稳地散落，仿若骷髅状的死神那只枯瘦的手中握着的沙漏里的沙流。

当我躺在床上，而黑暗从四面八方将我紧紧围裹的时候——我

① 西方古代的一种计时器，以瓶盛沙，不停漏出，借以计时，相当于我国古代滴水计时的铜壶滴漏（简称“滴漏”或“漏壶”）。

似乎常常听到生命流逝的这种若有若无、连续不断的沙沙声。

我并不惋惜生命的流逝，也不惋惜那些我本可以完成的事情……我感到不寒而栗。

我仿佛感到：那具僵硬的骷髅就站在我的床边……一只手拿着沙漏，另一只手已举到我的胸口上方……

于是，我的心在胸膛里颤抖，忐忑撞击，仿佛想匆忙完成它最后的几次搏动。

1878年12月

我夜里起来……

我夜里从床上起来……我似乎听到有人在喊我的名字……就在那边，在黑乎乎的窗外。

我把脸贴近窗玻璃，又把耳朵紧贴在上面，凝神注视——也开始等待。

然而，在那边，在窗子外面，只有树木在沙沙作响——声音单调而模糊——还有绵绵不断的黑色云彩，虽然在不停地移动，不断地变幻，却仍然是黑蒙蒙的一片……

天空中没有一颗星星，地面上没有一粒火光。

那边寂寞无聊，痛苦难熬……恰似这里，我的心田。

但是突然远处某个地方传来一个凄惨的声音，这声音越来越大，越来越近，清脆得就像人的声音——然后，又渐渐减弱，近乎静寂，从旁边飞掠过去。

“别了！别了！别了！”我仿佛听到那近乎静寂的声音在说。

唉！这是我以往的一切，我全部的幸福，曾经珍惜过热爱过的一切，一切——在和我作天长地久、一去不复返的告别！

我向我那飞逝而去的生命躬身行礼——然后躺到床上，好似躺在坟墓里。

唉，如果真躺进坟墓，那该多好！

1879年6月

当我孤身独处的时候……

（同貌人）

当我孤身独处的时候，当我长时间茕茕孑立形影相吊的时候——我会突然开始感觉到，就在这同一个房间里，还有另一个人，坐在我身旁，或者站在我身后。

当我猛然回头或者突然把目光投向我感到那人所处的地方时，我当然是什么人也看不到。他近在咫尺的那种感觉烟消云散了……可是过了不多一会，这种感觉重又跃上心头。

有时我双手抱头——开始思索起他来。

他是谁？他想干什么？对我来说，他并非外人……他了解我——我也了解他……他似乎是我的至亲好友……然而我俩之间却横亘着一道深渊。

我既不希冀听到他的一丝声音，也不指望听到他的只言片语……他就这样沉默无言，恰如他一动不动一样……可是，他又对我说着……说着某些含糊不清、不知所云——但又非常熟悉的事情。他对我所有的秘密了如指掌。

我并不怕他……但我和他在一起总感到局促不安，而且不希望有这样一位对我的内心生活洞若观火的见证人……即便如此，我也并不觉得他是一个独立的、异己的存在。

莫非你是我的同貌人？莫非你是我那昔日的我？然而，这是无可置疑的：难道我记住的那个我和现在的我之间——不是也横亘着整整一个深渊吗？

但他的来去并非根据我的指令——他似乎有自己的意志。

兄弟，无论是你，还是我——在令人厌恶的孤独寂寞里，都会愁眉苦脸！

但请等一等……当我死后，我和你——我那昔日的我，和我现在的我——将会水乳交融，合为一体，并且永远飞驰进那一去不复返的幽灵王国。

1879年11月

爱之路

所有感情都能引发爱情，导致热恋，所有的感情：憎恨，怜悯，冷漠，崇敬，友谊，畏惧——甚至是蔑视。

是啊，所有的感情……惟有一种是例外：感激。

感激——这是一种债务；每一个诚实的人都会还清自己的债务……然而爱情——它不是金钱。

1881年6月

空 话

我害怕空话，我极力躲避空话；然而，对空话产生恐惧——又是一种自高自大。

于是，我们复杂的生活就在这两个外来词之间，在“自高自大”和“空话”之间[1]，来回滚动，摇摆不定。

1881年6月

① 俄语中“自高自大”（претензия）和“空话”（фраза）这两个词，前者来自拉丁语，后者源于希腊语。

纯　朴

纯朴！纯朴！你被人们称为神圣……然而，神圣——却不是人类的事情。

谦逊——这才恰如其分。它能抑制虚荣，它能战胜倨傲。可是请别忘记：胜利感本身就已蕴含着自己的倨傲。

1881年6月

婆罗门①

婆罗门低头望着自己的肚脐眼，嘴里不停地念诵一个词：“奥姆！”——用这种方法贴近神灵。然而，在人的全身，是否存在某种比这个肚脐眼更少一点神性的东西，是否存在某种比它更能使人联想起人生如朝露的东西呢？

1881年6月

① 印度婆罗门教的祭司，印度社会四大种姓（婆罗门、刹帝利、吠舍、首陀罗）中的最高种姓。

你哭泣……

你为我的痛苦而哭泣；于是我也哭泣起来，因为感激你对我的怜悯。

然而，其实你也是在为自己的痛苦而哭泣；只不过你看到这一痛苦——是在我的身上而已。

1881年6月

爱 情

人们都说：爱情——这是一种最高尚、最圣洁的感情。一个他人的我深深扎根于你的我之中：你扩大了——你也被毁坏了；你只是现在才开始生活，可你的我却被扼杀了。但是，即便是这样的一种扼杀，也会使一个有血有肉的人怒形于色……能够复活的只是那些不朽的神……

1881年6月

真理与正义

“为什么您如此珍视灵魂的不朽呢？”我问道。

“为什么？因为到那时我就会拥有永恒的、颠扑不破的真理……而在我看来，这也就是世界上最大的幸福！”

“是拥有真理？”

“当然啰。”

“对不起；您能否设想下面这样的场景？几个年轻人欢聚一堂，谈笑风生……突然又跑进来他们的一个同伴：他的两眼闪耀着异乎寻常的光芒，兴奋得喘不过气来，几乎连话都没法说。‘怎么回事？怎么回事？’‘我的朋友们，你们听着吧，我发现了一个什么，什么样的真理！入射角等于反射角！还有：两点之间最短的距离为直线！’‘果真如此！哦，多么幸福啊！’所有的年轻人都大声欢呼起来，并且情不自禁地互相拥抱！您无法设想这样的场景吧？您觉得好笑……问题就在这里：真理不能给人带来幸福……但正义却能够。这是人类的事，我们尘寰中的事……正义和公正！为了正义，就是粉身碎骨，也心甘情愿！全部生活就建筑在对真理的认识上；可是，怎么能‘拥有真理’呢？而且又怎样在这中间得到幸福呢？”

1882年6月

山鹑

我躺在床上，受着长年不愈的不治之症的折磨，心想：为什么该我受这个罪？为什么该我受到惩罚？我，正好是我？这不公平啊，太不公平了！

于是，下面的一幕浮现在我的脑海里……

一窝小山鹑——有二十来只吧——聚集在密密的麦茬地里。它们彼此紧紧地挨在一起，在松软的泥土里啄来刨去，十分幸福。突然一只猎狗惊吓了它们——它们一齐腾空而起；一声枪响——其中一只山鹑被打断了一只翅膀，坠落地面——它艰难地挪动着两只脚爪，钻进了蒿草丛中。

当猎狗在搜寻它的时候，这只不幸的山鹑也许同样在想：“我们一共有二十只，都跟我一模一样……为什么正好是我，是我被子弹打中，应该去死呢？为什么啊？为什么在我其余的姐妹们面前，该我受这个罪？这太不公平！”

你就躺着吧，疾病缠身的生物，趁死神还在寻找你的时候。

1882年6月

NESSUN MAGGIOR DOLORE ①

碧蓝的天空，羽毛般的浮云，氤氲的花香，年轻歌喉甜美的声音，伟大的艺术作品灿烂辉煌的美，仪态万方的女子脸上幸福的微笑和那双勾魂摄魄的眼睛……所有这一切有什么用，有什么用呢？

每隔两小时一匙可恶、无效的药水——这才是，这才是每天必需的东西。

1882年6月

① 意大利语，意即“没有更大的痛苦”，语出但丁《神曲·地狱篇》第五章：“她对我说：‘再没有比不幸中回忆幸福的时光更大的痛苦了……’”（田德望译《神曲·地狱篇》，人民文学出版社，2004年8月版，第30页）

投身于车轮下……①

“这些呻吟意味着什么呢？”

“我痛苦，痛苦得难受啊。”

“你可曾听见过溪水撞击石块的哗哗声？”

“听见过……可你干吗提出这个问题呢？”

① 印度教毗湿奴派的信徒每年都举行敬神活动，他们把毗湿奴神的化身札格纳特的神像安放在几米高的大车上绕城游行。据说，在载着札格纳特神像这种大车的车轮下被碾死可以升天，有些狂热的教徒便纷纷自愿投身于车轮下。屠格涅夫在长篇小说《处女地》第一部第四章和一些书信中，也曾多次提到“札格纳特的大车”。

“那是因为这种哗哗声和你的呻吟声——同样都是声音，并无别的意思。或许不同的只是：小溪的哗哗声听来让人爽心悦耳，而你的呻吟却不可能引起任何人的同情。你千万别忍住不出声，只是要记住：这毕竟是声音，声音，就像树木折断的喀嚓声……全都是声音——并无别的意思。”

1882年6月

哇……哇！

那时我住在瑞士……我正当青春年少，自命不凡——也深感形单影只。我生活得十分沉重——因此总是郁郁寡欢。虽然什么都还没有经历过，但我却已经感到烦闷无聊，心灰意懒，而且动辄暴跳如雷。我觉得世上的一切都琐屑不堪，俗不可耐——并且正像在那些十分幼稚的年轻人身上所常见的那样，我心中暗暗滋生了一个幸灾乐祸的念头……自杀的念头。“我要向你们证明……我要报复……”我暗暗思忖着……然而，究竟要证明什么？为什么要报复？对此我自己也不知道。我只是感到全身热血沸腾，恰似酒在密封的酒缸里发酵……而我觉得，应该让这酒流出，打破这窒闷难忍的酒缸的时候到了……拜伦是我敬仰的偶像，曼弗雷德是我崇拜的英雄。

一天傍晚，我像曼弗雷德一样，决定动身去登上群山之巅，找一个冰川之上、远避尘世的地方——那里寸草不生，只有一片片死寂的巉崖峭壁重重叠叠地耸立着，那里所有的声音都冻成了冰，连瀑布的怒吼也听不到！

我到那里去，想干什么呢……我不知道……也许，是结束自己的生命？！

我起行了……

我走了很久，最初走的是通衢大道，后来走的是羊肠小道，越走越高……越走越高。最后几间小屋，最后一簇树木，早已被我远远甩在后面……岩石——四周只有岩石——近在咫尺但匿迹藏形的积雪，朝我喷出一股股寒气——夜的阴影像黑色的云雾从四面八方飞涌过来，遮笼着我。

我终于停住了脚步。

多么可怕的寂静啊！

这是死神的国度。

而这里只有我一个人，一个生气勃勃的人，满怀惟我独尊的痛苦，悲观绝望，而又目空一切……一个生气勃勃的有意识的人，逃离人世，不愿再活下去了。隐秘的恐惧使我浑身冰凉——可我还自以为是人中狮子呢！

曼弗雷德——真是惟妙惟肖！

“孤身一人！我孤身一人！”我反复念叨，“我孤身一人面对死亡！是不是死的时辰已到了？是的……时辰已到。别了，琐屑不堪的世界！我要把你一脚踢开！”

而突然，就在这一瞬间，我的耳际传来一个奇怪的声音，我一时无法辨明，但却知道这是活生生的……人的声音……我打了哆嗦，侧耳细听：那声音又响了一次……对，这是……这是一个婴儿，一个吃奶的婴儿的啼哭声！……在这荒无人烟、寸草不生的高山之巅，在这一切生命都早已死灭并且永远死灭的地方——竟然还有婴儿的啼哭声？！！

我的惊异突然间转变成另一种情感，一种欣喜若狂的情感……于是，我快步如飞、急不择路地直奔这啼哭声，直奔这柔弱的、可怜的——但又救了我一命的啼哭声！

不久，我眼前便隐约闪现出一星摇曳的灯光。我飞跑起来——几秒钟后，我就看见一间低矮的小屋。这种小屋用石块垒成，再加上一个低矮、平整的屋顶，通常是阿尔卑斯山的牧人临时栖身之所，他们往往在里面住上几个星期。

我一把推开虚掩着的房门——就这样猛地冲进屋里，仿佛死神紧追在我身后……

一个年轻的妇女斜靠在一张长凳上正在给婴儿喂奶……一个牧人，显然是她的丈夫，和她并肩坐着。

他俩目不转睛地望着我……我也一句话都说不出来……只是微笑着点头……

拜伦，曼弗雷德，自杀的幻想，我的孤芳自赏，我的自命不凡，你们都躲到哪里去了？……

婴儿继续啼哭着——而我则祝福他，也祝福他的母亲和她的丈夫……

哦，新生婴儿的人性啼哭啊，是你拯救了我的生命，又治愈了我的心病！

1882年11月

我的树

我接到当年大学时代一位老同学的来信，他现在是个富裕的贵族地主。他邀请我到他的庄园去作客。

我知道他长期病魔缠身，双目失明，全身瘫痪，连走路都很困难……我便动身去看望他。

在他家宽阔的花园里一条林荫道上，我碰见了他。他裹着一件皮大衣——而这时正值夏日炎炎——面容枯槁，佝头偻背，眼睛上还戴着一副绿色眼罩，他坐在一辆小车里，两个身穿华丽制服的仆人在后面推着……

“欢迎您，”他用一种发自坟墓里一般凄惨的声音说，“在我的世袭领地上，在我的千年老树的浓荫下！”

一棵粗大巍峨的千年橡树，在他头顶好似一顶张开的绿色帐幕。

我不禁思忖起来：“啊，千年巨人哪，你听见没有？一条在你的根须边蠕动的苟延残喘的蛆虫，竟然把你叫做自己的树呢！”

而就在这时，一阵清风徐徐吹来，如层层细浪从千年巨树的繁枝茂叶间滑过，发出一阵轻轻的沙沙声……于是我似乎觉得，这是老橡树以善良、恬静的笑声，在回答我的默默思忖——也回答病人的大言不惭。

1882年11月